《鲁迅故乡作家文库》(第 4 辑)

突然寒冷

张剑心 著

上海文艺出版社

图书在版编目（CIP）数据

突然寒冷 / 张剑心著. —— 上海 ：上海文艺出版社，
2024
　　ISBN 978-7-5321-9039-3

　　Ⅰ. ①突… Ⅱ. ①张… Ⅲ. ①中篇小说—小说集—中
国—当代②短篇小说—小说集—中国—当代 Ⅳ.
① I247.7

　　中国国家版本馆 CIP 数据核字（2024）第 109392 号

责任编辑　毛静彦
特约编辑　长　岛
封面设计　马海云

突然寒冷

张剑心　著

上海世纪出版集团　上海文艺出版社
上海市闵行区号景路 159 弄 A 座 2 楼　201101
上海文艺出版社发行中心发行
上海市闵行区号景路 159 弄 A 座 2 楼 206 室　201101　www.ewen.co
苏州市越洋印刷有限公司印刷
开本 880×1230　1 / 32　印张 10.25　插页 2　字数 215,000
2024 年 6 月第 1 版　2024 年 6 月第 1 次印刷
ISBN 978-7-5321-9039-3 / I·7115　定价：58.00 元

告读者　如发现本书有质量问题请与印刷厂质量科联系
T：0512-68180638

目 录

contents

燕南飞

1

黄昏，粉红色的云流渐渐蔓延天边，天空卸下红色的妆容，艾丽丝站在宽大的落地窗前，寂廖地眺望落日，神色黯然。

葛莱斯去非洲有一段日子了，前些时候还能保证一日一电话，最近电话日稀，连微信也很少了。此时，手机跳出一条微信，艾丽丝以为是丈夫的，她兴冲冲地打开手机：小艾，我明天来看你。

事先没有一点征兆，艾丽丝很是惊讶。你来旅游？她问。

不是，来念书。

几点到？我去机场接你。

不用，我已经在学校，办完手续就去看你，把地址发我。这就是罗小南，开口便是令人无法拒绝的声气。罗小南是艾丽丝的弟弟，是她跟她的那个家唯一的牵扯。要是亲弟弟也就算了，偏偏又不是。艾丽丝不好说"不"，但心里别扭，硬邦邦地回过去：还是我去看你。

NO。罗小南拒绝得很干脆。

次日，罗小南如期而至。艾丽丝正在花园里锄草，一段时间没有捯饬，草长莺飞。罗小南手里拎一个旅行包，穿一件淡紫色的修身短袖衬衫，一条黑色半脚裤，一双黄绿相间的板鞋，头发染成了奶奶灰。几年不见，罗小南长大了，肩膀宽厚，胸肌发达，把衬衫撑得饱满、有型。罗小南看见艾丽丝，迅速挥动了下手臂，随即加快脚步。艾丽丝起身，罗小南冲过来，将包扔在地上，给了艾丽丝一个紧紧的拥抱。艾丽丝吓了一跳，还来不及反应，罗小南的雄性荷尔蒙气息已经扑了她一脸。

想死我了。罗小南很兴奋。

艾丽丝下意识想要推开罗小南，她吃不消感情这么直接这么充沛的人。可手上戴了手套，沾了一手的泥土，便只能放任这样的气息继续在她的鼻尖萦绕。礼节上她也应该表示一下亲切，但她实在没法子把"我也想你"这句话说出口。他们之间除了在一个屋檐下生活过，其他毫无关联。十多岁才做的姐弟，不同父也不同母，一男一女带着各自的拖油瓶，组成了新的家庭，陌生人突然就成了亲人。她不是没有反抗，但她的反抗很快被扼杀在摇篮中。她的父亲，执拗而唯我独尊。对母亲、对她，从来说一不二。她一直叫罗小南的母亲"阿姨"，即便后来罗小南改口叫她的父亲"爸爸"，唤她"姐姐"，她依然改不了口。要说有感情那真是骗人了。艾丽丝不想骗人，也不想失礼，只好在罗小南的拥抱中脱掉手套，在他的背上轻轻拍了拍，然后说：欢迎来休斯敦。

艾丽丝逃离罗小南的怀抱，捡起扔在地上的旅行包，什么东西这么沉？

老爸让我带给你的。

不用，你拿回去！艾丽丝脱口而出，口气生硬。罗小南被她的态度吓着了，张了张嘴，什么也没有说。

那个……艾丽丝意识到自己失态。我这儿什么也不缺。她缓和了语气，然后快步走进房间，罗小南跟进来。

你老公呢？罗小南环顾房间问艾丽丝，房子被装修成了简约的中式风格，罗小南有些诧异，在他的想象中，小艾在美国的家不应该是这个样子。他不肯定她是否崇洋媚外，但肯定她不喜欢那个家，要不干嘛那么着急逃离。

葛莱斯去非洲了。

哇，跑那么远，把你一个人扔在家里。罗小南揶揄。

不用你替我操心。艾丽丝面无表情。

我怎么能不替你操心？罗小南道，好歹姐弟一场。

这样挺好，他干他的，我干我的，各自有各自的空间。艾丽丝冷冰冰的语气。她不明白她为什么要这么说，是急于想证明她很享受现在的生活？可她真的享受吗？来美国一年半，一直处在适应期，她还来不及想很多。

美式思维。罗小南调侃。小艾，中午请我吃饭。罗小南转移话题。

嗯，时间差不多，出发。艾丽丝抬腕看表，顺手抓起手袋，眼光扫到放在沙发上的旅行包，她犹豫了下，将它拎在手里。

不看看老爸给你带的东西？罗小南没忍住，他千里迢迢从中国把它带到美国，在他看来，他带的更多的是情意。

心意领了，就当我收下，你带回学校去。艾丽丝明白罗小南的意思，她的回答礼貌而妥帖，罗小南心里却不是滋味。

2

休斯敦的夏天绵长、湿热。

临近中午，户外温度很高，金灿灿的阳光透过车窗玻璃射进来，滚过皮肤，炙热、火辣。艾丽丝将空调调到最大档，她带一副防晒手套，抓紧方向盘，一脚油门一脚刹车，吞吞吐吐地前行。

休斯敦每天早晚高峰进出市中心的道路经常塞车，而此刻马路上车辆不多，她目视前方，显得小心翼翼。

你开车的技术实在……罗小南调整下坐姿，摇了摇头。

刚考的美国驾照，这车一直葛莱斯在开。

罗小南不再说话，他翻下前车镜，对着镜子捋了捋头发，艾丽丝斜视一眼罗小南，右耳上的两只耳钉闪着耀眼的光。

记忆中的罗小南木讷、腼腆。那年寒假，还是小艾的艾丽丝很忧伤，世上最爱她的那个人走了，她的世界灰蒙蒙一片。父亲毫无变化，表情淡漠，在他身上看不出丝毫哀伤。只是有一件事令他头痛，没有人再给他们父女俩做饭了。连吃了几日面条、包子以后，他对艾丽丝说，这个假期你最重要的一项任务就是学会做饭。

艾丽丝刚刚爱上做饭，就没了机会。

在一间简陋的茶室里，艾丽丝第一次见到罗小南，个头比同龄人高，很瘦，背有点驼，侧面看像一根微微弯曲的竹竿。父亲让他们面对面坐下来，他低着头，她看着他，糙米色的皮肤泛着暗淡的光，高耸的鼻梁，四五粒小痘痘杂乱分布在脸颊两侧，睫毛刷子一样又黑又浓，她猜想他的眼睛一定很好看。

她将视线从他身上移开，转向坐在他身边的那个女人。她发现那女人一直在看她，于是她也盯着她看。以南方人的角度审视，这个女人显得高大，皮肤粗砺，不过五官端正，特别是那双眼睛，微凹，显得大而深邃。

你女儿长得真俊。女人开口了，带着浓重的东北口音。过去这么多年，艾丽丝仍然记得这句话。

然后她听到父亲说，以后我们就是一家人了。那年她十七岁，罗小南十五岁。这个叫吴解放的东北女人成了艾丽丝的新妈，她叫她吴阿姨。

公平讲吴解放对艾丽丝还是很不错的，吃穿用度上从来没有偏袒过罗小南，有时还会背着老公塞些钱给艾丽丝，让她添置新衣服，买些好吃的。艾丽丝从来不拒绝，照单全收。

寒假过后，艾丽丝突然变成了另外一个人。她把吴解放给她的零花钱全部贡献给了路边的时装小店，她的成绩也随着衣品的越发艳丽低俗而呈下滑趋势。等到父亲惊觉，已经来不及，离中考的日子用手指头都能掰得清楚。

父女俩爆发了有史以来最严重的一次争吵。

艾丽丝已经记不得他们说了什么，用了多么恶毒的语言去攻击、伤害对方，她只记得父亲气急而扭曲的那张脸，被父亲摔碎的母亲生前最爱的那只花瓶，还有躲在角落里瑟瑟发抖的罗小南。

在艾丽丝倔强地跑出家门的霎那，她看了罗小南一眼，他也在看她，至今她还能记起他那时的眼神。怜悯？嘲讽？或者还有其他的内容，那眼神完全不像来自于一个十五岁的男孩子。

对艾丽丝而言，优等生这个称号成为过去。中考结束后，她明智地为自己挑选了一所职业技术学校。

罗小南开始长个，还是很瘦，肩比先前宽一些，青春痘在他的脸上迅速漫延，他变得更不爱说话，喜欢用眼神与艾丽丝交流。那眼神，艾丽丝似懂非懂。

往事在艾丽丝的眼前像电影镜头闪回，她在心里暗暗叹息，那些日子不知道怎么过的就没了。

进入市郊，车辆更为稀少。

你准备带我去哪里？途经赫曼公园时，罗小南突然说，打断了艾丽丝的思绪。小艾，饭不吃就送我回学校，太敷衍了吧！他跟上一句，显然是生气了。

NO，我没听明白。艾丽丝诧异地看罗小南一眼。半晌，她自个先笑了。原来你也考上莱斯大学了。

现在轮到罗小南诧异了，我居然没告诉你？什么叫"也考上"？他的问题从嘴里一串串蹦出来。

嘿嘿，到了不就知道了。艾丽丝故意钓着罗小南，顾自笑着。罗小南扭过头瞧着艾丽丝，试图从她脸上找到答案。

他发觉她比先前更好看了。

3

莱斯大学，被称之为南方的哈佛，地中海风格建筑，风景旖旎。

学校门口站着一位金发碧眼的美国女孩。艾丽丝停下车，探出头。女孩穿一件白色紧身吊带衫，配蓝色牛仔短裤，身材高挑、丰满。她跑过来，长卷发随风飘动。艾丽丝，谢谢你来接我。

女孩坐上车。艾丽丝转过头对女孩说，嘿，我弟罗小南。罗小南转过身子，礼貌地点点头。hello，我叫凯瑞，葛莱斯的妹妹。

你会讲中文？罗小南有些好奇。

葛莱斯是个中国通，受他影响，我也喜欢中国。

凯瑞，罗小南刚来美国，你们又在同一所大学念书，多关照。

No problem。

罗小南没有回应，艾丽丝看罗小南一眼，觉得自己多事，有些尴尬。

凯瑞不介意，问艾丽丝，去取车还是？

艾丽丝笑，当然先吃饭，我都饿了。

我带你们去个地方，那家餐馆的菜很地道。凯瑞对周边餐馆的情况很熟悉，这个艾丽丝是知道的，她踩着点来接凯瑞就是这个意图。她很少在外面吃，恐招待不周让罗小南见笑。

艾丽丝转过头。要不你来开！她征求凯瑞的意见。她们换了位置，凯瑞的车技很好，罗小南瞥凯瑞一眼，装睡。

艾丽丝觉得餐馆不错，装修风格是她喜欢的。她征询罗小南的意思，罗小南只是笑，不说好也不说不好。三人找了靠里面的位置坐下。凯瑞问艾丽丝和罗小南想吃什么，艾丽丝看看罗小南，然后对凯瑞说，你点就行。

罗小南低着头，对面前的一盘美式牛扒不感兴趣，他划拉着，血水慢慢在盘子里浸润开来。艾丽丝注意到了，她将糖酱煎饼放到罗小南的盘子里，这个归你，我们也吃不了。再来点苹果沙拉怎么样？她问。

罗小南点点头，他放下刀叉，抓起煎饼迅速塞进嘴里。凯瑞看到了，想笑，忍住了。她跟艾丽丝聊学校的一些事，罗小南在，她尝试用中文，毕竟不是母语，需要大段描述时便有些词不达意，中间夹杂一些美式英语。

这让罗小南觉得怪异。罗小南的口语不错，谈不上流利，交流完全没有问题。他不感激凯瑞自以为是的体贴，相反骨子里的固有思维，令他对这个美国女孩生出一丝反感。包括桌上这些凯瑞认为很地道的午餐，他也没觉出好来。与艾丽丝的会面，罗小南体会的所有美好情绪：思念、期待、兴奋以及其他无法用语言表达的东西，在一点一点被消解。他几乎不说话，看着两个女人在自己面前秀亲密。

吃完，艾丽丝送凯瑞去修理厂取车，然后送罗小南回学校。艾丽丝问罗小南是不是午餐不对味口？

我对吃无所谓，关键是人。他说，小艾，你是不是特别不想跟我单独吃饭？

艾丽丝不知道该说什么好了，她想这么久没见罗小南，应尽好地主之谊，又凑巧凯瑞找她取车。于是罗小南认为她是故意的。

艾丽丝想，罗小南这么固执的人，怎么解释都是多余。

想多了。艾丽丝道。

你变了，变得会讨好人。

艾丽丝笑笑，是呀，我也在讨好你。凯瑞人很好，以后有事可以找她。

我不需要。罗小南有些愤怒了。而且我有女朋友。

这个我并不怀疑，你那么优秀。艾丽丝淡然。

罗小南不说话。

半晌，艾丽丝缓和语气：跟我聊聊你女朋友。她不愿多年后与罗小南的首次见面闹得不开心。她是姐姐，过去是，现在是，或许将来还是，只要她的父亲与吴解放仍然生活在一个屋檐下。

她叫菜菜，美丽、温柔，而且善良。

打算什么时候结婚？

母亲不同意。罗小南说。其实，他停顿了下。起初母亲也是喜欢菜菜的，有一次她突然来看我。菜菜穿了一条睡裙，有点短，大约在这个部位。罗小南边说边比划，他已然忘了艾丽丝在开车，并且是个新手。

母亲回去后就坚决要我跟菜菜分手。

哦，吴解放这人……艾丽丝轻笑，这么古板。

不是的，我也以为母亲嫌菜菜开放，后来才知道是嫌菜菜两条腿有粗细。可我从来没觉得，母亲坚决认为她没有看错，还说菜菜不穿短裙是有道理的，她甚至说她走路的样子也和正常人不一样……

4

一路上罗小南说了很多话,那些话一直在艾丽丝的耳畔来来回回,像滚过的响雷。

吴解放,这个被艾丽丝封存的人,忽地跳出来在她眼前晃动,就像罗小南是她故意派来提醒她的。她有些恍惚,像是又回到过去那个家,吴解放对着她笑,让她心里发慌。她总觉得吴解放带着一张假面具,看不清她真实的样子。

罗小南模仿他母亲的语气,艾丽丝认真听,不说话。她不想让罗小南不舒服,毕竟是他自己的亲生母亲,当面说她的不是终归犯忌;罗小南在她面前秀恩爱,她也有一丝不痛快,像是心生妒意,又好像根本没到这个地步,情绪有时像蚕在作茧,吐出一条一条透明的丝,零零落落,慢慢地,纵横交错层层叠叠,到底为什么自己也弄不明白。

艾丽丝刚进家门就接到一个陌生电话。请问是艾丽丝女士?我是葛莱斯的同事,我想有必要告诉你,你丈夫失踪了。

你说什么?艾丽丝愣了。

我们已经两天没联系到他了。对方的英语很流畅。

他出事了?艾丽丝的慌张溢于言表。

他也没有跟你联系过?

没有。

哦……原是我俩一起去乌干达谈一个项目,不巧孩子生病,他一个人去了,行程安排前天就应该回来……

你们去找了吗?

找了，没找到。宾馆的人说他晚上出去后再没回来。这事儿……你别慌，我们已经报警了，有消息了就告诉你。

艾丽丝感到有些晕眩。

她不断拨打葛莱斯的电话，一直处于无人接听状态。于是她在微信里留言，反复写：你在哪里？我很担心。

手机静悄悄地躺在那里，艾丽丝心思烦乱。

照理，今天是葛莱斯固定打钱的日子，她没有收到。想着罗小南要过来，就把这事给忽略了。她有些恨自己，她怎么也不会想到葛莱斯会出事。

每个月，无论葛莱斯在哪里，艾丽丝都能收到一笔钱，以维系家庭正常开支。房租、水电……林林总总，艾丽丝现在住的地方是租的，房子陈旧。看房的时候艾丽丝不大满意，关键租金便宜，艾丽丝觉得划算就租下了。搬来前，艾丽丝征得房东同意，进行了简单装修。

葛莱斯也喜欢中式风格。入住那天，艾丽丝说我们终于有家了。葛莱斯将艾丽丝拥入怀中，许诺等他有钱了一定给她买一所大房子。

艾丽丝坐不住了，她决定去趟银行。这看起来很多余，艾丽丝的银行卡绑定手机，任何钱款信息都会在手机显示。她拿起桌上的车钥匙，噔噔噔跑去车库开车。她的手抖得厉害，钥匙怎么也插不进锁孔。

车库闷热无比，车上空调还未开启，滚烫得像个烤箱，汗水顺着艾丽丝的额头往下淌。她从车里出来，大口吸气，仿佛身体里挤满了污浊的气体，需要排遣出去。空气很热，艾丽丝被呛到了，拼命咳嗽，眼泪都咳出来了。

咳完，艾丽丝倚在车门上。此刻，她感到精疲力尽。她决定回家，门没有锁，隙开一条缝，她心惊，悄悄走进房间四处查看，屋里空无一人，才想起匆忙出去时忘了锁门。她叹口气，软软地窝进沙发里。

半晌，她从抽屉里找出一个小本子，本上记录了所有支出费用，她一笔一笔仔细算，打开电脑，查询银行卡余额。然后，对着电脑屏幕上的一串数字发呆。

第二天，艾丽丝给葛莱斯的同事挂电话，电话响了很久才接。我是艾丽丝，我丈夫有消息了吗？

啊？你别担心，担心也没有用。警察在找了，我还有事，有消息马上告诉你。叭……对方挂断了电话。

手机发出一阵嘟嘟声。

这几日，艾丽丝感觉像在做梦，罗小南的突然来访，非洲的陌生电话，葛莱斯的莫名失踪……她仿佛在接驳生活的交道口滑脱了轨道，独自承受着无比陌生的、危机四伏的世界，等待那个神祇般的人将她领回她的频率中去。

5

一周后的清晨，艾丽丝被手机尖锐响亮的铃声惊醒。得知葛莱斯失踪，艾丽丝更换了手机铃声，将音量调到最大，以便及时接听电话。又是那个陌生号码，艾丽丝心跳加速。艾丽丝女士，非常抱歉，警方让我转告您，他们已经尽力了。

您的意思是他已经……

没有，我们只是找不到他了，或许他去了别的地方。

那……

保重，我相信……

话筒里传来嘈杂的声音，然后断了线。像是信号不好，又像是对方挂断的。艾丽丝不知道那个人要她相信什么，不过她已经不想再打回去。

放下电话，艾丽丝起床、洗漱。换了一身运动装，跑出家门。为让葛莱斯减重，艾丽丝养成晨跑的习惯，她每天拉着葛莱斯沿着林荫小道跑半小时，出汗、洗澡，然后做一顿丰盛的营养早餐，艾丽丝很享受这样的过程。

此刻，艾丽丝试图用跑步来遏制内心的慌乱，不到十分钟艾丽丝就跑不动了，她站在那里，大口喘气。汗水从额头淌下来，她下意识地拿肩上的毛巾，抓了个空，她低下头，才想起出门换鞋时毛巾落在了鞋柜上。她叹了口气，在路边的一张椅子上坐下来休息，陆续有几个美国人在她面前跑过。她把目光投得很远，湛蓝的天，晨曦微露，寂静、美好。

自从母亲过世，小艾就死了，后来小艾成了艾丽丝。职校毕业后艾丽丝在一家房产公司做预决算，业余时间上夜校念英语。父亲觉得她很可笑，风马牛不相及。

吴解放私下说，这孩子怕是守不住。父亲不信，一个女孩子能跑到哪里去……这些都是罗小南告诉她的。艾丽丝问罗小南为什么要跟她说，罗小南很不好意思，我就是想知道你会不会离开这个家。艾丽丝笑笑，我总要嫁人的。

这话说过没多久，艾丽丝的老板要到深圳发展，艾丽丝偷偷报了名，直到要离开，父亲才知道。自然是不同意，争吵不可避免。艾丽丝和父亲统共闹过两次，上一次关于学业，这一次关于人生。

父亲很坚持，艾丽丝也很坚持。父亲最后说：你长这么漂亮，跑那么远，我放心不下，况且也没法跟秀莲交待。秀莲是母亲的名字，很多年过去了，父亲从未提过，它是长在小艾心底的一根刺，越拔越疼。艾丽丝心软了，她以为母亲过世后她不会在乎任何人的感受，其实高估了自己。

现在，换成艾丽丝与小艾吵，吵得很凶。

艾丽丝差点就听从了小艾的话，留下来，留在这座江南小城里，留在父亲身边，找一个她的同事或者邻居家的儿子结婚，然后安稳过一辈子。

那天，艾丽丝碰巧听到父亲与吴解放的对话。

这孩子真不走了？

不走了。

不走就好，省得别人说闲话。

嗯，她不要脸，我还要脸。

……

第二天，吴解放叫艾丽丝吃早饭，艾丽丝的屋子里已人去楼空。

到深圳以后，艾丽丝做了一段时间预决算，改行做销售，房子卖得很不错。

认识葛莱斯纯属偶然。

葛莱斯是她的客户，起先并不是，也不知道怎么就成了她的客户。这个肥硕的美国人，讲一口流利的中文，他的五官很硬朗，有点像汤姆·克鲁斯。他喜欢别人叫他小葛，每次来售楼部，总和大家打招呼：嘿，小葛来了。

他从艾丽丝的手上购买了一套房，两间卧室，客厅超大，葛莱斯喜欢这样的设计。

认识葛莱斯不到三个月，艾丽丝就把自己嫁了。有一次，葛莱斯请艾丽丝吃饭，艾丽丝突然说，小葛，我们结婚吧！葛莱斯不敢相信自己的耳朵。然后他听艾丽丝说，我们结了婚就去美国生活。这个头脑发热，把艾丽丝奉为"女神"的家伙想都没想就答应了。

事实上，葛莱斯只想留在中国。

他喜欢中国，喜欢深圳，也喜欢中国女人。

葛莱斯试图说服艾丽丝留在中国，他告诉艾丽丝他在这里有喜欢并发展得不错的事业，还买了房。他认为中国男人有了房就能够成家，他可以在这里给艾丽丝安一个家。

艾丽丝不想听葛莱斯说这些，她态度坚决，除非带她去美国，其他一切免谈，为此他们大吵了一架。葛莱斯有一阵子不再出现，艾丽丝以为葛莱斯决定放弃，也许对他来说在哪里生活比跟谁一起生活更重要。

半个月后，葛莱斯出现在了售楼部，他来找艾丽丝要求退房。接下来的事，一切都是水到渠成。当戒指套进她手指的那瞬，她竟然哭了。葛莱斯不知所措，以为又哪里惹了她。之前艾丽丝决定嫁给葛莱斯，多少带点交易的成分，无论对葛莱斯本人还是对未来生活都没有把握。

现在，她有了一些期待。

6

天终于亮起来，泛出一片红霞，四周弥漫的雾气散开，太阳露了头，半圆、扁圆，过了一会儿，太阳全露了出来，由深红色变成浅红色，把天边的云朵染成了玫瑰色。此时，晨跑的美国人已消失不见，手机的蜂鸣声吓了艾丽丝一跳，她抖了抖身子，仿佛一只受惊的小鸟。

她站起来，往回家的路上走。艾丽丝，我联系不上葛莱斯，怎么回事？电话里传来凯瑞的声音。

他失踪了。艾丽丝终于忍不住抽泣起来。

我哥出什么事了？

我不知道……

电话断了，艾丽丝到家时，凯瑞等在门口，面露不安。艾丽丝把凯瑞让进屋，告诉她关于葛莱斯的事，她一面讲，一面从冰箱里拿水，一瓶递给凯瑞。然后问道：我是不是该去一趟乌干达？

No，那边不安全，再说警察都找不到，你去有什么用。

你说，你哥会不会已经？

不会，我相信葛莱斯，他肯定去了别的地方。

艾丽丝的眼圈红了，她看着凯瑞，拉她的手，紧紧握在手里。

艾丽丝，别担心，我明天就搬过来。

艾丽丝摇摇头。两个女人坐在那儿，谁也没有再开口。此刻，艾丽丝觉得她跟凯瑞离得很近，能触到彼此的心跳。她们接触不多，且性格各异。不是葛莱斯失踪，她们不可能这样坐在一起。

半晌，凯瑞叹了口气，她站起来。你多保重，我有空就来看你。凯瑞走了，艾丽丝平静下来。即便她也相信葛莱斯还活着，那么她该怎么办？没有经济来源如何在美国生存。

接下来的日子，艾丽丝每天为寻找工作而奔波。

凯瑞来找过艾丽丝几次，都扑了空。她打电话给艾丽丝问她在忙什么，艾丽丝说她现在不方便接电话。凯瑞说找她有事，有好消息要告诉她。

待会我发地址给你。艾丽丝迅速挂了电话。

凯瑞到达咖啡店时，看到艾丽丝正在招呼客人。她微微点头，然后找了张椅子坐下来。五分钟后艾丽丝朝她走过来，嗨，来点什么？她问。

在这干活？凯瑞笑笑。

嗯，我得养活自己。艾丽丝将刘海朝后捋去，在围裙上搓了搓手。来杯 Americano 怎么样？我请客。

凯瑞摇摇头，艾丽丝径直朝柜台走去，出来时手里端一杯美式咖啡，放到凯瑞面前。我做的，尝尝。

然后她在她的对面坐下来。你哥有消息了？她问。

没有。

那？

就是有些担心你。凯瑞站起来，看艾丽丝一眼，然后拿起桌上的 Americano 啜了一口。嗯，味道很纯正。

目送凯瑞离开，艾丽丝有些后悔。这样匆匆一面，没有心理准备，彼此倒局促了，连话都不知道怎么说了。

罗小南进入莱斯大学后学业繁忙，为赚取生活费，他参加了教授的项目组。教授是个德国人，对他的才华很赏识，生活上也很照顾……他通过微信把这些消息传递给艾丽丝，然后说很想念她，想来看她，只是腾不出时间。

艾丽丝倒真心不希望罗小南来，于是每次罗小南问她：最近好吗？

她总说：很好。

一个月后，凯瑞打来电话。这一次真的有好消息要告诉你。她在电话里说，很欣喜。

找到葛莱斯了？艾丽丝问。

No。顿了顿，她道，学校图书馆缺一位管理员，我向学校推荐了你，校方答应了，你下周就可以来上班。

这……艾丽丝有些犹豫。

很好的机会，错过就没有了。凯瑞强调。周一我在学校等你。叭……凯瑞挂了电话。

此时，咖啡店里客人不多。艾丽丝发了一阵呆，一时竟想不起该做些干什么。

7

图书管理员的工作不难，艾丽丝上手很快。

一日，艾丽丝收到罗小南的微信，调侃说在员工食堂门口看到一位跟她长得很像的女生。他笑，我不会是太想你，看谁都是你了。

艾丽丝回：也许你看到的那个人就是我。

啊？罗小南发过去一个惊诧的表情。

艾丽丝放好手机。有那么点后悔，几分钟后，又拿出来。回道：我在学校图书馆工作。

啊啊啊……罗小南觉得不可思议，一连串发出几个惊诧的表情。

艾丽丝不再说话。

十分钟后，罗小南气喘吁吁地跑进图书馆。小艾，你在哪里？他叫道。声音惊动了正在看书的学生，他们纷纷朝他看过来。艾丽丝从书架后面闪出来，把罗小南拉到僻静处。

小点声，别影响我工作。艾丽丝甩了一下长发。

你……你怎么会在这里……工作？罗小南瞪大眼睛，连说话都结巴了。

在家待烦了。艾丽丝轻描淡写。凯瑞帮我找的。艾丽丝顿了顿道。

耶……

艾丽丝白罗小南一眼，你好走了。

晚上一起吃饭，我知道学校附近有一家中餐馆。

艾丽丝摇摇头。

下班后，艾丽丝在门口遇到罗小南。走吧。艾丽丝无奈。

吃完饭，两人步行回学校。近郊的夜风微凉，吹散了一天的热度，空气里带着一丝甜味。你爱他吗？罗小南忽然问。

艾丽丝隔了半晌，点头。有些后悔，该答得更爽快些的。

他还没回来？罗小南立刻换了话题。

嗯。

是不是不回来了。

艾丽丝惊慌地看罗小南一眼。怎么会？他的家在这儿。

嘿嘿。罗小南顾自笑起来。逗你的。觉得美国怎么样？他又换了话题。

还不错。

那男人呢？中国男人好，还是美国男人？

葛莱斯是美国人，多此一问。艾丽丝噘了噘嘴。

你看上去不太开心。

沉默片刻，艾丽丝听到自己不带感情的声音：哪有。然后挤出一丝笑，露出雪白细密的牙齿，在昏黄路灯的映照下泛起银色的微光。

艾丽丝与罗小面见面的次数多起来。机会与时间一样，是可以挤出来的。比如：学业稍闲的时候罗小南会踩着饭点在员工食堂等她；或者没课的下午罗小南会泡在图书馆然后邀艾丽丝共进晚餐。

每次与罗小南聊到她的婚姻，她总说不错，然后轻轻巧巧把话题转移。事实上，葛莱斯对艾丽丝确实不错。婚后，两人去爱琴海度假，整天腻在一块。他每月给她足够用度，每个节日会送礼物，还许诺给她买一套大房子，她的意见他很少违拗。

艾丽丝想要个孩子，她问过葛莱斯几次，他不说好，也不说不好。有一次，他居然半开玩笑地问她：两人世界不好吗？艾丽丝猜想他并不着急这事，抑或他根本就不喜欢孩子。

她当然不会把这件事告诉罗小南，包括葛莱斯的失踪。有的时候，艾丽丝看着罗小南的眼神，也会有那么几秒，内心柔软、虚弱。她想把葛莱斯失踪带给她的不安、焦虑乃至无助告诉罗小南。

她常常想起母亲去世前跟她说的话：你不要太相信男人。

母亲死于自杀。

那天，艾丽丝放学回家发现母亲躺在浴缸里，穿着她最喜欢的那件深蓝色刺绣旗袍，左手搭在地上，一条刺目的伤口，地上的一滩血水正在凝结成暗红色……艾丽丝大哭，她奔过去扯下一块毛巾，裹住母亲的伤口。母亲微微张开眼睛，微笑地看着她……她想把母亲搬到床上去，太沉。她趴在地上，泪水糊了一脸。救护车赶到时，母亲已经没了呼吸，在她怀里慢慢冰冷。

有一段时间，艾丽丝经常做同一个噩梦。疼痛就像是春天的草，从伤口处钻出来，生机勃勃，而且好像要生生不息。

8

休斯敦绵长的夏季即将进入尾声。

这天，罗小南对下午的鉴赏课不太感兴趣，上了一半后偷偷溜进图书馆，约艾丽丝晚上一起吃饭。凯瑞进来时看到两人正在小声说笑。艾丽丝，你看，来这上班多好。

艾丽丝有些猝不及防，她看到凯瑞的瞬间，流露出不自然。

你们可以经常见面。凯瑞朝罗小南打声招呼。嘿，来找资料？

嗯。罗小南面无表情。

工作还行？凯瑞转头问艾丽丝。

挺好。艾丽丝回，表情恢复如常。晚上一起吃饭？我知道这附近有一家中餐馆。

罗小南朝艾丽丝使了个眼色，艾丽丝装作没看见。

六点学校门口等你们。凯瑞比划一个 OK 的手势，朝图书馆门口走去。

她常来吗？罗小南问。

第一次。

你干嘛叫上她？

凯瑞帮了我，请她吃顿饭怎么了？艾丽丝笑了笑。你一个大男人这么小气。她低头整理图书。

罗小南有一点生气，兀自找了本书看。

五点五十时，艾丽丝整理停当，站在图书馆门口等罗小南。半晌，罗小南出来。艾丽丝锁好门，径直朝学校门口走去。

你怎么不等我？

艾丽丝不说话，脸上依然没有任何表情。

你生气了？

No，是你在生气。艾丽丝一字一顿，把最后两个字咬得很重。

沉默片刻。

罗小南迟疑了一下，跟上去。艾丽丝的背影，单薄中透着几分倔强。就像他们第一次见面，离开时艾丽丝走在前面，罗小南跟着。艾丽丝昂着头，每一步都走得很用力，不拖泥带水，背上的小米熊随着她的身体在罗小南眼前有节奏地晃动。那个背影刻进罗小南的脑子里，多年挥之不去。这么些年来，罗小南踩着艾丽丝的脚印，一步步想离她更近一些，终是隔着那段距离。

艾丽丝越走越快，罗小南赶上几步，与她并排。

好吧，我们都不生气。罗小南看见不远处站着的凯瑞，对艾丽丝笑笑。

凯瑞对这家中餐馆很感兴趣，她到处看，好奇离学校不远的地方竟然藏着这样一家小餐馆。

你们谁发现的？

靠窗位置，能看到落日。罗小南将菜单递给凯瑞，我。喜欢吃什么？罗小南问。中餐能吃得惯吗？他再次问道。

喜欢，可不太懂。凯瑞的鼻音有点重，像是感冒了。她把菜单递还给罗小南。罗小南叫来了服务员。

艾丽丝要了一杯苏打水，端起来喝了一口，看向窗外。

中途，凯瑞去了一趟洗手间，很快回到座位。应该是补了妆，刚才吃饭时缺掉的口红又鲜亮起来。她对罗小南笑，你真会挑地方，这儿不错，下次还来。

嗯，那餐馆老板得给我提成。罗小南玩笑。

趁罗小南付账，凯瑞问艾丽丝，你们是亲姐弟？她耸了耸肩，然后忽然道：我看着不大像。

艾丽丝惊了惊。是长得不像还是？她故意问。

嗯……凯瑞犹豫。感觉吧。她回。

是的，我们不是。顿了顿，艾丽丝又道：我和罗小南没什么，你别误会。我们是重组家庭。

凯瑞盯着艾丽丝看。

你应该知道，就是他母亲是我后妈，我父亲……

哦，我明白。凯瑞打断艾丽丝。你不用跟我解释，我又没说什么。

我想多了，许是我们文化背景不同，想法也就……艾丽丝摊了摊手，显得有些尴尬。

唔……也许。凯瑞点点头。

也不知道葛莱斯……艾丽丝换了话题，眼圈泛红。

相信上帝，一切都会好起来。

什么会好起来？出什么事了？罗小南回到座位，听见凯瑞说话。

帅哥，我们正在谈论圣经。凯瑞接口道。

艾丽丝原本悬着心，怕凯瑞实话实说，毕竟是美国人，她真不知道该怎么跟罗小南解释。见她这样，便放了心，想凯瑞也不是表面上那样大大咧咧。她站起来，我们走吧。她说。

9

日子过得飞快，对艾丽丝来说，有些煎熬。葛莱斯依然没有任何消息，他的手机已经停机，艾丽丝仍然会给他发微信。

虽然11月份休斯敦下了一场雪，但到了12月天气又开始暖和，户外穿 T 恤已经没有问题。圣诞节到了，凯瑞与艾丽丝约好，先去赫曼公园玩，然后一同看望父母。罗小南原本准备回中国，教授给了任务，他决定留在美国。

休斯敦天气温暖，赫曼公园的大片绿地没有完全褪去颜色，小火车刷上了圣诞节的红色，开车的工作人员戴着圣诞帽。艾丽丝被要求站在萨姆·休斯敦的铜像前，凯瑞叫路人给她们合了一张影。凯瑞很兴奋，脸上泛起一层淡淡的油光。她告诉艾丽丝：休斯敦市就是以这位将军的名字命名，在休斯敦其他地方也可以看到他的雕像。

　　从休斯敦铜像后面望过去，艾丽丝看到一片长长的池水，蔚蓝，像镜面一样铺在公园正中央，池水映衬着两旁森林的倒影，几只野鸭跳入水中激起涟漪，岸边的几只旁若无人地徘徊，梳理羽毛；松鼠从两旁的树上跑下来觅食，它们不怕人，会走到人们身前等待食物；左侧树林后方是赫曼公园的露天剧场，剧场设计别出心裁，游人可以坐在草地上观看表演。

　　艾丽丝站在林间由红色沙粒铺成的小路上，她抬起头，仰望天空，看大片云朵翻滚，变幻出各种奇特的形状。

　　艾丽丝……凯瑞叫她。她回过神来。我们该回去了，要是喜欢，再来。

　　艾丽丝有一段时间没有去看望葛来斯的父母，他们住在近郊，离赫曼公园不算太远。她花了一周时间准备圣诞礼物。葛莱斯的父母年轻时去过中国，对艾丽丝这个中国媳妇甚是欢喜。

　　听见汽车声，两位老人迎出来。

　　嘿，我亲爱的艾丽丝。他们跟艾丽丝相拥。谢谢你来看我们。

　　爸妈，圣诞节快乐！

　　他们一起进屋，屋子里有了圣诞气息。艾丽丝突然很想葛莱斯，这个念头堵在心里，鼻子竟有些酸。怕父母看到，艾丽丝躲进卫生间。

半晌，她出来，脸上挂着水珠。凯瑞猜测艾丽丝刚刚哭过，她把艾丽丝拉到沙发上，给她看她准备的圣诞礼物。

开心点。凯瑞忽然说。

艾丽丝点点头。

那我去了，你坐会。凯瑞起身，朝厨房方向呶呶嘴。

艾丽丝站起来。我也去。

凯瑞笑笑。西餐，我内行，等着尝我的手艺。

现在，客厅里只剩下艾丽丝一个人。葛莱斯母亲和凯瑞在厨房里准备丰盛的晚餐，父亲在花园里锄草。

她决定四处走走。葛莱斯房间的墙上贴满了照片，艾丽丝一张张看。以前也看过，不像现在这么认真。中学时代的葛莱斯瘦瘦高高，运动场上踢足球的样子很帅，戴着学士帽傻笑……还有几张是合影，有全家福，有与父母的，也有与妹妹的。

触情生情。

艾丽丝退出来，将房门掩上。葛莱斯房间右手边是书房，门开着，她瞥了一眼，走进去，打算找本书打发时间。书桌有些凌乱，几张旧报纸，一两只快递包装盒。艾丽丝顺手整理，把它们归置好。此刻，她的眼睛落在一只快递包装盒上——葛莱斯，她险些惊呼。她瞪大眼睛，仔细看包装盒上的字。

嘿。葛莱斯的父亲站在身后。艾丽丝，下楼吃饭了。

艾丽丝转过身，脸色苍白。看着兀自惊魂未定的艾丽丝，葛莱斯父亲有些担心，你怎么了？他问。

艾丽丝朝后退了一小步，倚在书桌边上。我没事。她回过神来，缓缓道。

真没事？你脸色不太好，要不去葛莱斯房间休息下？他建议。

艾丽丝摇摇头。

10

快下来，尝尝我的手艺。凯瑞在楼下喊。

两个人一前一后下楼，葛莱斯父亲不时回头看艾丽丝，她对他报以微笑。凯瑞站在楼梯口，把艾丽丝拉到身边坐下。去葛莱斯房间了？她压低声音。

艾丽丝摇摇头，拿起刀叉，认真切割盘里的牛扒，然后将一小块塞进嘴里，咀嚼。

怎么样？凯瑞看着艾丽丝。

好吃。艾丽丝挤出一丝笑。有机会教我做。她道。

这个没问题，但我有个条件。

什么？

唔……听说现在中国发展很好？凯瑞忽然问。

艾丽丝点点头。

我决定一毕业就去中国。凯瑞宣布。顿了顿，她继续道，艾丽丝，你得陪我一起去。

让我想想。艾丽丝看葛莱斯父母一眼，回道。

晚餐后艾丽丝收到罗小南的微信，她告辞出来，开车去学校。莱斯大学的师生几乎都去过圣诞了，整个校园笼罩在一片寂静的夜色中。清亮透明的月光下，她远远望见一个人，在那里徘徊，影影绰绰，像一个提线木偶。

她觉得她何尝不是，孤独有时像鬼魅，怎么也摆脱不了。

艾丽丝拿出手机，拨打罗小南的电话。我到了。她说。她从车里下来，看着那个人影飞快移动，离自己越来越近。

此刻，艾丽丝的身体前倾，她的脸埋在那个人肩上，她闭上眼睛，感受对方急促的呼吸以及手臂力量的细微变化。她的身后仿佛有了一大片盛开的丁香花，香得人透不过气来，她被那一片浓香化掉了。小艾，我还以为你不会来。声音从罗小南的胸腔发出，微颤。

艾丽丝抬起头。跟我来，罗小南说。光线很暗，路况不熟，艾丽丝亦步亦趋，罗小南打开手机照明，不时提醒她小心。艾丽丝第一次来罗小南的宿舍，干净、整洁。

刚打扫过？艾丽丝故意问。

嘿嘿。罗小南不好意思。喝点什么？他问。

白开水。

罗小南开始忙碌。半晌，端上来一杯卡布基诺，奶白色的心形很漂亮。艾丽丝啜了一口，啧啧道：没想到你还会这个。

我会的事多了，只是你不知道。罗小南揶揄。

我们有好多年没在一起……

但，你的事我都知道。罗小南打断艾丽丝，有一种胡乱的、不讲道理的可爱。

最近可好？教授布置的任务完成得怎么样？艾丽丝换了话题。

挺好，进展顺利。顿了顿，他看着艾丽丝，认真道：你能来，今年的平安夜不同于以往。

这……倒是的。艾丽丝将头转向一边，躲开罗小南的注视。做了这么些年姐弟，还是头一回过平安夜。她微微叹口气。

罗小南站起来。闭上眼睛，他道。

干嘛？

罗小南绕到艾丽丝身后，手一抖，一条施华洛世奇水晶项链在艾丽丝眼前晃动，心形吊坠在光影里闪着淡蓝色的莹光。

圣诞快乐！给你戴上？罗小南的手异常灵活起来，毫不费力地探上艾丽丝的脖颈，艾丽丝借口上厕所，躲开了。

你的菜菜小女友，现在怎么样了？从卫生间出来，艾丽丝问道。

我们分手了。

还是因为吴解放？

也不全是。罗小南说，很多事说不清楚，特别是感情上的事。

艾丽丝沉默下来，然后点点头，你说得没错。

两个人安静了半晌，不说话，也不动。他坐在床头，她站在书桌边。然后她说，你早点休息，我回了。

项链。罗小南示意艾丽丝。她摇头，还是送你女朋友比较合适。

特地给你买的……他央求她收下。

她停了停。那好吧，我先替你女朋友收着。她笑笑，把项链放进包里，然后跟罗小南道晚安。

11

艾丽丝终于答应跟凯瑞回中国，凯瑞说会给艾丽丝一个惊喜。

深圳机场。

两个人站在行李带边上，等待。凯瑞东张西望，显得很亢奋，她对艾丽丝神秘道：一会有人来接机。

谁？艾丽丝问。

见了就知道了。凯瑞扮个鬼脸。

取完行李，凯瑞径直往机场出口方向走。艾丽丝叫住她，从怀里掏出一个信封递给她。

钥匙和信，替我交给葛莱斯。艾丽丝说。

你知道了？什么时候？凯瑞满脸疑惑。你不跟我一起走？

嗯。艾丽丝转身离开。

等等。凯瑞跑上几步，拉住艾丽丝的手臂。跟葛莱斯见一面吧。她央求。这鬼主意是我出的，你别怪他，你知道他太想留在深圳，可是……

她轻轻松开。有机会来深圳看你。她说。

清明节。

山上有些泥泞，昨夜下了一场春雨，山风微凉。山峦重重叠叠，在艾丽丝的眼前延伸，草木葱郁，山花烂漫。

艾丽丝站在母亲的墓前，手里捧一束黄白相间的菊花，山风吹过，吹起额前的一绺长发。父亲将母亲生前爱吃的小菜、糕点、水果摆好，点上蜡烛。吃吧，小艾来看你了。他说。随即鞠了三个躬，艾丽丝把菊花轻轻放在墓前，也鞠了躬。结束后，父亲低头打扫墓地。越来越老的、孱弱的父亲，她看到他头顶灰白的发，稀稀拉拉，在风中凌乱。

爸，我妈她？艾丽丝忽然问。

你想知道秀莲为什么会自杀？父亲抬起头。

艾丽丝默然。

你妈……患有抑郁症，她……

艾丽丝手机蜂鸣声截断了父亲的话。她接起电话，是凯瑞打来的。嗨，你好吗？我在深圳过得很好，现在一家房产公司做设计，关键是最近有个中国男人看上我，追得紧。凯瑞语速飞快，像极恋爱中的女人。

我还奇怪你的中文水平进步明显，原来是爱情的力量。艾丽丝揶揄。

哈哈……凯瑞在电话那头大声地笑。笑完，她说，还有一个好消息，葛莱斯当上大区经理了，你也来深圳吧。

不了。艾丽丝回绝。

来吧，就当来看我，我想你了。凯瑞撒娇。

等这边安顿好吧……

作为说客，凯瑞很尽职了。艾丽丝想。

挂完电话，艾丽丝四处张望，父亲已经远远走到前头去了。此时，天空突然下起了雨，像紧急造访的客人，雨丝细密、绵软，山峰在袅袅云烟中若隐若现，雨水落在脸上，有一些冷，她急匆匆往山下跑，追赶父亲去了。

2017 年 8 月 30 日

我和我的闺蜜

1

白玉兰的婚礼热闹而隆重。

来宾席上晃动着几张在电视上经常看到的脸，似曾熟悉又陌生无比。

我一个人来喝喜酒，身边没有强子。白玉兰跟在李瑞身后，幸福地微笑。看到我时，她愣了一下，强子呢？她问。我笑笑，我们分手了。她皱皱眉很快恢复笑颜如花，喝好喔！然后离开，这个场合这种时候，不容许她去关注其他的事，哪怕是她最好朋友的事。

婚礼结束后，我去了常去的那间酒吧。

酒吧里人不多。我要了那种口味微甜、熠熠发光的葡萄酒，独自饮着。三四个女人围在一起，她们像模像样地彼此斟酒，碰杯，往空中吐烟圈。她们很少抽，只是拿在手上做做样子，听凭烟冒着烟，但那样子真像女特务，或者交际花之类。总之，一种坏坏的气氛，像烟味那样，罩在空间里，既呛人又醉人。几个男人隐在酒吧的黑暗里，看不清他们的样子，却能闻到一股暧昧的气味……

我能感觉到我喝得有点多，但情绪是清醒的，我能感觉到我的脸泛着红光，我能感觉到我的眼睛眯眯的，我还能感觉到我有很多心里话想拉着一个人的手说出来……后来，我看到有一个人影从灯光的暗处走过来，他在我对面坐下，看着我，对我笑。那是一个陌生的男人，可能也在这里喝酒，或许也是一个人。他可能也是喝多了，要不就是觉得我一个人很有趣，于是他就走过来，问我，我可以坐下来吗？或者他什么也没问，自自然然地就坐下来了。

你没事吧？他说。

没事。

真没问题吗？他又说。

当然。

他在我座位对面又坐了那么一两分钟，然后又问，我送你回家好吗？我的神经突地跳一下，朝他摆摆手。他没再说话。然后站起来，走回了自己的座位。后来直到我离开也再没看见他。

酒醒的早晨，头有些痛。我赖在床上，不想起来，看着片片红色枫叶在柠檬黄的窗帘布上空寂地飘飞。久违的阳光一点一点涌进来，回想自己的生活，像是一只蜘蛛，最初始的时候只是吐着一根丝行走，目的固执单一，后来不经意间就织成了一片网，网里当然也织进了自己，网托着我生活，离了网便无以附丽。

起床，上班。生活就是这样，必须的。

在牙科医院黑黑长长的走道里我撞见了白玉兰，有片刻时间我以为自己还未酒醒。今天是白玉兰新婚的第二天，她该待在李瑞身边，而不是牙科医院。

空空，早上好！白玉兰跟我打了声招呼，随即消失在走道深处。

走近诊室，已经有病人在等我。几个孩子被各自的家长牵着手，见到我都客气地叫我，我很快进入工作状态。现在来看牙的孩子很多，不是因为蛀牙，而是来做矫正。家长们都很注意孩子牙齿的清洁，却忽略了应有的锻炼，使之生长杂乱，影响美观，因而整天戴着牙套的孩子随处可见。

一整天都没有时间去找玉兰。下班时又在黑黑长长的走道撞见她。

空空，我先走了，再见！白玉兰行色匆匆，我不知道她是不想跟我多说，还是真的着急回家。作为一个婚姻既有者与我一个未婚者，我们所处的位置已经有了非常微妙的对立态势。因而我对自己说，放她走吧，也许这一刻她是那么迫切想要见到她的老公。

那么我该去哪里？哪里有我想要见的人？

暮色四合，盏盏灯光从车窗旁疾驰而过，产生了奇特的视觉效果，远远望去，又一个陌生的城市被甩在身后，星星点点的亮光如同催化剂，激活了我的大脑，让我再一次想起强子。

我和强子的分手很有些莫名其妙，直到现在我依然恍如梦中。那是个秋日的黄昏，我跟强子去了我们第一次约会的那间茶餐厅，之后就再也没有见过面。

那天，强子没说要跟我分手，我也没提，但我们却默契地再也没有联系对方。

强子留给我很多猜测，或者我也留给强子很多猜测，我们彼此都没有给对方分手的理由，却也都没有再去询问。最初的时候，我仿佛还有些期待强子来找我，继续恋爱甚至结婚。一日一日，期待逐渐消逝，心境又回到恋爱之前。

他不是没有爱过我。我们分开一天可以发几十条短信息，我们可以为了过一个浪漫的节日准备很久；在百人大厅里，他在这头，我在那头，我们的眼神也会越过所有屏障黏在一起片刻不分开。

都已成过去。那段日子也是白玉兰忙于婚事的日子，我没有告诉她我和强子分手的事，我不想纷乱她的心情。

2

还没来得及按门铃，门已经打开。父亲探出头，问，回来了？晚上在家吃饭不？

我点点头。

有一阵子，我忽然变得很忙碌，不经常在家吃饭。母亲总是埋怨我不早说，饭又多做了。于是父亲开始习惯问我，每次回家他都这么问。在得到肯定答复之后，他会朝厨房喊，多做点，孩子在家吃。

家的感觉真得很好。

虽然每天都过着同样的日子，甚至说着同样的话。

吃饭的时候，父亲问，你玉兰姐都结婚了，你怎么样？顿了顿他继续道，对了，怎么好久没见强子来？

我跟强子分了，我说。

怎么就分了呢，你们不是说要结婚了吗？父亲愣了愣，有点遗憾的样子。

爸，强子早已经是过去式，再说你们也不喜欢强子，分了不是更好！我故意抬高了音量。

空空，父亲以为我是故意在跟他赌气。他放低声音，别跟家里人计较了行不？只要你喜欢，我们没意见。说完他朝母亲眨眨眼，母亲会意，附和，是，是，你爸说得没错，强子虽然不够成熟，不过其他各方面都不错，你们早点定下来，我们好准备。

我站起来，爸，妈，你们就别操心了，我真跟强子分了。

那……父亲犹豫着，你是不是有新的男朋友了？

这就是他们的逻辑，有了新的，才可能把旧的那个扔了。

我有些无奈，世上的事要是真有这么简单就好了。

爸，很快就会有的。

我的话让父亲感到疑惑，他不确定地看着我，希望我能给予他明确答复，可我自己都不知道我的下一任男友在哪里，我又怎么能够回答他。

看着父亲欲言又止，我逃也似的离开了家。

现在，我要去哪里？

站在小区门口，我很犹豫。

城市的灯火已纷纷亮起，看着那些行色匆匆、无暇望一望风景的人们，没有一个是当下找不到自己家的，所以他们的脚步坚定，神态从容。而我，从家里逃出来，就不得不独自承受着无比陌生的傍晚。

此时，眼前经过一对人儿，无论是长相还是打扮都很大众，随便走到哪里都会淹没在人群中。两个人却很默契，女人的纱巾有些滑落。男人看到了，指了指，女人低下头羞涩地笑。将手袋递给男人，轻轻系好纱巾，想了想又打了个漂亮的蝴蝶结。然后看着男人，仿佛在说，漂亮吗？男人微笑地点点头，仿佛在说，这样就不会滑落了。两个人都没有开口，眼神却是生动的，饱满的，流动着许许多多的情感。

我突然就有些感动。

我又仔细地看了那个男人和那个女人一眼。似曾相识，我的脑子里蹦出一个念头。那个女的，我确信从来没有见过，但那个男的，应该是见过的。

婚礼，倩倩，对了，他应该就是倩倩的老公。

我想起来了，同时倩倩婚礼的场景很清晰地显现。那晚那个男人神采飞扬，看得出他兴奋无比，喜悦无比，即便如何掩饰，也掩饰不了。倩倩是男人费了千辛万苦追来的，征服对一个男人来说，或许比得到更令人动心。

婚后，倩倩跟我的联络渐多。

作为儿时玩伴，我和倩倩曾有一段时间断了联系。记得倩倩的爱情之路走得很艰辛，就像她的现代舞，需要不停地旋转、起跳。在经历爱之深、恨之切之后，倩倩换男人犹如换衣服，然后突然就结婚。

一个一生只恋爱一次就结婚的女人可能她需要一些新的虚拟的激情，而一个把该谈的恋爱全谈完的，如倩倩，也许会收心做一个心如止水的女人。自打结婚，倩倩的生活才步入正轨，恍惚间那些所谓的男友都人间蒸发。我很好奇，但从不过问。我知道那是倩倩的一块伤疤，是不能随便揭开的。揭开了，也许我们的情意也就没了。

我们偶尔会一起吃个饭，一起逛个街。

倩倩爱笑了，也爱说了。她还经常把"我们家老汪"挂在嘴边。她总是说，我们家老汪怎么怎么的……

起初我总爱打趣她，说她整一个妈妈桑，眼里除了老公，就没别人了。她就笑，说等你结了婚就知道了。

3

倩倩老公的一闪而过，让我想起倩倩。

倩，晚上有空吗？找个地方坐坐。我拨了倩倩的手机。

好啊，我正觉得无聊，我们家老汪刚来电话说晚上要加班。倩倩的话里挤着蜜，当然我知道她并不针对我，而是因为她提到了老汪。

加班？我愣怔了一下，脱口而出。

是啊，他工作很忙的，我知道他也不容易，全为这个家。

我哼了一下，以示对老汪的鄙视。只是这哼来自心里，倩倩听不到，我也不能让她听到。

在哪里见啊？空空。倩倩见我有些愣怔，赶紧问。

要不就你家转角的那间茶吧。我现在马上开车过来，十分钟后见。

挂了电话，我趋车前往。

倩倩已经等在那里，她穿了一件色彩鲜艳的毛质长披肩，沙发边上放着一只用很多亮闪闪的珠子穿起来的小包。

我叫了你最喜欢的拿铁，还有甜点。倩倩看起来心情很好。

我指了指倩倩的衣服，新买的？我问。

嗯，我们家老汪买的。

我猜也是，我们家倩倩什么时候品位这么差了。我学倩倩的口吻。

哈，你也不喜欢啊。唉，老汪的面子，不能不给。

你现在是一口一个老汪，你家男人真这么好？以前你可是把男人当狗屎，当初说什么来着，不就是搭伙过日子嘛，搭得好搭，搭不好散，不过一张纸……

都过去了。

真的都过去了？我反问。

此时，一对青年男女走进来，嘻嘻哈哈。男孩的右手搭在女孩肩上，不知道女孩说了一句什么，男孩在女孩脸上轻轻扭了下。哎哟，女孩叫，干嘛啊？人家好痛的，声音嗲嗲的，标准台湾腔。倩倩不置可否地朝他们瞥了一眼，喃喃自语般，也就那么回事吧。

之后她看着我笑。你知道吗？倩倩突然来了精神，她坐直了身子，说，空空，你知道吗？她又说了一遍。

我没有回答，脸上却应景似的显现疑惑的表情。

老汪这人，既浪漫又体贴的。

倩倩简简单单的一句话，把老汪的好全说了。我有些走神，心里想的是小区门口看到的那个男人是如何既浪漫又体贴。

喂，空空，想什么呢？倩倩见我眼神有些飘忽，问我。

没，没。我回过神来。

空空，你是不是有什么心事？

我摇摇头，哪能？我现在一个人，既没人可烦，也没人来烦我。

空空，你怎么就跟强子分手了呢？我们都觉得你们很合适。

谁知道呢，分就分了呗。不说他了，还是说说你老公吧，他如何既浪漫又体贴？

只能意会不能言传。

还保密呢，美得你！

对了，空空，说正事。既然跟强子分了，你也该开始新的恋情，要不我让我们家老汪帮你留意？

好啊，我也要既浪漫又体贴的！

…………

我跟倩倩有一搭没一搭地聊着，间或注意下身边的人。这中间倩倩接过两个电话，都是她老公打来的，问她在干什么？什么时候回家？好像还叮咛了几句。倩倩听电话的样子很小女人，很幸福。这幸福像朵开在春天最耀眼阳光下的花朵一样，极为醒目与确定。

倩倩老公的温柔与体贴通过倩倩得以完美展示。

此时，我脑子里突然冒出一个很奇怪的想法，之前我看到的那一幕都是我编造的，全都不存在，那个男人，纱巾、蝴蝶结……画面再次浮现眼前。那个女人，被替换成了倩倩，笑颜如花的倩倩，美丽不可方物。

倩倩手机短信响起时，她打断了我的臆想。空空，她说，老公来短信催了，我先回去，你呢？

我回过神。倩倩，我说。有些迟疑，你老公，他……我本来不想说的，又觉得不说好像也不好。

不说了，我得走了，老公还在家等我。倩倩起身，拿包的时候她想了想说，空空，其实你要说什么，我心里都知道。

你知道？你怎么会知道……

知道……你不说我也能猜出来，也能知道。倩倩复又坐下来。

我沉默。不知道该说什么。

空空，不要说了好吗？有些话说了就是真的了，就成了生活的刺，拔也拔不掉。所以还不如不说，就当它从来都没有发生过。

倩倩站起来，拿着包，亮珠在灯光下，闪闪的，耀了我的眼睛。我目送着倩倩踩着细高跟婀娜地消失在我面前。

时间还不算晚，我又去了那间酒吧。我喝了点酒。后来，同样也喝了点酒的一个陌生男人走了过来，坐在我对面。我们聊了会儿天。要知道，有时候酒精总是可以拉近人与人之间的距离。我们其实不止说了一句、两句，好像真是聊了一会儿。然后，我无意之间看了看手表，正好是晚上十一点整。

突然，我也不知道为什么我突然这样问他，我说，这么晚了，难道家里没人等你吗？

我就记得这一句，至于那个人怎么回答的，回答了几句，我都有些记不清了。后来他好像又坐了会儿，喝了几口酒，接着就站起来走了。

再后来，我也走了。

4

　　天蓝得一往情深，像长着蓝眼睛的情人，牙科医院门外的那一排梧桐树叶在不时刮过的清风中婆婆起舞，彼此深情抚摸。我临窗而立，感受着越来越清冽的空气打到脸上，身上。这是个飘忽不定、时来时去、时晴时雨的冷暖气流交汇的季节。我突然想去看看玉兰。我跑去找玉兰，护士小刘告诉我说她已经好几天没来上班了。

　　我猜想玉兰应该是和李瑞度蜜月去了。又觉得玉兰也不告诉自己一声，很不够朋友。

　　我摸出手机，按下白玉兰的手机号。

　　电话响了很久才接通。

　　我故意调侃玉兰，美女，在哪儿呢？有了老公，就把我忘了。下次回来，看我怎么收拾你。

　　空空，我在家里。玉兰的声音有些沙哑，听上去很是疲惫。

　　这么快就回来了？你们上哪里度蜜月？我问。

　　没去成，我身体有些不适。

　　生病了？怎么也不给我来个电话。我马上过来！

　　不用了，我已经好了，明天就来上班。白玉兰急切地拒绝我。

　　哦……

　　撂下电话，我犹豫片刻，还是决定去白玉兰家。既然知道她病了，无论是从同事还是朋友的角度，我都应该去看看她。

　　这是我第二次去，上次是来玉兰家闹洞房，意思下就走了。玉兰把家租在李瑞单位附近，新买的大 house 还在建造中，玉兰就急急将自己嫁了，一切都是为了李瑞。我常想，不知道李瑞上辈子修了什么福，娶了玉兰。她是多么完美的女人，即便以女人挑剔的眼光来看，她依然算得上完美。

玉兰的新房不大，但温馨漂亮，我很喜欢，我甚至要求她帮我设计我以后的新家。

我的到来令玉兰尴尬。

屋子很乱，不像是那种来不及收拾的乱，倒像是故意弄乱的。碟片到处扔着，地上，茶几上，间或夹杂几本书。沙发上随便卷着一条毯子，一个枕头，像是刚有人睡过。茶几边角上有一只烟灰缸，扔满了烟头，烟灰飘得到处都是。

玉兰，你老公呢？进门的时候我随口问。

他上班去了。

你生病了他也不在家陪你？我有些奇怪，感觉新婚夫妻好像不该是这个样子。

我让他去的，单位有事。感冒发烧而已，你看我现在都好了，又不是小孩子，要人陪。白玉兰这么说了以后开始怪我，你也是，我不是说明天来上班，你还跑过来，不嫌累啊。

不累，你的新房那么漂亮，我还没好好参观过呢。说这话的时候我又环视了一圈屋子，突然觉得这话不妥，因为我看到白玉兰的脸色不对。

有什么好看的，屋子这么乱，我还没来得及收拾你就闯进来。白玉兰边说边动手整理。

怕什么，都是老朋友了，你身体还没好，我帮你吧。

白玉兰没有拒绝。我捡起地上的碟片，不知道应该放在哪里，把它们递给玉兰。走近她时我发现她的眼睛有些红肿，像是刚刚哭过。

玉兰，我问，你们家有人来过？

怎么？白玉兰对我的问话有些敏感。

你看，这沙发，毯子，枕头，还有这么多烟蒂……顿了顿我继续问，你们家李瑞不是不抽烟？

哦，嗯。白玉兰说话有些语无伦次，他不抽，是的，他老家来人了，这会刚出去。

白玉兰的样子让我心生怀疑。在她有限的生活经历里，她很少说谎。她一向痛恨谎言，因而一说谎就爱脸红，相处这么久，我了解她。

我没有再问。玉兰不肯说，我逼她也没有用，心底浮起一丝担忧。玉兰没有亲人，除了我，她几乎没有朋友。到底发生了什么？为什么玉兰不肯告诉我？屋子为什么会那么乱？她为什么哭？那个沙发上残存的体温与痕迹真的是李瑞亲戚留下的？

脑子里蹦出许多问号。白玉兰这么简单的女人，这些现象出现在她身上怎么想也觉得奇怪。

玉兰留我吃晚饭，说李瑞晚上有应酬，要我陪陪她。晚饭后，我们坐在一起看电视，谁也没有再提李瑞的事，包括他亲戚的事。我们说着电视里的人物、故事，玉兰看上去状态好多了。快十点了，李瑞依然没有回来。

你老公怎么还不回来？我忍不住问。

应酬起来总是没有时间观念。玉兰回应。

那你不给他去个电话，催催他？我建议道。

玉兰想了想,起身去拿她的手机。玉兰没说几句话就挂了。

我问,怎么样?

他说过会就回来。

我站起来。我说,我该走了。

白玉兰点点头,将我送到楼梯口。那天晚上,我的脑子很乱,乱成一团的念头活跃着我的大脑细胞。回到家,我躺在床上。突然感到了忧伤。

5

一早起来就不停地下雨,很大。雨点细密地打在车窗上,影响了我的视线。我不得不减慢车速,到达牙科医院的时候,已经过了上班时间。

门口,我看到了白玉兰。她整个人湿漉漉的,头发尖还在不停地往下渗水。

玉兰,这么大雨,看你湿的,李瑞没送你?

白玉兰摇摇头,朝我笑笑。说,他一早就去上海出差了。

白玉兰看上去依然很憔悴。她不再说话,朝自己的诊室走去。

我开始留意她,她总是很少言语,只是专注患者的牙齿。我找她说话,她应付着,全然没有一丝神采。除了心情不好,白玉兰身上没什么异常。我试图靠近她,探知原因,她很敏感,像只小刺猬,总是躲避我的关心。日子久了,我慢慢失去了寻找答案的耐心,日子又恢复如常,只是觉得她比先前更加忧郁。

白玉兰开始喜欢独来独往,偶尔也会来我这里坐坐,聊几句,但很不真实。她所有的真性情都已经被一个叫秘密的东西碾压成一片薄而坚硬的沉寂，那片沉寂底下也许很多次想要吐露，只是困难异常。

我再一次遇到倩倩姐夫，是在倩倩孩子的满月酒宴上。他更胖了，脸上的肉下坠得厉害，挂在脖颈边缘，远看就只剩下头与身子了。估计他发现了我，端着酒杯朝我这边过来。空空，好久不见！他说，然后举杯一饮而尽，我微笑着，用酒沾湿嘴唇。过得还好吧？我问。倩倩姐夫摇晃了一下肥硕的脑袋，我先过去，待会我们再聊。我点点头，目送倩倩姐夫略微摇摆地回到自己的位置上。

有点多。我想，不知道倩倩姐夫要跟我说什么。

离开酒店时，倩倩姐夫叫我。空空，等等，我们找个地方坐坐。

我回头慢下脚步，等待倩倩姐夫。有话要跟我说？我问。

是，倩倩姐夫的脸很红。这边上就有家咖啡厅，去喝杯茶吧，酒有多点，醒醒酒。

这家叫"月亮湾"的咖啡厅好像是新开的，进去时还略略能嗅到一丝淡淡的木料味，咖啡厅里人很少，星星点点地散落在各处，乐声悠扬，环境还算不错。我们找了个临窗的位置，点了两杯龙井。倩倩姐夫还想点些水果、点心之类的，被我拒绝了。

时间过得真快！倩倩姐夫朝沙发上靠了靠。

我点点头，是啊，倩倩孩子都满月了，玉兰也结婚了。

我提到玉兰，是因为倩倩姐夫是他们的媒人。言外之意是在夸赞他。

听我说玉兰，倩倩姐夫坐直了身子。我今天就是想跟你说说他们的事，我这媒做得真不靠谱！

我愕然，他们都结婚了，怎么还不靠谱？是不是李瑞后来没帮你？我小心试探。

空空，你这小脑袋转得真快！倩倩姐夫哼笑了两声。还记得我以前随口说的话呢，唉，全搞砸了。

怎么回事？倩倩姐夫的话让我更加惊讶。

白玉兰没跟你提过？这回轮到倩倩姐夫惊讶了。

没，她什么也没说。不过我觉得她好像是有什么事瞒着我。

我真没想到白玉兰之前就领过结婚证，她还说自己未婚，问你也这么说，现在我是有口难言啊。

倩倩姐夫的话像一颗重磅炸弹，震得我头晕。你说什么？我反问，玉兰她结过婚？

倩倩姐夫点点头，这事是李瑞告诉我的。停顿片刻，倩倩姐夫继续说，反正李区长很生气，问题很严重。现在他已经不信任我，我的美梦也宣告破碎。唉……倩倩姐夫重重地叹口气。

我很内疚，虽然我确实不知道真相。可倩倩姐夫是因为我才认识白玉兰的，不管怎么说我也脱不了干系。

对不起，倩倩姐夫。除了说对不起，我不知道还能说什么。

不关你事，都是我自找的。倩倩姐夫朝我摆摆手，继续说，本来也没想要告诉你，这不看到你，顺便就说了。

空空，你怎么样？什么时候请我喝喜酒？倩倩姐夫迅速转移话题，以缓解压抑气氛。

我明白他的意思。男朋友都没，谁知道什么时候。我说。

不对吧，我听倩倩说你有男朋友的。

分了。

哦，怎么就分了呢？早知道还不如把李区长介绍给你。倩倩姐夫很有些遗憾。

我笑笑，是啊，说不定这会也结婚了。我故意说。虽然我知道李瑞不是我的菜，我也不是他的那盘。

那我帮你留意，这么好的姑娘！哪个男人摊上都是好福气。

我差点笑出声。倩倩姐夫，我说，我可没你说得那么好，你还做媒呢，不怕再倒霉？

你跟她们不一样，我们是自己人。做成了总是好事一桩，积德的，我乐意！

倩倩姐夫把我当成自己人，我还能说什么。

从咖啡厅出来，倩倩姐夫说要送我，我拒绝了。

一个人走在街头，呼吸着夜晚清凉的空气，很是惬意。头顶一弯明月，星星点缀着夜空，闪着光。迎面偶尔擦肩一对情侣，低头窃窃。一两辆三轮车从身边骑过总会刻意慢下车速，或许在等待我向他们招手。亮着绿灯的 Taxi 一辆辆忽啸而过，仿佛某个地方正等着他们的客人。

一切都那么井然。这是一幅夜的画，这画里有一个我，正低着头，脑子里过着电影，场景在不停切换，白玉兰和李瑞成了男女主角。回想与白玉兰相处的一幕幕，她真诚，善良，可是她欺骗了我，欺骗了倩倩姐夫，也欺骗了李瑞。

6

玉兰，我闯进白玉兰的诊室。

午休时间，诊室里没有病人，白玉兰正对着窗发愣，我的闯入把她吓了一跳；犹如惊飞了树上的一只小鸟。她回转头，看着我，一脸的苍白。

空空，有事吗？声音依然有些颤抖。

不影响你休息吧？我问。

她摇摇头，站起来，把我拉到她身边坐下。起身倒水，把水杯推到我面前。等待我说话。

玉兰，我说，你为什么要瞒着我？

白玉兰愣了下，对于我没来由的问话。我什么事瞒你了？反问。

倩倩姐夫告诉我说，你之前就结过婚，你骗了他，骗了李瑞。

白玉兰的脸涨红一片。我……我……白玉兰低语。

她犹豫着。我看出了她的犹豫。我说，玉兰，你告诉我到底怎么回事，我不相信你是那种人，我们是好姐妹啊。

玉兰脸上的红已褪去，泪水就像是一群牵着光明而来的飞蛾，扑了她一脸。

我不是有意的。我不知道他那么在乎。他一个博士，一个公务员。谁会没有过去，结婚之前我问过他，他说他不想知道我的过去，他只想要我的现在与未来。我被感动了，我们结婚了。这话犹在耳畔，他却……玉兰说话一开始还像藏在深巢里的一只只鸟，呼啦啦地飞起来，带起一丝冷风，到后来就不再是鸟了，而是连珠炮。

你想知道我的过去吗？白玉兰突然这么问我。

我很想。我说，但前提是你愿意告诉我。

我愿意，我一直都想要倾诉。有些话放在心里已经很久。但我找不到可以倾诉的人。白玉兰叹口气。

我用眼神鼓励她。玉兰终于打开了记忆的闸门。

江波，我们这个月去领证好吗？

我没时间啊，要外出执行任务。

那就下个月？白玉兰用渴望的眼神看着江波，江波点点头。呵，太好了，我这就选日子去。

领完证出来。白玉兰笑着对江波说，现在我们是夫妻了，你以后不许辜负我。江波也笑，我保证以后全听老婆大人的。两人笑成一团。

玉兰提议，我们去庆祝一下怎么样？江波有些犹豫，刚才局里来电话要我马上回去。

那你去吧。玉兰善解人意。我们晚上再庆祝也不迟！

从民政局分开，白玉兰回了医院。刚到诊室，就接到一个陌生电话，男人的声音。你领结婚证了吧？你可能上当了。男人的话把白玉兰搞懵了，等她反应过来想问明原因时，对方已挂断电话，再打过去一直盲音。

莫名其妙的电话让白玉兰忐忑不安。不过她想，也许是打错了，也许是有人故意跟她开玩笑。她和江波都谈了一年多，双方的情况很熟悉，也得到了彼此父母的认可，难道还会有错？这样想以后，白玉兰的心情逐渐平复。下班前，她开始考虑怎样庆祝，和江波过一个浪漫之夜。此时，手机突然响了。收到一条短信：你是白玉兰吧，我有事找你，现在就在你们医院外面。

白玉兰匆匆走出医院，门口站着一个陌生女孩。女孩朝白玉兰招招手。两人找了个僻静处说话。

玉兰很疑惑，你是谁？你认识我？

我认识你，是因为江波。

江波？你认识我老公？

白小姐，我求你了，把江波让给我吧。女孩用了哀求的语气。

白玉兰彻底糊涂了。你什么意思？白玉兰焦急起来。

女孩从包里拿出一张化验单递给白玉兰。白小姐，她说，我怀孕了，孩子是江波的。

白玉兰有些站立不稳，她抖抖地接过化验单。不相信地看一眼，又看一眼面前的这个陌生女孩，一切都变得不太真实，白玉兰感觉自己像在做噩梦。

女孩抽走了白玉兰手中的化验单。你要不信，可以去问江波，我敢跟他对质！女孩的语气开始变得强硬。我不会放弃的！转瞬消失在白玉兰的视野里。

白玉兰在那里站了好久，她的脑子乱得像一团浆糊。江波，女孩交替出现在自己面前，像两个剪纸人。

冰火两重天。对白玉兰来说，过这一天，比过一辈子还要辛苦。喜悦、疑惑、猜测、忐忑、震惊、痛苦、迷茫、抉择……白玉兰在这短短的二十四小时里全经历了，她和江波的婚姻也仅仅维持了不到二十四小时，连庆祝都没来得及。

江波成了白玉兰再也不愿提及的人。那段婚姻，把她钉在耻辱的十字架上，留给她的是心灵的千疮百孔。她变得不信任，犹其不信任男人。

7

生活有法则吗？没有，当然没有。

如果有，白玉兰身上就不会发生这样的故事。我想，现在对于白玉兰来说，让生活尽可能带点温度地延续下去，才是第一位的。除此以外，并没有什么恒定的非遵守不可的法则。

我决定去找李瑞。

在区政府大院李瑞的办公室里，对于我的到来，李瑞深感意外。

找我有事？李瑞问。

我点点头。我说，我想讲个故事给你听。

李瑞很茫然。他反问，你特地来找我是为了讲一个故事？这听起来似乎有些可笑。

你听我说完好吗？这个故事是关于玉兰的，我也是才知道。你听说过吗？

李瑞摇摇头。我说，那我开始讲了，你听好。

我把白玉兰的故事转述给他，他耐心地听着，一句话也没有插。等我讲完，他说，你告诉我这些干什么？你是不是觉得她很可怜？

对她好点行吗？我没有回应李瑞，只是说。

无论如何都不是我的错，是她欺骗了我。

我的心立时凉了半截。我说，难道你就不能理解她，原谅她？一切都已过去。世上那么多的谎言你都可以接受，为什么就不能接受玉兰善意的谎言。

我们原本就生活在谎言编织的灰色地带，接受因为我别无选择。对于那些谎言，我有天生的免疫力，而这个，我没有。

玉兰也是受害者，不值得你同情？

同情不等于原谅。

我沉默了。我相信，我说服不了李瑞，他有他固守的处世逻辑与价值观。

然后，我问，你会跟白玉兰离婚？

李瑞摇摇头。我不想。

为什么？我脱口而出，你想报复白玉兰？

我没有你想得那么狭隘。李瑞几乎是生气了，他从椅子上站起来，在桌上摸索着像是要摔什么东西，他压抑着，口气变得相当生硬。我们的事不用你管，我还有个会……

李瑞的态度还算绅士，我知趣地离开。心里像塞满杂草，毛糙糙的。我没有料到李瑞会说出这样的话。我替玉兰感到不值，她终究还是嫁错了人。

再见玉兰时，我问她，你会跟李瑞离婚吗？

白玉兰如出一辙。她说，我不想。

我说了一大堆理由劝玉兰离婚，去寻找幸福。

玉兰听着，既不反驳我，也不表示赞同。最后她说，就这样过吧，除非李瑞要跟我离婚，不过我想他不会。

你这么肯定？我忍不住问。

嗯，玉兰点点头。

…………

我不知道白玉兰为什么要坚持，也不了解李瑞到底怎么想。

但在不离婚这一点上，他们很默契。

世上确实有很多事无法解释。比如白玉兰和李瑞都不愿放弃的婚姻，我与强子无缘无故的分手，倩倩与老公看似的美满幸福……

我想是不是每个人都会有秘密，都会选择让自己遗忘一些记忆。然后在自己的大脑里出现一个黑洞，这黑洞是温柔体贴的内里，它让我们面对现实，心平气和，不再计较，它让我们不再愧疚，不再激动，不再后悔，不再伤感，不再挣扎，它让我们暗暗与自己讲和，原谅自己也原谅别人。

一年后，白玉兰告诉我说，李瑞要走了。

我以为他们终于决定离婚。可玉兰接着说，李瑞作为重点培养对象，被组织上派去援疆，三年。说这话的时候，玉兰看起来很快乐。

那你只有一个人了？不孤单吗？我问。

不是还有你！玉兰咯咯笑起来。她很少这么跟我说话，我也很久没看到玉兰笑。

能一样吗？我问。孤独＋孤独＝不孤独吗？我又补了一句。

不想那么多了。玉兰止了笑，空空，她说，谢谢，有你真好！

我明白玉兰的意思。我说，我们都应该开心点的，对自己好一点。

空空，玉兰点点头，突然兴奋起来。她问，你明天是不是要去相亲，记得叫上我，帮你把关……

好的。我说。

生活还将继续下去，谁也不能喊停。暂且，我们就先停留在这一刻里吧。我和玉兰同时闭上了眼睛，顾自沉浸在怀念里，沉浸在越来越厚的暮色里。

2011 年 4 月 1 日

逃 离

　　小区窄窄的花园小径，花坛里一簇簇叫不出名的花朵，黄的、紫的、红的、白的，盛开着。一个女人穿过小径，着一件淡紫色改良旗袍，短款，露出白皙匀称的小腿，胸前绣一大朵白玫瑰，身形挺拔，腰肢纤细，脚下白色的平底浅口皮鞋，鞋面点缀了些许亮片，她走起路来微风拂柳，摇曳生姿。

　　几年不见，她还是那么惹人注目。

　　一周前，覃月梅从家里那个小小的窗户望出去就看到她了，她穿过小径，然后消失在小区的某幢楼房里，这之后又见过一次。她怎么会来这里？又那么频繁地出现？覃月梅很疑惑，这个小区很老了，房子狭小而破旧，但凡有点钱的，都悉数搬离。

　　覃月梅想避开她，这一次是真的避不开了，她们可是碰了个正着。

　　小区花坛边，女人朝覃月梅走过来，步履显得迟疑。她走进，表情诧异，啊，啊！她惊呼，你怎么了？我还以为认错人了。她道。

　　覃月梅点点头，脸上挂了笑，走不了路了。儿子邓英杰很自然地停下脚步，覃月梅回头看他，示意他继续前行。儿子没动，似乎也没有看到覃月梅的示意，他垂手而立，眼里闪着光。自从覃月梅出事以来，已经很久没有在儿子眼里看到类似的东西，于是她转回头，仿佛受到了鼓舞。

你这是，生了病？她问。从她的目光看，她并不知道覃月梅想躲开她，眼里是久别见面的单纯笑意与殷殷关切。毕竟，她们曾经是很好的舞友。

老了不中用了。覃月梅回应。她想，她肯定是要和她聊一会的，不如自己先主动。你来这干嘛？覃月梅迅速换了话题。

最近，我妈身体不大好，过来瞧瞧，没想到还能遇上你。女人的话充满了喜悦。

你母亲住这？覃月梅很惊讶，她其实是想问，以前怎么就没见你来过。

是呀！真是巧了。女人点头。原来你也住在这里。覃月梅对女人的语气，莫名地生出一丝不快。

嗯，住了些年头，小区虽老点旧点，但地段好，步行 10 分钟就到解放路，闹中取静。覃月梅有些急切。

女人走上前，一只手搭在覃月梅的轮椅上。你有空吗？我们聊会。她说。

覃月梅想说，我还有事。口还没开，儿子先发话了。阿姨，今儿天气热，找个背阴的地方慢慢聊，我妈一个人很闷，我给你们买水去。

覃月梅对儿子擅作主张，很不高兴。英杰，她说。你周阿姨要去看她母亲，哪有时间陪你妈聊天。她转头看她，希望她能委婉拒绝儿子，恰好捕捉到她眼里一闪而过艳羡的眼神。

女人说，好的呀，难得遇上，妈那儿，晚些过去。

覃月梅从衣兜里掏出手机，有意地看了一下时间，表示自己是有安排的，不能耽误太久。

要不然去你家，水也不用买了。女人突然说。覃月梅有些意外，为什么不找个背阴的地方聊呢？去我家，是要坐下来长谈？她的家，不到四十平米，孙子的奶粉、奶瓶、尿不湿、小毛毯，扔得到处都是，还有其他一些杂七杂八的东西，自从她不能动了，家里就没有人整理了。这后面一点让她感觉紧张，不会吧？

敢情好。邓英杰很快表示欢迎。又自作主张，看把你能的！覃月梅在心里狠狠骂了邓英杰一句，嘴上只好说，那走吧，就是家里乱得下不了脚。

没事，我这么瘦。女人调侃了一句，为了表现热络，女人替换了邓英杰，试着推覃月梅的轮椅。显然，女人从来没有推过，使错了劲，一个趔趄，险些摔倒，轮椅跟着摇晃起来，把覃月梅吓了一跳，也把邓英杰吓出一身冷汗。

我来。邓英杰要求替换女人。

女人笑笑，拒绝了。你带路，她对邓英杰说。

早些年她们曾在一起学过跳舞，两个人都很痴迷，毕业后她去了文化馆，覃月梅进纺织厂做了质检员。覃月梅进厂没多久，新鲜劲一过，就对质检这项毫无创意且呆板的工作表示厌恶。后来她跑来跟覃月梅商量，想要组建一支业余舞蹈队，两人一拍即合，舞蹈队冠名青春飞扬，名还是覃月梅给取的。这之后她们跳过数不清的各种舞，还参加过大大小小各类文艺演出。再后来队友们各自成家生子，舞蹈队就解散了。

女人年轻时是出了名的美女，在她们这个年龄段的一拨人里，甚至入了前三甲。现在虽然老了，五官依然好看，高挑的个子，胸是胸，腰是腰，有那么一点点像香港不老女神赵雅芝，就是气质上差了几个档次。

覃月梅其实是不大喜欢这个女人的，起初不强烈，只是觉得她过于矫情，后来觉得这女人不光矫情还庸俗。她常常在背后讲人坏话，舞蹈队有个女孩，长得好看，舞也跳得好，有几次表演结束合影，女孩站在中间，现在称之为 C 位，她就不高兴了，说人家有心机，想成名。有一次女孩穿了一条据说是有牌子的花裙子，很美，不光美甚至是有些耀眼了。什么牌子，覃月梅记不清了，关键也不懂，她就偷偷跟覃月梅说，她傍上了大款，给人做二奶。覃月梅不信，她说，要不怎么穿得起这么贵的裙子。

这样的女人覃月梅是厌烦的，五官再好也是浪费资源。只是基于两人对舞蹈的热爱，以及青春飞扬在这座城市曾经火过的那些年，覃月梅也就跟她做了好友很多年。

进门，覃月梅让儿子把沙发整理出来，招呼女人坐下。她依然坐在轮椅上，与女人面对面，她故意不叫儿子倒水。她想，这样说完就可以走人。

我这乱七八糟，实在是不好意思。覃月梅解释没有立即答应她来家里的原因。邓英杰从未有过地热情、主动，他泡了茶，还在茶几上倒了些香瓜子。然后说，你们边吃边聊，我上医院接豆豆娘俩，今天豆豆打疫苗。

你儿子孝顺。女人终是没忍住。她朝邓英杰点点头，你去吧，我陪着你妈，放心。

覃月梅咧了咧嘴，还行吧。她说。她实在拿儿子没办法，这架式，女人一时半会走不了。她一个人完全没有问题，然而在她眼里，她现在就是一个需要人照顾的废物。想到这，覃月梅心里很不是滋味。

淡淡的奶香。女人抽了抽鼻子。真让人怀念。接着，女人又补充说，我外孙女上幼稚园中班，早些时候也是满屋子这个味道。

哦，都这么大了，挺不错的。覃月梅说。看来她已经把那段苦日子熬完了。真是快，女儿都结婚这么多年，她最后见她时，她还在念中学，小姑娘很害羞，正处在不尴不尬的青春期。

是说，一晃我们都多少年没见了。女人叹了口气。然后掏出手机，你们家网络密码是？我连下，我微信里好多照片，给你看看，有外孙女的，还有我的。

难怪她要来家里，她要用微信。覃月梅不懂什么是网络密码，她的新手机是邓英杰给整的，原先她一直用老年机，只会接打电话，偶尔发一两个短信息。自从坐上轮椅，邓英杰怕她无聊，给换了一台智能手机，教她使用微信。她记得邓英杰说过，只要在家里就可以上微信。

覃月梅一脸茫然。我不知道，英杰说在家里就能上。

女人撇嘴，你连着当然能上，我们才五十多，你这个都不懂，真把自己当老年人了。覃月梅感受到女人的嫌弃，她张了张嘴，什么话都说不出来。半晌，她说，我问下英杰，他肯定知道。

电话里，邓英杰报了一串数字，覃月梅怕重复错了，干脆按下免提键，然后她听见他说，可以把照片存到手机里，这样就不用网络，随时能看。覃月梅挂了电话，看女人一眼，发现她的脸竟然红了。

她解释说：这些照片女儿都存到电脑里了，她不想再存一次。她一边说，一边在手机屏幕上划拉。覃月梅不想继续讨论这个问题，她不懂，说多了反而闹笑话。

雾霾有些浓重，覃月梅将视线移向窗外。这几天空气不好，你出门记得戴口罩。覃月梅换了话题。

女人没有理会，盯着手机，手指很认真地一上一下划拉。覃月梅看着她，她的皮肤依然白皙，只是比先前松弛，眼角的细纹密了、深了，脸颊上点缀了几粒小色斑，但她的五官还是很好看，鼻子高挺，她的脸上，岁月并没有那么无情。

你看，我外孙女。女人终于翻到了照片，她扬起身子，将手机递到覃月梅面前。照片应该是刚拍的，小女孩白白胖胖，穿一条粉红色的纱裙，手里抱个洋娃娃，眉眼与女人有几分相似，只是没能继承女人的优点。漂亮吧？他们都说长得像我，隔代遗传。你也知道，女儿长得像她爸，我一直担心她嫁不出去。女人自嘲。覃月梅在记忆里找寻她女儿的样子，她们见过两次面，她女儿并不像她所说的那样难看，事实上她的老公长得也还算精神。

这是我去法国旅游时拍的。女人说，她用快进的方式划过那些她游玩时的照片。

你女儿陪你去的？覃月梅心生羡慕。她哪里肯陪我这老太婆，都我一个人去。女人再度撇了撇嘴。

你独自出国？覃月梅不相信地看女人一眼，你不怕吗？人生地不熟，语言又不通。

怕啥！只要肯花钱，找旅游团专门定制，玩得可舒心了。女人轻描淡写，继续划拉照片。法国真心不错，凡尔赛宫、巴黎圣母院、埃菲尔铁塔……她在某一张照片上停住了，看到没？这么多纸袋，都是我在巴黎买的东西，时装、香水、化妆品，巴黎不愧是国际时尚之都，我真想把整个巴黎都搬回来。女人调侃一句，引得自己先咯咯笑起来。

这是我去泰国普吉岛拍的，女人在另一张照片上又停住了。覃月梅看到落日余晖中，沙滩、海洋，她穿着黑色比基尼泳装，牙白色薄纱、栗棕色长发随风飘扬。太美了。覃月梅取悦女人，你看你这身材，一点没走形。

唉呀！你哪里晓得，我花了多少钱，费了多少心思。健身、跳舞、美容、全身 SPA，哪一样不需要钱、不花精力。女人抱怨。

覃月梅明显感觉到女人话语里的优越感，她埋头在一堆照片里。各式各样的衣服、围巾、墨镜、包包……她不懂品牌，对侈奢品更没有概念，凭她多年对这些物品的直觉，她相信应该价格不菲。这么多年过去了，女人比年轻时更会用钱，也舍得花。想到这，覃月梅心里隐隐难受，没有对比就没有伤害。出国豪华游，她连出趟远门都舍不得；买各种高档用品，她买件衣服都要算计半天；至于泳装照，更是想都不敢想，即便她依然苗条，身材也不比女人差。

覃月梅问：全身 SPA 是什么？

这你都不知道？女人故作惊讶，她耐心解释：SPA 是希腊语，意为健康在水中。我们利用天然的水资源结合沐浴、按摩和香熏来促进新陈代谢,满足人体视觉、味觉、触觉、嗅觉和思考,达到一种身心畅快的享受。顿了顿,女人像是意识到什么,继续道:等你腿好了,我带你去。

覃月梅想,她这么乱花钱,难道老公没有意见。

女人接着抱怨,说到钱,真是烦心。女人仿佛猜到覃月梅的心思似的。最近,女儿总跟我吵架,说我花掉了外孙女的教育基金。我花我老公的钱,老公都没意见,她凭什么?你给我评评理,她女儿的教育,就得由她这个当妈的管。

覃月梅想,她的确是个被丈夫宠坏的女人。就因为漂亮吗?他不给她钱,或者限额支出,她有什么办法呢?她那点退休金用用也是足够了的。他不加干涉,哪怕说她几句也是好的。她是她外孙女,怎么就成了她女儿?女儿的话没有错,孩子教育一向是家庭的重中之重,孩子是未来,她是什么,老女人而已,难道她还想再嫁一回。

我简直没法跟女儿说话,一句都说不到一起。她眼里只有自己,哪有我这个妈,我都这把年纪了,土埋半截子,再不享受就晚了。你别看我风光,我其实特别羡慕你。俗话说,久病床边无孝子,你看你这副样子,你儿子待你多好,我可都看在眼里。

覃月梅笑笑,有些无奈。英杰这孩子太老实,我也不指望他有出息。你女儿厉害,小时候成绩好,现在工作单位也好吧?她问。

女人点点头,女儿争气,又升职了。然后报以微笑。

覃月梅忍不住问:她收入不低吧,还跟你计较钱?

女人解释说，女儿没能嫁个好人家，女婿人是不错，就是家在农村，还有个弟在念大学，日子不好过。结婚、买房，全仗着我们家，我估摸他现在还时不时往自己那个家接济。顿了顿，她继续道，唉，谁让女儿长得这么难看呢？我当时想，能嫁出去就行了，哪敢提什么要求。

覃月梅听出来了，女人是在嫌弃她老公长得丑，她有老公可以嫌弃，那她呢？她连老公都没有。覃月梅的老公在邓英杰十五岁的时候就过世了，为了儿子，覃月梅没有再婚，含辛茹苦把儿子拉扯大，念书、工作、结婚，覃月梅都抗过来了，有的时候她都暗暗佩服自己。老公刚没那会儿，覃月梅像是失了主心骨，他们感情很深，又不敢在儿子面前显露，一个人偷偷跑到没人的地方，慢慢就淡了，不淡也得淡，日子如水时时冲刷着，赶着你往前看，往前奔。

我们好好过，把杰杰带大，不能断了香火。

覃月梅的脑子里突然就蹦出这么一句话，莫名奇妙的。这是老公生病之前说的，也不知道怎么就说了，当时覃月梅还笑话他，骂他神经，满脑子的封建余孽。她很久没有想他了，他的样子都已经模糊。

这些念头，她不能说出口。

吃瓜子。覃月梅从茶几上抓一把香瓜子递给女人，女人接了，又顺手放在了茶几上。

怎么没有你老公的照片。覃月梅问。

他？女人轻哼了一下，也不知道他整天忙什么，人影都见不到一个，以前还陪我散散步、逛逛街，现在脾气也不好，动不动就冲我发火，要不就不理人，当我一团空气，好像上辈子欠他的。

覃月梅很意外，她老公真会这么待她？她大手大脚，他都没意见。也许是她故意夸大，跟所有妻子一样，丑化丈夫是一种本能。

女人站起来，四处张望。你就一直住在这儿？她问。

覃月梅懂女人的意思，那能怎样，他们没有更多的钱，现实就这么残酷，别无选择。

挺好的。覃月梅点头，我对生活没有要求。

嗯。我也觉得这里不错，离医院近，生活方便。女人接口，当初母亲身体不好，这边正好有房子出售，就买了一楼。她原来住的地方小区虽新，但路远，楼层又高。女人又绕回到自己身上。

怪不得以前没见你来过。覃月梅说。

女人点头，复又坐下。然后说，不好意思，扯半天闲篇，你这腿？

覃月梅想，还是绕不过去，怎么办呢？总得说几句。

说来话长，前段时日我收到两个消息，一个好的一个坏的，好消息是儿媳生了个大胖小子，坏消息是……覃月梅说到这停顿了下，她扫女人一眼，继续道，母亲突发脑溢血，还好抢救及时，捡回一条命，但只能躺在床上。这头要照顾小孙子，那边还得伺候老母亲，白天黑夜的，是人都受不了。

不找个保姆？女人插话。

找了呀，还是忙不过来。你看，白天我得给月嫂做饭，晚上得守在母亲床边。母亲自从生病，谁也管不了，脾气古怪得要命。

半夜里，一会儿要喝水，端给她又不喝，一会儿要尿尿，放上尿壶又说尿不出，非得我扶她下床，她那么胖，我哪有那个力气，折腾半天又说不要尿了。把我弄乏了，我一打瞌睡，她就拿敲背的玩意儿打我脑袋，生痛生痛。

记得你母亲是个和善的人，见人就笑，她还给我做过一条连衣裙，很漂亮，我特别喜欢。女人回忆。

到后来，她故意不跟我说，把屎尿拉床上，拉完才叫醒我。床单上的那个味，至今都忘不了。没办法，马上换洗，等搞好了天也亮了。

她变坏了。女人捂着嘴笑，又觉得不妥，忙安慰道：你真不容易。是呀！从母亲家回来一脚踩空，从楼梯上滚下来，就成了现在这样。

覃月梅想，怎么就这么会编故事，那么顺溜，像是真的。她把已故多年的母亲扯出来做道具，深感不安，她决定等英杰一有空就去墓地看看母亲，烧上几炷香，跟母亲道个歉。

事实上，覃月梅并没有请月嫂，她舍不得。她不光没有请，还给别人家的母亲当了保姆。小孙子一降生，覃月梅感觉房子不够用了，为了给儿子腾地方，又正好有人需要夜间保姆，覃月梅就决定接下这个差事，还可以贴补家用。

女人问：那你母亲怎么办？她指了指覃月梅的腿。

我弟弟、弟媳在照顾。覃月梅回。

他们之前怎么不管，女人有些愤怒，真是的，要是帮衬你一把，你也不会这样。我弟被我们宠坏了，没有责任心，他那个媳妇也不好惹。唉，不说了，现在好了，他们逃不开了。

女人连连点头。然后说，也让他们尝尝这滋味。

我宁愿不让他们尝，听说母亲越发不好，估计日子不多了。覃月梅说，你看我现在，哪也去不了，还要人照顾。

确实。女人用了肯定句。

我是不是老多了？覃月梅问。还好。女人摇了摇头，又补充道，就是有些憔悴。

太累了，这半年被折磨得够呛，瘦了很多，差点就缓不过来了。

肯定能缓过来，你儿子那么孝顺，等你腿好了，我带你做SPA。女人再一次强调。

她反复这么说，覃月梅才意识到，女人还是很在意一些东西，比如SPA，就因为她随口问了一句。

然后，两个人都没有再说话，实在是不知道该说什么好了。半晌，女人站起来又蹲下去，我给你揉揉腿吧。她说。

不用。女人的举动很突然，覃月梅不适应，拒绝得很干脆。女人伸出的手落在半空，犹豫了下又缩回来。场面有些尴尬。

时候不早了。覃月梅补充一句，该去瞧你母亲了，老人都是孩子，一不如意就爱乱发脾气。

等你儿子回来我就走，我答应他了。女人坚持。

喝茶，都凉了。

女人点头，端起茶杯抿了一小口。这茶，不错。她道。

覃月梅笑笑。

邓英杰抱着孩子推门而入，跟进来一个黑瘦的年轻女人。呵，这孩子，叫豆豆是吧？女人欣喜道，真可爱，让姥姥抱抱。她从邓英杰怀里接过孩子，转头对覃月梅说，长得像你。

哇。孩子突然哭起来，女人被吓了一跳，她竭力哄孩子，孩子反而哭得更加响亮。

年轻女人看不下去了，出于母亲的本能，她迅速从女人怀里抱过孩子。豆豆，别闹，妈妈在。她说，孩子很快不哭了。

到底是妈妈好。女人讪笑，与覃月梅告别。

两周后的某一天，女人来找覃月梅。

覃月梅有些意外。来瞧母亲？她问。

嗯，主要是来看你，你的腿好些了没？女人边说边从包里拿出一只精美的盒子递给覃月梅。这个送你。她说。

覃月梅接过来，来就来吧，还带东西，太客气了。

阿玛尼的丝巾，打开看看，喜不喜欢？女人笑着。

覃月梅不懂什么阿玛尼，她以为不过是一条丝巾，打开的瞬间，她甚至是有些嫌弃的，丝巾的花色过于艳丽。在覃月梅的眼里，艳丽就代表着俗气，她喜欢素淡些的。此时，眼角的余光不经意扫到标价签，她以为眼花了，进行再度确认后，覃月梅的脸噌地红了。

太贵重了，我不要。覃月梅将丝巾盒盖好，往女人怀里塞。

是不喜欢吗？不喜欢我送你别的。女人笑笑。

覃月梅摇头，我一个坐在轮椅上的老太婆，戴这么好的丝巾，糟蹋了。女人把丝巾抖出来，在覃月梅的颈上，松松垮垮地打了一个漂亮的蝴蝶结。覃月梅的颈很耐看，细细长长，俗称天鹅颈，颈部肌肤松弛还不明显，这跟她年轻人时酷爱跳舞有关。

女人随即拿出一面镜子，你看，多美！覃月梅看着镜中的自己，如一朵即将枯萎的花儿受了雨露滋润，瞬间鲜亮了。覃月梅点头，朝镜里的女人笑笑。她们差不多年纪，她比她仿佛小了十岁，覃月梅心里隐隐难受，谁说时间是公平的，那不过是骗人的鬼话。

女人说，你得打扮打扮，你看你一打扮就像换了一个人。等你腿好了，我们逛品牌店去，我知道一个地方，我常去。那里的衣服特别适合我们这个年龄段，你去看了准喜欢。

覃月梅不说话。

女人继续道：上次难得遇上你，忘了问你要电话和微信了，我们加下，以后微信里聊。

覃月梅点头，表示自己也忘了这茬。

加完微信，女人突然问：你的腿什么时候能好？

谁知道呢？覃月梅表示无奈，抱怨道：轮椅都坐烦了，我和它快长在一起成连体婴儿了。

女人建议：找医生看看，或者直接去省立医院找专家。如果需要，她可以帮助联系，她在省立医院有熟悉的医生。她还告诉她，她有一个朋友，腿摔断后在市医院动的刀，结果一直不见好，后来去的省立医院，也是她介绍的专家，重新做了手术，现在恢复得不错。专家说，要是再晚来一点，怕是站都站不起来。女人絮絮叨叨，还说了其他一些什么，覃月梅记不清了。最后她道：你得重视了，这关乎你后半生的幸福，不能这么随便。

覃月梅连连点头。

女人又加上一句：你儿子再孝顺，也不能把希望都寄托在他们身上。

此刻，阿玛尼丝巾还挂在覃月梅的颈上，她再次低头看了一眼，那个蝴蝶结打得真是好看，松而不散，棱角分明，看似不经意，实则彰显了主人的审美情趣。覃月梅暗暗佩服女人的手艺，随随便便，就让一条丝巾有了生命。

某种莫名的情绪在覃月梅的内心升腾，从嫌弃到喜爱，短短几分钟，只是因为这个小小的蝴蝶结，她真想永远把它挂在颈上，可她舍不得，她决定把它解下来，放进盒子里，然后送给她的儿媳妇，那个黑瘦的年轻女人，她为她生下孙子，完成了她对过世丈夫的承诺。

覃月梅发觉自己走神了，听女人说了那么多，她必须说几句，说几句女人想听的话，否则就太不懂人情世故了，关于腿的话题也还将继续。于是她表达了如下意思：

丝巾她特别喜欢，是一眼就看上的那种喜欢，她夸女人有眼光，会挑东西，送人也暖心。她的人际交往也宽泛，连省医院的专家都认识，实在是太厉害了。她不仅厉害，还关心人，她说的那些话很有道理，例子也生动，如果不是她的帮助，她的那个朋友可就惨了，站不起来是啥滋味，只有体会过才知道，她现在就正在体会，很痛苦，也很无奈。从现在开始，她将认真考虑这个问题，有需要一定会来麻烦她。

女人笑着，露出一口洁白整齐的牙齿。

暮色从窗户上爬进来，慢慢将屋子，还有屋子里的两个女人染成了同一个颜色。

她们都没有再说话，屋子瞬间静谧下来。

你还记得阿敏吗？半晌，女人突然问。我们舞蹈队的，她继续道，深怕她忘记了。人高高瘦瘦，长得挺漂亮，后来嫁了个老外，跑美国去了。

覃月梅想，我怎么会不记得，舞蹈队十个女孩子，女人最厌烦她，在我这说了人家一箩筐的坏话，难道她都忘了吗？

覃月梅点点头，她跑美国之后，我们就断了联系，她怎么了？

女人没有回答，她掏出手机，又开始一上一下地划拉，我给你看一个视频，阿敏在美国拍的。别墅、花园、草地、狗，与想象中的美国中产阶级生活高度吻合，阿敏胖了一些，也不大见老。她养了至少有两条狗，一条大狗在花园里乱窜，她正在给另一条小狗洗澡。

看上去很不错。覃月梅说。

女人说，她会跟我联系，让我很意外。

都这岁数了，也该云淡风清了。覃月梅回。

女人没有接覃月梅的话，让我更意外的，她说她要回国生活，她好不容易才搞到我的联系方式，希望我重组舞蹈队。

覃月梅想，许是遇到什么变故了。

女人继续道，我想阿敏出国这么多年，突然要回来定是遇到了变故。女人再一次猜到覃月梅的心思，让覃月梅心里隐隐感觉不安。或许是跟老公离了，又或许跟儿女们相处不融洽。我忍不住问她，她说她在美国这么多年，生活得很好，随着年纪大起来，开始想家，最近越发想了，打算回来，叶落归根。

那她老公、孩子怎么办？覃月梅问。

她说她老公陪她回国，美国人对故土、乡情没那么在意，听那意思是要在国内安度晚年，至于孩子们，他们有他们的生活。

这么洒脱。覃月梅不禁感叹。去了美国就是不一样，哪像我们，自己的孩子好不容易拉扯大，老了又要帮着带孙子，上要伺候老的，下要照顾小的，真不知道什么时候是个头。

唉呀！有什么办法，谁叫我们是中国父母呢。女人连连点头。然后说，估计阿敏怕我不信，专门发视频给我，就是刚刚给你看的那个。

说起阿敏，你还记得乐乐不？女人继续。我的联系方式还是乐乐告诉她的，我跟乐乐一直有联系，乐乐！她重复道。在舞蹈队的时候我们都叫她小乐乐，她是所有女孩子里年纪最小的，那时候她跟阿敏最要好，整天跟在阿敏屁股后面，像个小尾巴，甩也甩不掉。

当然记得，小姑娘说话嗲嗲的，特别招人疼。那次，我们接到一个演出，时间很紧，好些动作不熟练。乐乐犹其，总是出问题，不是跳错了节拍，就是忘记了队形。你当时就急了，骂得有点狠，她当场就哭，哭得还挺伤心，把我们所有人都搞懵了。你也不气了，反过来安慰她，我还答应只要演出成功就送她一个发夹，闪闪有亮片的，她才止了哭。

女人点头，笑起来。那次真把我给愁坏了，还好最后没搞砸。顿了顿，她说，一晃几十年，亏你还记得这么清楚。

覃月梅想，怎么会忘记呢？那个闪闪的发夹到最后也没送成，她把发夹放在包里，骑车兴匆匆去找乐乐，结果被人撞了。包甩出去老远，人也受了伤。她惦记发夹，拼命爬起来，瘸个腿去捡包，发夹断成了两截。发夹很贵，覃月梅非常伤心，她没钱再买一个新的。那几天，她都不敢见乐乐，像是做了亏心事。后来，乐乐见她也不提，似是忘记了。可这事在覃月梅的心里生了根，觉得乐乐会把这事说出去，以至于很长一段时间，她都不愿去舞蹈队，生怕别人另眼瞧她。

女人继续说，乐乐挺幸福，她家有钱，找了个门当户对的，不用工作，两个孩子由保姆照看。

她生了两个？覃月梅好奇。

不差钱，听说生二胎罚了不少。女人回。她现在住在滨江高档别墅小区，那的房子没个几千万拿不下来。

覃月梅很意外。舞蹈队的时候，乐乐从不露富，她身上也没有富家小姐的臭毛病，她是不会在意她是否送发夹给她。看来，她真是想多了。

还有金萍萍，舞蹈队脾气最好的。女人打断了覃月梅的思绪。

她现在怎么样了？覃月梅问。

女人没有回答，继续道，还有小猴子、王玲儿，青青，这几个，陆陆续续我都联系上了。自从阿敏建议我重组舞蹈队，我就开始找你们，真够不容易的。她开始抱怨，舞蹈队解散后大家各奔东西，很多地址、电话都不对了，派出所我都跑了很多趟，跑得我腿都细了。好在公安局里有熟人，要不真不知道……

女人没有说下去，覃月梅笑笑，用了一句肯定句，辛苦了。然后说，你是我们的主心骨，过去是，未来还是。

女人听了很受用。

都找齐了？覃月梅忍不住问。

还差两个。女人皱了皱眉，愁死了。顿了顿，她笑道：最开心的是遇到你，意外收获，我们有缘。

覃月梅笑笑。

舞蹈队叫什么名好呢？女人说。妈妈舞蹈队？中老年舞蹈队？呃……女人低头沉思。覃月梅的心咯噔一下，她看着女人，她是真的要重组舞蹈队？真打算把所有人凑到一块？那她该怎么办？女人会放过她吗？无数个念头从覃月梅的脑子里冒出来，不安一点点加深，她甚至有了一丝恐惧。

你给取个。女人突然说。青春飞扬这名就是你取的，多好。

那还叫这名。覃月梅的心思不在这上面，随口一说，没想到女人举双手赞成。还是你有文化，老了为什么就不能青春飞扬了，我们要继续青春，继续飞扬。女人似乎有些兴奋，她站起身，在覃月梅面前旋转一圈，浅蓝色的裙踞随着女人的动作鼓起、蓬开，覃月梅迷糊了，仿佛又回到了过去。

近来，覃月梅越发焦虑。

女人又来过一回，催促她去省立医院挂专家号。她说，你不能老这么拖着，再拖下去怕是麻烦。她还说，阿敏过一阵子要回来，说大伙聚聚，你不能这样去见她，还有舞蹈队也要尽快建起来……临走，她再次强调：我这就给你安排，等专家一有空，就陪你去。

覃月梅没办法了，她想了很久，做出一个决定：到养老院去。

这个决定立即招来邓英杰的反对。儿子的理由很充分：覃月梅不是孤寡老人，若是去养老院，被亲戚邻里知道，儿子的面子往哪搁，白白担个不孝子的名声。关键覃月梅这个样子去养老院，邓英杰实在也放心不下。他跟覃月梅磨了半天嘴皮子，一点用都没有。

临了，覃月梅说，就这么定了。顿了顿，她补充道：我能照顾好自己，你隔段时间来看看我就行。

母亲一向执拗，邓英杰毫无办法。

不过，你要记住一点：若别人问起，或你周阿姨再来，你就说我去美国治腿了。覃月梅强调。

啊？邓英杰疑惑地看着母亲。这个，这个，谁会信呀！顿了顿，他道，要是他们再问，我怎么说。

我想好了告诉你。覃月梅淡淡道。

这天，女人找上门来。

月梅，月梅……她在门外叫，你在吗？

邓英杰开门，女人站在门口，心急火燎的样子。你妈呢？她问，微信不回，电话也打不通，专家都联系好了，真是急死我。

他把她让进屋，给她倒上茶，然后道：我妈不在，去美国了。

去美国，干嘛？女人像是吃了一惊。犹豫了下，她道，你妈的腿好了？

邓英杰摇摇头，脸上泛起一阵微红。去治腿了。他道。

怎么这样，也不说一声。女人拉下脸。停顿了下，她道：她怎么会去美国？她一个人去的？她那个样子怎么去呀？

女人的脸上写满怀疑，邓英杰的心跳迅速加快，有什么东西哽在喉咙口，咽不下吐不出。他清了清嗓子，试图掩饰紧张。他道，我妈有亲戚在美国，前些日子突然来访，见她腿不好，建议去美国治疗。她觉得这主意不错，就去了。

哦哦。女人应道，那敢情好，她什么时候能回来？大伙都等着，青春飞扬舞蹈队就缺她了。

邓英杰笑笑，这个说不准，等我妈回来，让她跟你联系。

女人点点头，站起身。那我先回了。走到门口，她站住，回转身看着邓英杰。半晌她道，你说的都是真的？我从没听说月梅有海外关系。

咔……邓英杰听到心弦断裂的声音。嗯，他道，你也知道我妈这人低调，从来不愿意提，我也才知道没多久。他差一点就说了真话，他的脸更红了。

那就好。女人走了。

看着女人离去的背影，邓英杰发现自己的手心里全是汗。

此时，天突然暗下来，很快有雨丝飘落。

2018 年 7 月 5 日

那年那天

1

上周六，我在狭小的租屋里，蒙头昏睡。我做了一个梦，梦见年轻时候的母亲，她站在淡桔色的光影里，面容精致，穿一条V字领的碎花连衣裙，袖口和裙边镶一圈素色流苏，随风轻轻摆动。光影里的母亲美丽而圣洁，她看着我，脸上挂着甜美的微笑……

此时，手机蜂鸣。我拒绝接听，翻了个身，将手机塞进枕头底下。片刻，手机再一次蜂鸣，一直响，一直响，枕头随着手机的震动而轻微抖动，在我的耳边发颤。美梦被搅，支离破碎。我恼怒地将手机搁在耳边，传来中年男子急促的声音：宁小远，你这个混蛋！赶紧回来照顾你妈。

我清醒过来。电话是舅打来的，他骂完就挂了电话。我知道他不愿意跟我多说一句话。整个下午，我没法再睡觉。我开始收拾行李。一件一件放进箱子，又一样一样拿出来，反反复复。我犹豫不决，是不是该飞回去见我的母亲。在这样的反反复复中，夜来临得很快。

黄昏，半明半暗的屋子里，金色像流动着的光水一样从玻璃窗流进来，具有了一种华丽温暖的静谧，我的内心渐渐安宁、踏实。

当天完全擦黑，我踩着点出现在这座城市的某一间酒吧里。这间叫苏荷的酒吧，没有后现代刻意的装修格调，没有现场乐队狂热的演出，也没有令人目眩神迷的镭射灯光，而是继续延续了传统的风格——英伦风。走进这间酒吧，要一杯淡啤酒，然后把自己丢在深色木椅上，在暗色灯光的笼罩下深深呼吸 16 世纪复古的气息。我很迷恋这种感觉，它让我想起英国一句有名的谚语——你的房子就是你的城堡。

我是一名出色的调酒师，在此之前，我干过很多活，推销员、快递员……在这座城市我流浪多年，我不喜欢它充满雾霾与拥堵的样子，我着迷于它的夜晚，这夜饱满、充沛，它能挤走孤单与寂寞。我会玩各式花样调酒，我总会在客人最嗨的时候给他们表演，把气氛搞到天上去。我在这一行小有名气，我成了酒吧挖墙角的对象。可是我哪儿都不想去，只喜欢待在这里。

我订了第一趟回老家的航班机票。

坐在飞机上，我向机舱外眺望，棉花糖一样的白云不断在眼前翻滚，城市慢慢变成一个一个小黑点。

此刻，我的内心一片宁静。我将头靠在飞机座椅上，轻轻闭上了眼睛。

2

机场里人头攒动，接机的人很多，没有人等我，也没有我要等的人。我习惯独自奔赴任何一个地方，包括我的家。

东南路777号，我对的士司机说。

到家时正好十二点四十分。

母亲坐在客厅里，蓝色衬衫外罩一件黑色线衣。南方城市现在这个气温，母亲显然穿得过于厚实。她脸色腊黄，歪着头，斜靠在沙发上。母亲瘦得厉害，眼窝深深陷进去，她的样子把我惊着了。

听见响动，母亲睁开眼。她看着我，眼底突然有了一抹亮色，片刻便恢复黯淡。

你回来了？母亲说，脸上露出一缕漠然。她垂下眼睑，眼皮松松垮垮地耷拉下来，随之松垮下来的是她的嘴角，陡然增添的几缕皱纹一点点瓦解她内心的刚强，只留下表面的强硬，她显得更老了。

听舅说你病了，让我回来照顾你。

不用，你看我好好的，你明天就回去。母亲有些焦躁。她腾地站起来，微微摇晃。我去扶她，她甩开我的手。

还没吃饭吧，厨房里有剩，我给你热热。母亲朝厨房走，我拦住了她。在飞机上吃过了，我说。母亲又坐回到沙发上，闭上眼睛。沉默，空气瞬间凝固。我拿起行李，走进房间。我把自己扔在床上，瞪着天花板。此时，敲门声响起。我起身，打开门。母亲站在门外，手里抱着一副新被套。

好久没用，怕是脏了，换套新的。母亲低着头，自言自语。我让开，母亲径直走到床边，麻利地拆换被套，然后抱上脏的出去。

　　夜里，我持续失眠。原本这个时候我正在上班，精力旺盛地给客人们表演花样调酒。现在，我的生物钟被打乱。我躺在床上，闭上眼睛，强迫入睡，很痛苦。突然，"咚"的一声巨响，声音来自卫生间方向。我起身，跑出房间，发现母亲晕倒在卫生间门口。

　　医院的病房静悄悄的，经过一夜折腾，母亲终于醒了过来。

　　护士给母亲打上点滴，我看着白色液体一滴一滴流进母亲的身体，倦意一阵阵袭来，我把眼睛眯起来。此时，我听见主治医生叫我。他表情严肃，我迷糊地跟在他身后，走进他的办公室。他问我，你是病人的儿子？我点头。你们做子女的这么不懂事，病人患的是乳腺癌，再不做手术会错过最佳治疗时间。

　　恍惚间，乳腺癌三个字像一枚枚钉子飞速砸向我的大脑，我瞬间清醒过来。继而惊恐万状。我问他，严重不？

　　主治医生说，发现还算及时，你让患者赶紧做手术。

　　后来我得知：母亲不仅向我隐瞒了病情，还趁医护人员不注意偷偷溜回了家。

　　回到病房，母亲还在打点滴。她看我进来，眼里充满期待。小远，她说，挂完水我们就回家。

　　我摇摇头。

　　这里到处都是消毒水的味道，闻久了，我会死的。母亲说一句停顿一下，她的嘴角抽动着，用布满血丝的眼睛哀切地盯着我，仿佛在求得我的怜悯。母亲要用她的假装可怜来换取我的妥协，这是她惯用的伎俩。这一次，完全没有用，我不耐烦地打断她：离开这里，你才会死。你给我好好待着，一切听医生的。

不管母亲如何，生气、抱怨、无理取闹，偶尔的孩子气……我都一并接下，在母亲那里我无法抗拒。我不明白，那些任性的子女，是给的爱太多还是太少？反正于我，十六岁的那个春天，我试图索取更多，得到的却是另一种结局。

母亲不再说话，她将头扭向另一边，以示抗议。

3

次日上午，舅来看我母亲，拎着一篮子水果和一箱牛奶，把它们放在床头柜上，他在我母亲身边坐下来。他不看我，在他眼里我只是一团空气。他对母亲说，妹，赶紧把手术做了，没什么大不了。

我不做。母亲叫道。坚决！母亲又补了一句，声音尖利，似要刺破耳膜。

你要美给谁看？命都没了，美有何用！舅提高了音量。

母亲软下来，眼泪已经在眼眶里打转，她仰了仰头，试图不让眼泪溢出来。舅扫我一眼，示意我说些什么。

我把母亲的手放进手里，摸到一手干而糙的骨头。妈，舅说得没错。我已经没了父亲，不能再失去你！

眼泪终究还是溢出来，糊了母亲满脸。她紧张地看着我，用轻得不能轻的声音说：做就做呗。

我长长地舒了口气。母亲妥协，是因为父亲。自从父亲被一群人带走以后，在母亲面前我从来不曾提父亲二字，它成了我和母亲之间的禁忌，是永远也跨越不了的鸿沟。

我给母亲请了护工，并一直陪在她身边，试图缓解母亲对于手术的恐惧。

手术前一晚，来了一个男人。

他老了很多，骨瘦如柴，灰白的头发，微微佝偻的背。

他看着我，我看着他，四目相对。他张大了嘴巴，喘着粗气，像是喉咙里塞了个大枣。

母亲更为紧张了，她扫我一眼，对男人说：我没事，你赶紧走！男人回过神来，点点头，最后看我一眼，迅速离开了病房。

心跳得很快，仿佛要从嗓子眼里蹦出来。

他怎么来了？我问。

母亲不响。

你们又有来往？

没有。母亲终于开口，坚决否认，却眼神飘浮。母亲的慌乱给了我答案，我知道没必要再继续追问。

母亲再度闭上眼睛，似睡非睡。我不想打扰她，便独自从病房里踱出来，我不坐电梯，选择拾阶而下。母亲的病房在七楼，抵达一楼时我有些喘。连日来的失眠并未得到好转，即便我疲惫不堪，依然无法安然入睡。

十余年，那个男人再未见过。我以为早把他忘了，也以为这辈子不会再相见。这一见，电光火石，像滚烫的岩浆就要咕咚咕咚从地底下冒出来，翻腾起呛人的气泡。我沿着医院的外墙缓步前行。夜渐渐深了，城市在夜色中慢慢睡去，各人的故事随之冷却、退场。路灯低垂着头站在路边，孤独的发出昏黄的光，将我的影子拉得很长，很长……

往事载着火箭从记忆里呼啸而来。

那年的那一天，我看到父亲被一群人带走；那时，我正好十六岁。

我的人生就此被割裂。

也许，怀念是假，作别自己才是真。对伤逝的纠缠，对人情世故的偏见，皆从十六岁之后别过。我从此踏入虚实相间、富有弹性的灰色地带，与母亲相守，与他人友爱，与世界交好，并承认所有假象的不可或缺。

我开始改变自己，学会了随遇而安。

4

那些年，父亲很忙，总是往返于 A 市与 B 市之间。他对我很好，把我当宝贝一样宠溺。我想要什么，想干什么，父亲几乎很少说"不"，在我这里，父亲没有拒绝的能力。我和所有独子家庭的孩子一样，娇惯、任性。

B 市，母亲与朋友合伙开了一家会计师事务所，印象中母亲漂亮、干练，她把自己打扮成职业女性的形象。更多时候，只要父亲在家，她会换上款式不一的淑女套装，装扮成温柔的小女人。父亲很喜欢母亲这样，他会温情地看着母亲微笑，偶尔也会抱抱母亲，摸摸她的脸或者头发。他们在一起的时间不多，几乎不吵架。每次父亲离开，母亲总是依依不舍，情绪低落。在我眼里，母亲应该是很爱父亲的，要不，如母亲这般好强独立的女子，父亲又怎会成为她心情的晴雨表。

那年，我六岁。之前舅从不来我家。母亲带我去过舅家几次，每次都不欢而散。舅不爱搭理我，看我的眼神鄙夷、不屑，仿佛我不是他的亲外甥。舅也不爱搭理母亲，他唯一的亲妹妹。那时，我还不懂什么叫不招人待见，但我知道舅不喜欢我，自然我对舅也没有一丝好感。

可就在那天，舅主动来我家，并带来两位老人。我第一次见到了我的姥姥和姥爷。舅把一个大红包塞进我的衣兜里。母亲很高兴，她把我拉过来，指着两个陌生老人让我喊姥姥、姥爷。看我虎头虎脑的样子，姥姥欢喜地将我搂进怀里，叫我"可怜的外孙"。

不久后我见到了爷爷奶奶，他们也很疼爱我。

十三岁那年的春节，我随母亲去 A 市给爷爷奶奶拜年。我给大家跳舞，我喜欢跳且跳得有模有样。为此，母亲很纠结。她对父亲说，这孩子在舞蹈上很有天赋，可男孩子终究不适合从事这样的职业。父亲也表示赞同，并希望母亲能给予正确引导。那天，父亲摄录了我跳舞的样子。我四下里作揖讨要压岁钱，爷爷奶奶、姑姑姑夫，他们纷纷往我的书包里塞红包。初四一早，母亲打算回去。正收拾行李，父亲接到一个电话，接完电话父亲脸色阴沉，并催促我们快走。母亲什么也没问，拎上行李，拽起我就走。慌乱中，我把一件外套落在了家里。

我问母亲，爸怎么不来送我们？

母亲脸色难看，问那么多干嘛！母亲很少吼我。

上车以后，母亲突然记起什么，她扫我一眼，你的外套呢？她问。我赌气不理母亲。问你呢？母亲提高音量，显得很不耐烦。落床上了。你怎么这么不小心？母亲惊慌失措地瞪着我。之后，她从包里翻找手机，神色慌张。她打电话给父亲，要他把我落在床上的衣服藏好。我很好奇，问母亲怎么回事？母亲敷衍，小孩子不要管大人的事。见我不高兴，母亲补了一句：你爸工作特殊，不能跟我们走太近。我怀疑母亲在骗我，可母亲不愿多说话。她脸色不好，眼圈红红的，很失落。

开学后，我给父亲打电话，希望他能和母亲一起来观看我的舞蹈比赛。父亲在电话里敷衍，比赛当晚并没有出现。几天后，他带给我一部高档手机。憋了好久的委屈与不满在那一刻爆发：用一只手机收买我，休想！别人都有家长陪，就你最忙！我大哭起来，父亲过来拉我，我挣脱不开，哭得更厉害。大概过了五分钟的样子，父亲见我哭得停不下来，突然放了手。我惊讶地看着他，哭声卡在嗓子眼里。他背过身，走进房间。

都逼我好了……父亲喃喃自语。他在床边坐下来，垂着头。母亲瞪我一眼，随即跟进去。她在父亲身边坐下来，她张了张口，像是要安慰父亲，但一句话也没有说。她开始微微抽泣，肩膀上下起伏。父亲抬起头，看母亲一眼，把母亲轻轻搂进怀里，他的视线停留在我身上。片刻，他起身，将房门带上。之后不久，我听见父亲与母亲吵架的声音。我把耳朵贴在卧室门上，想听他们在吵什么，但听不真切，他们压低了声音。半夜，我起来上厕所，迷糊中看到沙发上躺着一个人，我被吓了一跳，瞌睡被吓跑了。

借着月光，我看见父亲躺在那儿，满脸泪痕。

家里气氛压抑。母亲很想跟父亲见面，却从来不提。我提出来，母亲总是犹豫不决。有一次我去奶奶家，翻找东西的时候发现了父亲的一个秘密：我知道他叫宁峰，可奶奶抽屉里父亲念大学的借书证上，分明写着宁远枫。

这以后，我开始注意父亲。

5

十四岁，我无意中知道了父亲的身份。那天，我跟同学去小饭馆吃饭。那里有一台挂式电视机，正在播放当天新闻：一群 A 市官员来 B 市考察。配有甜美的女声解说：A 市宁副市长带队一行八人来 B 市考察工程项目建设，由 B 市李副市长陪同，此行加强了两市的沟通与交流，云云。

电视里熟悉的身影在我眼前不停晃动。

我大为震惊，父亲是官员，母亲又为何要刻意隐瞒。我感觉受了欺骗，我没有去质问母亲，而是故意试探。我问母亲，A 市的宁副市长跟爸长得很像，就像是同一个人！母亲听后大惊失色，问我，在哪儿看到宁副市长的？电视上瞅了一眼。我回。母亲不再吱声。半晌，她突然说，这世上总有些人长得很像。

我开始上网搜索关于父亲的所有信息，彼时我的天空正一点一点灰暗与混沌。

我趴在桌上，默默流泪。母亲进来给我送切好的水果。见我趴在桌上，以为我看书累了，找了件外衣，轻轻搭在我身上。

我不敢抬头，此时此刻，满面泪水，红肿的眼睛，如何面对我的母亲。恨意一缕一缕从心底冒出来，绵延不绝。

所有美好的词汇，在那一刻从我的人生字典里消逝。

在我眼里，一切都成为假象。

十四岁的我，根本无力承受那么多的世事真相，那些美好背后暗藏着的丑恶与不真实。姥姥姥爷对父亲的尊重与毫无怨言，爷爷奶奶姑姑视自己为宝贝，疼爱有加，就连一向不待见我的舅也改变很多。他们都在我面前演戏，演得情真意切。

我变得沉默寡言。

我不愿意跟母亲说话。心里扎了刺，生疼。

母亲许是有所察觉，她变得谨小慎微，处处赔着小心。我受不了她的谦卑，我感到恶心。我选择逃避，尽量减少与她照面。

那天，母亲将我堵在家门口。

小远，你不想跟妈妈说点什么？母亲问。她的脸略略发红，我看了看她发颤的手指。我不要这样的爸爸！我说。

你知道他有多爱你？母亲的脸更红了。

不要，就是不要，我恨他！我尖叫着。"啪"一记响亮的耳光打在我的脸上，热辣辣的疼，眼泪在眼眶里打转。母亲从未打过我，我摸着脸颊，狠狠地瞪着母亲，坚决不让眼泪流出来。

母亲的眼圈红了，胸脯上下起伏。她的双腿发软，软得几乎无力支撑她的整个身体，她靠在门上，气若游丝。

你不知道他对我们有多好？母亲咬着嘴唇，用尽了全身的力气。他给了我事业，让你舅过上了好日子，姥姥姥爷也跟着享福，还有你，别人有的你都有，别人没的，你也有……母亲絮叨着，唇边起了一串血丝。

看着母亲的嘴唇上下翻飞，我捂紧了耳朵。

我要去找爸爸！改天，我对母亲说。我要他回来，再也不走了。

坐在沙发上，正在看书的母亲惊恐万状。她把书扔在茶几上，用右手撑着沙发扶手，挺直上身，尖细着嗓子。哪儿都不许去！她吼道。

妈妈，你太可怜了！他欠我们的得还回来。我哭了。母亲也跟着哭。

次日，父亲回来了。我知道一定是母亲向父亲告了密。我不想见他，我赖在网吧通宵打游戏，不知道父亲是怎么找来的。凌晨 2 点，他出现在我面前，把我当小鸡一样抓回了家。

那段日子，我异常叛逆。父亲与母亲头痛不已，我们的关系紧张到了极点。母亲许诺我，父亲筹集了一些钱，中考结束后就送我去英国念书。我知道他们是要把我赶走，赶得越远越好。

我偷偷坐上了去 A 市的火车，母亲慌了，给父亲挂电话。还没出火车站，我就被父亲逮住。他狠命地搜着我，手背上青筋突起。我被带到一家咖啡馆，咖啡馆里没有人，父亲异常慌乱。我抬起右手臂，一串红红的手印清晰可见。

父亲在我对面坐下来，给我点了些吃的。骤升的血压让父亲的脸红得可怕。你到底想干什么？他压低声音，依然能听出他的极度愤怒。

我低头不语。

父亲也不说话，盯着我，像是在等什么人。

6

每到午后时分，我的所有热情都会被奔涌的倦意所覆盖。现在，在这个没有人的咖啡馆里，我毫无倦意，取而代之的是一种深深的，疲劳的厌恶。坐在对面的父亲，是那样陌生。

直至母亲出现，我才知道父亲是在等母亲，他要亲眼看到母亲把我送回去才安心。

父亲站起来，走吧！他说。

我看了看父亲，低声问他，能不能满足我一个小小的要求。父亲的眼睛亮了亮，他看着我，探寻似的。

我想坐你的公务车，送我和妈妈去车站。

父亲的眼光迅速暗淡。他埋怨道：我就知道你要为难我，让单位司机知道了，有什么好？父亲决定去拦的士，他刚一走开，我趁机又溜了。

我去了父亲的家。我猜测他会回家，现在他顶顶担心的是我去他家里闹。我没那么傻，我潜伏在小区的一家小卖部里等他。

六点左右，父亲从家里出来，拎一个女式皮包走在前面，老婆挽着女儿跟在后面，一家人有说有笑。到小区门口，一片落叶掉在父亲头上，女儿紧走两步伸手帮他摘了。父亲笑了，用看我一样的眼神看着他的女儿。

多么温暖的画面，那个眉目酷似自己的陌生姐姐，尖锐的疼痛刹那间划过心脏，我的眼泪爬满了脸颊。摸出手机，开机。无数个未接电话，无数条未读短信，都是母亲的。我能感受到她的焦急与担心。

我默默地转身离开……

随母亲回到 B 市，不跟任何人说话。

一个月后，父亲来 B 市看望我和母亲。晚上洗好澡，照例将脏衣服扔进洗衣机里。母亲起了个大早，她哼着歌，为我们准备丰盛的早餐。我坐在餐桌边喝牛奶，撕着面包片。父亲起床洗漱，换衣服。此时，我听到父亲埋怨母亲，你明明知道我今天几点的火车，昨天晚上怎么不洗！

对不起，我忘了。马上去给你烘干！母亲噔噔噔从厨房跑出来，连围裙都忘了摘，她在阳台与卧室之间跑来跑去，烘干、熨烫父亲的衣服，像个可怜的女佣。

父亲恼怒地坐到餐桌旁，瞟我一眼，顾自吃早点。

我忍无可忍，朝父亲咆哮，你再凶妈妈试试？

父亲被吓了一跳，他瞪着我。不成器的家伙，竟敢这么对爸爸说话。

你不配做爸爸，你给我滚回去，别再回来找我们，我妈没你老婆好，我也没你女儿好！恶毒的话连珠炮蹦出来，我被自己吓住了，我不敢相信这些话是从我嘴里说出来的。

父亲把碗重重地掷在桌上，从母亲手里扯过衣服，穿上，摔门而出。母亲愣在那里，看着父亲离开。

母亲受了惊吓，生病了。这期间，父亲一次都没有出现。母亲瘦得厉害，憔悴不堪。我向学校请了假，照顾母亲。站在母亲床边，我握着母亲的手。我对她说，以后就咱俩好好过！

母亲的眼圈红了，你这样只能把你的父亲逼得更远！母亲的声音发颤，她是那么虚弱。我心疼她，我想我长大了，要像个男子汉一样保护母亲。

我把父亲告了，告他重婚。

不久以后，父亲在我面前被一群人带走。

一周后，我被母亲送去姥姥家。她告诉我要离开一段日子，让我好好在姥姥家待着。母亲的脸色很难看，说这些话的时候神情漠然。我既不舍又害怕，怕她不要我，怕她再也不回来。我把母亲精致的坤包抱在怀里，用哀求的眼光看着她。母亲没有理会，她强硬地把包从我怀里抽出来，头也不回地走了。

我的眼泪止不住地流。姥姥进来，鄙夷地看我一眼。自作孽，不可活。她说。我把自己关在房间里，赌气，拒绝吃饭。姥姥把饭菜放在房门口便顾自出去，她懒得管我。

我听见姥姥和姥爷绊嘴的声音。

姥爷说，他还是个孩子，你这样待他？

姥姥说，咋了，还不够好？好饭好菜伺候，他不吃我有啥办法。

姥爷说，他现在没爸没妈，怪可怜，待他好点。

姥姥说，丧门星，我们家这辈子欠他的，好好的家看被他整成啥样！

唉……姥爷长长地叹口气。房间外安静下来，姥姥的话像冰雹一样打在我身上，寒意在全身漫延，我瑟瑟发冷，下意识地裹紧被子缩成一团，如一只正在舔舐伤口的猫。

7

母亲的手术很顺利，切除了左乳。

那个男人没再来过。

那天，我搀着母亲走出医院大门。天很蓝，阳光明媚。母亲把我推开，她站在医院门口，抬头望天，她眯起眼睛，俏皮得像个少女。然后她转向我，堆起一脸碎银般的笑。她对我说，小远，帮妈妈买个假发套吧！我答应着，心里酸酸的。

停顿了下，母亲继续说，妈妈谢谢你，这些日子辛苦你了。这话很客套，一点都不像母子间的对话。

我笑笑，尴尬而无措。我拦了辆的士，我们又回到了东南路777号。

一到家，我就开始忙碌，我得把屋子打扫干净。母亲躺在床上，看我干活。不到半小时，我满头大汗，母亲问我要水喝。

我跑进厨房烧水。热水壶架在燃气灶上，发出呜呜的响声。我揉了揉太阳穴，试图揉去疲惫与不快。拿出母亲的专属茶杯，倒上水，回到母亲房间。她把茶杯放到床头柜上，又开始抱怨，抱怨床单不干净，被子黏黏的不舒服。我想给母亲换掉，可我不知道干净被褥与床单放在哪里。我问母亲。母亲看着我，摇摇头。算了，你一个大男人，哪会干这个。

母亲立即否定了我的能力。难道她不知道，我独自在外，已生活了很多年。

我继续打扫屋子，清理垃圾，然后给母亲熬小米粥。我把热腾腾的小米粥和一碟爽口小菜端进母亲房间，发现床头柜上的茶，母亲一口也没喝。她眼睛一眨不眨地盯着天花板，显得心事重重。

妈，饿了吧！喝点粥。我说。

母亲摇摇头，胃胀，吃不下。我把粥和菜放在床头柜上，对母亲说，趁热喝，放凉了对胃不好。

母亲不耐烦地打断我，不用管我，又不是小孩子！

我带上门出来。我明白，她不愿我打扰她，我能感受到。此时此刻，母亲和我，我们都很虚弱，像两个打了败仗溃逃的士兵，彼此躲着对方。

我也没胃口，我不想做饭，冰箱里空空如也。厨房的柜子里还剩下最后一包方便面。我把它泡上，一个人坐在桌前。海鲜方便面的浓香在客厅里飘散，我勉强扒拉着面条，心里飘浮不定。

我把吃剩的面扔进垃圾筒里，咂了咂嘴，感觉发腻。我决定出门，去超市买点东西，顺便带一盒木糖醇。从超市出来，天还没有完全黑。我不想回家，站在马路边踌躇。

记忆中的马路还在，只是比先前加宽了许多。马路的左边是一片街心花园，栽了些树木，都还很细小，晚风拂过，淡绿色的枝丫微微颤动。石椅，长的、短的，散落其间，一个别致的凉亭，边上是一些运动器材，孩子们在那里打闹玩耍，年轻的父母陪着，祥和、安宁；右边是长长的一溜桂花树，入夏以后桂花悄悄绽放枝头，散发出沁人心脾的芳香，未到金桂时节香味还不浓郁，过不了多久，就该醉人了。

我仿佛又看见那个一身阿迪达斯运动装的小男孩，奔跑在这条窄窄的马路上。彼时的人生，还什么都没有发生过。

天空突然飘起了小雨，我没有带雨具，雨丝洒在身上，渐渐细密。

到家时，母亲的房间亮了灯。我去厨房倒水，看到水池里，扔着母亲吃过未洗的碗筷。我匆匆洗净，将热水壶再次坐到燃气灶上。然后去包里给母亲拿药。我轻轻推门进去，母亲仿佛是睡着了，打着细微的呼。我把水和药放在床头柜上，安静地站在她床边。

母亲的床头灯光是浅白色的，有气无力地落下来印在母亲脸上，惨白如尸。靠窗的一块墙皮已经剥落，泛出黄色的内里；衣柜的一扇门坏了，斜依在另一扇门上……多年来，它们被母亲忽视，也同样忽视母亲，一个寡居多年的妇人。即便她现在老了、病了，母亲依然倔强而骄傲。

母亲突然睁开眼睛。她看着我，想了想说，小远，妈也好得差不多，过几天你就回去。

我终于明白，母亲的折腾与抱怨就是为了赶我走。

吃药吧！我说，水已经凉了。我走出母亲房间，顺手把门带上。

8

回到客厅，打开落地灯，同样是浅白色的光。我怔怔地坐在光影里，让浅白色的光线慢慢浸透我的全身。我望向窗外，一轮银白的蛾眉月，薄薄的几近透明，给人随时会淡化下去直至消失的脆弱感。

这期间我不断想象，如果我是母亲，我会怎么做？

当天边露出第一道曙光，我窝在沙发里睡着了。醒来时，身上盖了一床薄毯。

母亲在厨房里准备早餐。我悄悄站在她身后，看她忙碌。母

亲回头正看见我在看

　　她，她朝我笑笑，看什么？

　　真香！我看你都做了什么好吃的？我说。

　　你看，我能很好地照顾自己！母亲又把话题扯了回来。

　　我摇摇头，我明白母亲的意思。

　　母亲恼了，我不用你可怜！母亲的话有些恶毒。

　　妈，你怎么能这么想？我急了。

　　小远，回去吧！你得有自己的生活。母亲认真地说。

　　我不想再跟母亲谈论这个话题，反反复复，母亲就一个意思，让我离开。我认为母亲急于让我走，唯一的解释就是那个男人。

　　我转身离开，漫无目的地游荡，时间尚早，路上的行人不多，偶有几个，都在匆匆赶路。踱到那片街心花园，我坐在长椅上，发呆。电话刺耳地响起，吓了我一跳。电话是舅打来的，询问母亲的情况，我简单作了回复。临了，舅有些犹豫，最后他说，你父亲回来了。

　　听到父亲二字，虽早有准备，我的心还是猛然一颤。

　　他想见你！舅说。

　　我的头皮开始发麻，感觉自己像一只被抽光了空气的皮球，软塌塌地贴在地面上。

　　我猜你不愿见他，就帮你回了。舅在电话里顾自说着。不过我可以把他的手机号发给你，你自己做决定。说完，舅挂了电话。

　　片刻，一条短信出现在我的手机里。我没有打开，直接将手机塞进裤兜里。

　　我又坐了一会儿，然后上菜场买了些菜，我得回家给母亲做饭。

然而，母亲将自己关在房间里，一整天不出来，也不发出一点儿动静。晚饭前，母亲终于从房间里出来，她坐在沙发上，开始在我面前抹眼泪。

我把茶几上的纸巾盒递到母亲手上，她边擦边扔，揉成团的纸巾被扔了一地。

母亲动用了她所能想到的所有手段，像孩子一样，令人无措。我简直快要崩溃，我决定给舅打电话。舅答应劝劝母亲，前提是必须先见我一面。

还是那一片街心花园，舅已经等在那里。

你还是去见见他，无论曾经发生了什么，他毕竟是你的父亲。这是舅见我说的第一句话。之后他说，其实你父亲很可怜！

他问我，难道你从未怀疑过你的父亲是什么原因被带走，你的母亲又为何把你送去姥姥家？又哪来那么多钱送你去英国念书？

……

陈年旧事在多年后的今天又一次被舅翻出来。舅以为我什么都不知道，事实上早在父亲被带走后，我每天都在寻找答案。那段日子纠结、悔恨，还得在母亲面前假装什么都没发生。我和母亲守着共同的秘密，相依为命，表面上我们关系亲密，彼此揣着小心。很多人，很多事，我们不敢轻易触碰，更不敢提及父亲，他就像一枚炸弹安置在我和母亲中间。母亲不打算嫁人，她说守着我，比什么都强。这样的日子如履薄冰，我深感压抑。很早，我便离开母亲，独自漂泊。甚至在我最难的时候，也未曾向母亲寻求过帮助。

9

　　到家时，母亲坐在躺椅上睡着了。她将新买的发套戴在头上，几缕阳光透过薄薄的粉紫色窗纱照进来，粉粒状灰尘羽毛般飘浮在空气里，雾蒙蒙的，将母亲罩在里面，看上去美丽而圣洁，一如梦里的样子。

　　母亲右手边放着一个精致铮亮的红木盒子，没有上锁。我轻轻打开，里面是一些信件与私人物品。卡地亚项链、普拉达胸针、香奈儿香水……这些都是父亲送给母亲的生日礼物，这么多年一直被母亲完好保存。我想：这是母亲的另一个世界，对她来说，这个世界是美好的。

　　红木盒子，曾是我最熟悉的物件。那个时候，母亲总是背着我偷偷看她的红木盒子，尤其在父亲出事以后，母亲常常对着红木盒子发呆，偶尔也流泪。我一度对母亲的红木盒子产生过好奇，我想知道里面藏了些什么，想知道母亲更多的秘密，我试图把它打开，但没有成功。

　　现在，当我已不再有好奇心时，它裸露在我眼前。

　　母亲醒了，她缓缓睁开眼睛。别碰。母亲叫道，吓了我一跳。

　　我只是看了看。我说。

　　那是我的宝贝，看也不行。母亲坐起来，瞪着我。她的样子像个孩童，正试图全力保护她的小玩具。

　　我缩回手。问母亲舅是否来过电话？

　　母亲点点头，你舅说过几天你就要回去了，他会给我请个保姆，一有空就过来看我。母亲说得很认真，试图压抑某种情绪。

我依然能感受到母亲的喜悦。听母亲这样说，我很震惊。我怀疑这不是舅的原话，因为我从未跟舅说过我要回去，我只是希望他能帮忙开解母亲。

然而此刻，我无比沮丧。无论舅说了什么，对我都不再有意义。是的。我故意说，我明天就走，为了你我差点丢掉工作！我提高了音量，语气里含着赌气与愤怒。我已经在努力压抑自己的情绪，但并不成功。

母亲被吓了一跳，她看着我，像看一个陌生人。我很久没有在母亲面前发脾气，我忘了上一次发脾气是什么时候，因为什么。

片刻，母亲回过神来。我早说让你回去，说了多少次，你自己不肯走，怪不着我！我又不要你照顾，我还没老到不能动。

母亲的话如箭一般一支支向我射过来，不把我扎疼不罢休。

你现在就可以走，不用等到明天！顿了顿，母亲继续道。

我从母亲房里出来，坐到客厅里。心绪渐渐平复时，我起身给母亲倒了一杯水，拿到母亲房里。此时，母亲正在柜子里翻找东西。看我进来，她停下来，斜睨着我。

妈，喝水！我说。找什么，我帮你找。

不用。母亲一口回绝。然后她说，赶紧订机票去，不用管我。

没事，我刚瞎说的。你儿子能人，老板抢着要！我调侃，试图缓解与母亲之间的紧张局面。

母亲咧了咧嘴。不管怎么说，还是回去吧！我没事。她平和了语气。

我开始收拾行李，做着明天离去的准备。我边收拾行李边看母亲脸色，我希望她能挽留我。母亲也在看我，眼里有了一丝不舍，更多时候是安心，仿佛她终获自由。

临行前，母亲将一张银行卡塞到我手里。一个人在外，对自己好点，她叮嘱道。然后她说，还是赶紧找个人成家，妈也就安心了。

我推脱，母亲将卡硬塞进我衣兜里。然后变戏法似的拿出另一张银行卡，在我面前晃了晃。你看，她说，我也给自己准备了。母亲雀跃的样子如情窦初开的少女。

我朝母亲挥挥手，出门。

我并没有走，也没有订返程机票。我拎着行李，远远地站在街角，看着属于母亲的那扇窗。

不久后，母亲从家里出来。她换了件红色风衣，化了淡妆，看上去气色很好。

进入深秋季，梧桐树枯黄的树叶随风飘落，任意铺洒在每一条街沿上。母亲像一片红火的枫叶飘飞在这个秋日的街头，她漂亮的高跟鞋踩在枯黄的树叶上，她的脚步急促、欢快，一路响起脆脆的嘎吱声。我不知道她要去哪里，我猜想她是要去赴一场愉快的约会……

2016 年 3 月 10 日

小美的幸福

　　小美刚生下来的时候，皮肤白白的，眼睛大大的，鼻梁高高的，嘴巴小小的……整一个美人胚子，就是半边脸上有一块小小的胎记，淡红色，粉粉的。小美妈妈一抱上这么一个小美人儿，心里就乐开了花，也不和任何人商量，便给孩子取名小美。对于那块小小的胎记，妈妈似乎并不介意。

　　小美当然不是大名，从小到大亲人、朋友都这么叫她，时间一久连自己的大名差不多忘了。只有老师点名的时候，半天没人应那大名时，小美才会突然恍然大悟地应一声。

　　小美慢慢长大，个高了，身材显了，脸也拉长了，脸上那块胎记也跟着拉长。皮肤依然很白，眼睛很大，鼻梁很高，嘴巴很小，但却因为那块胎记，生生毁了这个美人胚子。

　　多年来，小美依然还是叫小美，但妈妈看她的眼神却一天比一天忧郁。突然有一天小美发现妈妈在家待的时间呈几何式递减，到后来小美便很难得再见到妈妈，总是见不到好看的妈妈，见不到妈妈那双大大的有着忧郁眼神的眼睛，小美开始想妈妈，越来越想，可小美却找不到妈妈了，她不断地问爸爸，妈妈呢？爸爸总是闪烁其词。

十八岁时，小美的爱美之心节节攀升，可脸上那块胎记却跟她较上了劲，时时不忘扩张地盘，几乎要占据半张脸。发展到后来，殃及到半边上嘴唇，至此小美正式沦落到了"丑女"行列。

"丑女"是一个很不礼貌的外号，于是大家都还叫她小美，尽管听起来有点此地无银三百两的意思，但毕竟都熟识的，自然不好在别人的伤口上洒盐。而这个时候，小美也终于知道妈妈为什么突然消失，妈妈跟另外一个男人跑了，在某个炎热的午后。

那天的情景在小美知道妈妈再也不会回来的事实以后，变得清晰起来。小美清楚地记得那一整天爸爸都阴沉着一张脸，妈妈又一次对着她抹眼泪，很哀怨的样子。走时什么话都没有留，只将一只翠翠的玉镯子仔细地包好，压在了小美的枕头底下。

待到考上大学，来到一个崭新环境，彼此都不认识，刚一打照面，大伙看她的眼神都有些那个，小美才开始深切感受到了自己的与众不同。

因为这张脸，同学们见她，唯恐躲之不及，女生不愿意与之为伍，男生背地里都叫她"恐龙"。小美收起所有镜子，连家里的穿衣镜不知道什么时候被弄碎了，一条条，一块块的，面目可憎。父亲也不问，把坏镜子拆下来，而新镜子始终都没有再装上去。

小美的寝室里住着八个学生，到了周六、周日，七个女生出门谈恋爱去了，宿舍里就剩丑女小美一个人。这是一种无形的打击。打击之下，小美想，总不能在宿舍里枯坐呀。于是，她决定出去干点什么。于是她去了校图书馆，一个人静静地看书。

大学四年，无数个孤独寂寞的日子里，她几乎都在图书馆里度过。没有男生来打扰她，哪怕是那种很不起眼，很没有女生缘的小男生，虽然她极度渴望被人打扰。小美长得最丑，学习却是最好，她很发奋，她要争做一个品学兼优、心灵美的女孩子。不是有很多哲人、名人和端庄的男人说，他们更爱心灵美的女人么。可四年的努力，小美依然品尝不到爱情的滋味。

孤独地结束大学生活以后，小美终于扬眉吐气了。在离开了那个看起来很美、很青春的地方时，小美还是忍不住大哭了一场。

小美的哭似乎有些盲目，按理说，校园生活没有给她留下怀念，有的只是无声的伤害，离开本是种解脱，小美应该高兴才对，应该对着空旷的学校操场大喊一声，"再见吧，朋友！"即使输也要输得有骨气。

说实话小美原本也是这么想，打算这么做的，可一到了无人的操场上，泪水居然就喷涌而出了。小美自己也不清楚，怎么就会这样呢，但是不争的事实摆在面前，当天小美确实是拖着皮箱，红肿着双眼离开的。应该说小美本质上是个有追求、有理想的好女孩，可是没有人理会这一点，正因为没人理会，或许根本是没人愿意理会，导致了小美如一阵风、一粒沙，吹到哪里，落到哪里，都激不起一点火花。这是小美不愿意要的结果，她好强，她希望掷地有声，哪怕仅仅是老师一个赞许的目光，同学一个欣赏的微笑，都会很容易令她心潮澎湃，感激涕零。可是……

毕业后，小美面临工作问题。学校不包分配，供需双方自由组合。小美的父亲是普通工人，没任何门路，加上小美人长得丑，就更没什么资本了。

小美知道形势严峻，准备了一大摞自荐表，像发传单似的到处发，不想错过任何机会。她认准了一件事，像她这样的，能找到工作就算不错了。可惜不是石沉大海，就是过了笔试关，面试关过不了。次数一多，小美气馁了，原有的那点动力消失贻尽。

她再也不愿出门，整天把自己关在小房间里，除非必要，她一般不出来，也不和父亲说话。到后来一日三餐也不保证，想到了来吃一点，想不到了就不吃。起初父亲做好饭都会叫小美出来吃，可越是叫，小美就越不理，后来父亲干脆不叫了，小美反倒会出来随便吃点。

看着小美日渐菜色的脸、日渐骨感的身子，父亲的心里很不是滋味，可又能如何呢？生活到了这一步，对于小美这样一个半边乌脸的普通人家的女孩子来说，真是很难的。完全可以为此放声痛哭一场，或者在屋后某个无人的角落里，或者在门前那条被污染的小黑河边。

某天，小美的家里来了一位贵客。她是小美远房亲戚，小美叫她姨。

不知道这姨算是个什么辈份，也不知道小美是不是和她有那么一点血缘关系，但似乎都不重要，重要的是这位看上去很富态的姨给小美带来了好消息。不，应该说是给这个极度郁闷了近一年的家庭带来了一缕曙光。

那晚，小美笑了，笑得很灿烂，姨说其实小美笑起来还是很有味道的。

姨领着小美去见公司老总，那天小美特地打扮了，小美的打扮也只能是穿上她认为最漂亮的衣服而已。出发前，小美带上了母亲留给她的那只翠得发亮的玉镯子，想来是让母亲保佑她。

到了老总办公室，姨站住了。犹豫片刻，她并没有让小美跟着自己进去，而是让她在门外站着，等她的指示，自个先进去，随手带上门。

小美都没来得及看清房间的样子，视线便被阻隔。大约五分钟，姨出来了，老总就站在姨的身后，姨的表情有些不自然，虽然脸上挂着微笑，但小美感觉那微笑是僵在脸上的，需要用外力才能抚去。

此时，小美怯怯地将视线穿过姨，落在了老总的身上，那是一个长得五大三粗的男人，不像一个商人，倒像一个拳击运动员。但是，他戴着一副宽边眼镜，又不能说他不像一个商人。老总的眼神先是略略有些吃惊，但很快就恢复了常态。

老总说，你就是小美？

小美涨红着脸，下意识地低下头，盯着脚尖说，是的，我叫小美。

姨突然觉得有些尴尬，她转过身，将小美挡在身后。王总，小美的学习成绩是全班最好的，尽管她长得……姨犹豫了下，将后半句话吞了回去。转而对小美说，赶紧拿你的成绩单给王总看看。

小美抖抖地将成绩单递给王总，王总接了，只是随便地扫了一眼，又递还给小美。我说，李处，你还跟我客气啥，你侄女的事就是我的事，我能不管吗？小美下个星期就来公司上班吧。

姨那僵在脸上的微笑打开了，小美在心底里长长地舒了口气。

小美干得很出色，比领导要求干得还好，不仅好而且快，不仅快而且彻底，该干的不该干的，吩咐她干的，没吩咐她干的，她全干。任劳任怨，不多言不多语。而且工作的时候人很愉快，很阳光，同事们都很乐意与她合作。她帮人也帮得自然，让别人看不出痕迹，很是知进知退。大伙一致认为，这女人一丑，就十分珍惜来之不易的工作。

王总看在眼里，听在耳里，对小美的工作也相当满意。自诩为儒商的他十分欣赏朴实能干的小美，甚至还上升到了哲学的范畴，人类学的范畴，人文领域之特征、之渊源的层面，来思考小美这个丑女孩的行为。

最后，借用了一句很普通的话感慨道：唉，人虽然丑，但心灵美啊。

某日，在走廊的某个拐角，小美和王总狭路相逢了。小美突然很想逃，却被王总拦住。王总很领导地拍拍小美的肩，小美啊，你很能干，我很欣赏你，好好干吧，年轻人！小美瞬间感觉有些眩晕，她下意识地扶住栏杆，狠劲地握了一下，发现自己并没在做梦，此时王总已走远。小美觉得全身像过了电，麻酥酥的，很温暖、很幸福。终于有人关注自己了，小美久违的灿烂笑容又浮现在了脸上。

小美兢兢业业地工作，她的能力，她的敬业精神，完全胜任部门领导的角色，可是这样的角色换了一个又一个，始终都轮不到她。王总虽然欣赏她，也曾感慨过，但终究没想过要让一个丑女来担当点什么。

小美对此并不介意，或许根本就不敢介意，她害怕一点点的介意，哪怕只是一点点，都会让她瞬间失掉现在所拥有的一切。

日子如水溜过。

小美的全部生活就是上班、下班，她没有女性朋友，没有男性朋友，当然就更不可能有男朋友。可小美对爱情的渴望却越来越强烈，这渴望一直被她深深压抑。她不敢想，更不敢提，她甚至害怕因为想了、提了，会让人觉得她是个不懂事、不知道轻重的人。

她一个丑女，有哪个男人愿意整天面对这样一张丑陋的脸，连她自己都那么讨厌的一张脸。这个社会教会她伪装，让她变得坚硬，可那毕竟是伪装，内心深处仍是异常敏感和脆弱的。无数个孤寂的夜晚，小美总会莫名其妙地泪水长流，泪水流进嘴里，咸咸的，涩涩的。

生活让小美成长。

小美原来那个虚无飘渺的爱情梦逐渐变得清晰起来，慢慢有了轮廓，最后形成为一个实实在在的东西，那就是一个家。一个由她和一个男人组成的家，或许还应该有一个孩子，一个正常的孩子，不奢望漂亮，只要正常就可以。

在小美的想法里，家可以由爱而成，也可以不由爱而成，只要是一个男人与一个女人生活在同一个屋檐下，完成代代相传的任务就行。想到这点，小美释然了，她在三十岁生日的那天，向姨开了口。

小美吞吞吐吐地说，姨……我……我……

姨露出一点微笑，装作很亲切的样子说，小美啊，你一定有什么事要我帮忙吧，有话就说，别把姨当外人。

小美咽了口唾沫，姨，您对我们一家人的恩情，我这辈子都不会忘。

姨笑笑，示意小美坐到自己身边来，认真地端详，看得小美不好意思起来，下意识地低了头。

姨说，小美，一家人就不要说两家话，我也是看在你这孩子老实、肯干的份上，王总对你印象很不错啊。

小美点点头，小声说，姨，您认识的朋友多，能不能……能不能帮我介绍个对象？

姨显然有些吃惊，以为自己听错了，她再次认真地看了小美一眼。你说什么？

小美壮了壮胆，干脆抬起头，直直地看着姨说，姨，帮我介绍个对象吧，我都三十了，我想有个家。

姨的脸色突变，微笑凝固在脸上，她腾地从沙发上站起来，没有任何过渡，没有丝毫预兆，由于幅度太大差点摔坐到沙发上。

小美被姨突然的举动给吓坏了，脸色煞白，她下意识地想扶住摇摇欲坠的姨，但她只做了个动作，并没敢真正去触碰姨。姨稳了稳身子，意识到自己刚才在小辈面前的失态，她回头看了小美一眼，看到的是小美满眼的惊恐与苍白的脸色，心底的不忍迅速泛滥成灾。姨抽了抽鼻子，为了避免自己再次失态，姨轻柔地说，小美，我去给你拿点水果，今儿个刚买的，新鲜着呢。说着便进了厨房。

再次站在小美面前，姨已恢复常态，她将一只剥好的桔子递到小美手里，桔子很甜，赶紧吃吧。

小美将桔子拿在手里，用了怯怯的、又很坚定的语气说，姨，我的事？您看？帮帮我好吗？就算我求您了。

　　姨想了想说，小美，不是姨不想帮你，但这件事，姨确实帮不了你……

　　走在回家的路上，小美很茫然，腿也有些发软，在姨家里向她开口时已用尽全身力气，是拼了命的。

　　终于又看到家里那盏桔黄的灯，透过薄薄的窗纱，泻出一片暗淡的光，小美不知道自己是怎么走回家的，只觉得这一路是飘着的，像阵风。小美知道父亲还没有睡，留着那盏灯等待她的归来，或者说父亲的等待不仅仅只是在等待女儿的归来，而是在等待一个希望。

　　小美不知道该怎么跟父亲说，那又老又孤独的父亲，多么希望自己的女儿能有一个家。那一刻，忍了许久的眼泪喷涌而出，小美缓缓蹲下了身子。

　　在那一片灯光下徘徊，迟迟不想回家的小美也在等待，等待另外一个等待的破灭，可那个等待却很执着，像父亲的性格，充满着韧性。子夜十二点的钟声敲响，灯光在那瞬间熄灭，小美发出一声轻轻的叹息，准备悄悄溜进家门。钥匙刚插进锁孔，还没来得及拧开，门却被拉开了，屋子里一片漆黑，父亲就站在小美面前，地上是一簇黑黑的影子，借着月光，小美看到了父亲一脸的凝重。

　　爸，小美喊，这么晚了，您怎么还不睡？

　　父亲摆了摆手，很晚了，赶紧洗洗睡，明天还要上班呢。说完便径直回了房间，什么话都没有再问。

狭小的房间，软软的床，小美躺在上面看窗外的月光，小美的心情糟到了极点。她真的没有想到，姨会一口回绝她。

去姨家之前，小美做了充分的思想准备，应该说是做了最坏的打算，可没成想还是超出了她的预期。小美以为姨即使不想帮这个忙，也会吞吞吐吐地、勉为其难地、装模作样地答应她，以后再不了了之；或者干脆当回事的给她介绍几个缺胳膊少腿，反正是不那么正常的男人给她，让她不得不自己提出来算了。

可是……

早上起床的时候，父亲已经将早点放在了桌上。小美红肿着眼匆匆吃了两口，就想赶紧逃离。

临出门时被父亲叫住了。小美，看你眼睛肿得跟桃子似的，拿块热毛巾敷下，让同事看见不好。说着将一块热热的毛巾递到小美手里。小美接了，很不自然，将毛巾递还给父亲时，小美注意到父亲的眼睛也是红肿的。一股暖流瞬间流遍全身，小美突然觉得很轻松，有这样的父亲，小美很幸福。

日子又恢复如常，一切都波澜不惊。

不久小美的公司新来一个四十岁左右的男职员，人长得也算周正，却总是板着一张脸，一副苦大愁深的样子。小美没有朋友，男人也没有朋友，于是两个人的话便多起来。

最初是试探性的，后来随着谈话的深入，小美逐渐了解了男人的故事。能干的老婆恨铁不成钢地抛夫弃子去了另一座城市，将一副烂摊子扔给男人。男人又当爹又当妈，自是不易，好在家人都在身边，生活上也处处帮衬，也就一步步挺过来了。孩子都快上初中了，自个也折腾得差不多，啥也没折腾出来，人早疲了，就想着能再给孩子找个妈，自己受了苦，不能苦着孩子。

热心的小美经常会帮男人做些事，友谊之花开在了两人心上，渐渐地小美竟多出一丝别样情感来。小美开始关心男人的一切，想方设法地讨男人孩子的欢心，有事没事地到男人的家里坐坐。男人不傻，知道她的意思，就是不开口点明，他不点明并不意味他胆小，或者羞涩。活到这个岁数的男人还有什么不敢说、不敢做的，关键还是小美的长相，男人一直都挺犹豫。

受到小美贴心贴肺的关心，男人不忍拒绝。一晃一年过去，男人已经很习惯很依赖小美的这份爱，小美也暗示过男人多次，男人故意把自己当傻子。

小美要了一次心机，其实小美是个很有心机的女孩子。

一日，她求同事丽丽出面跟男人的部门领导说，想给男人介绍一个对象。领导觉得这是件好事，一来有利于稳定人心，二来也表示他对下属莫大的关怀。领导很积极，便来问询男人。男人一听，很高兴，积极地要求见面。话传到小美耳里，小美心生寒意。

领导向丽丽要人，还提议搞一次联谊会，丽丽急了，只得问小美要人。小美拿不出人，只得与丽丽实话实说。丽丽恍然大悟，骂小美藏得深，还骂小美这招实在太阴，试男人试出这么一个结果，还把自己给拖下水。

无奈之下，丽丽只得委婉告知领导说，那个女孩子生了病，而且病得还不轻，这做媒之事等以后再说了。热热闹闹开始，冷冷清清收场，领导很不高兴，男人也很失望，更失望的是小美，原来男人并不把自己放在心上。

失望之余，小美还是故我，依然对男人一片痴心。其实小美自己也不清楚，她对男人好是真的爱他，还是只想要一个家。架不住小美的追随，加之上次那场风波，让男人决定还是和小美试着发展下，也就不再人前遮遮掩掩。两人手牵手，小美总是一副小女人甜蜜的样子，幸福之情挂在了脸上。

就在众同事等着喝他们喜酒时，风波又起，小美转眼间迅速憔悴。

小道消息纷至沓来，有传男人的爸妈坚决不同意他们的婚事，有传男人与另一离异女子又好上了，有传还有一位外乡人也看上了男人。传归传，也不知孰真孰假，这之后男人确实再没和小美手相牵，也再没见小美甜蜜小女人的样子。就在幸福唾手可得时，又一次从指缝漏走，或许男人真的不适合小美。

黯然神伤了没多久，小美又恢复如初。大伙还在感叹小美的不幸，还在对那个男人的行径表示愤慨，小美早已像个没事人似的，好像一切都不曾发生过。

突然有一天，小美向大伙宣布她要结婚了。

这消息惹来了众人一脸的惊愕，似乎小美结婚是件特别不可思议，特别不符合常理的事。

一时间又众说纷纭，各种各样的猜测，主要是对那个愿意和小美结婚的男人的猜测。听说那个男人很穷，听说那个男人结过婚，听说那个男人长得也很丑……好像小美结婚就干扰了大家正常的生活、工作与学习，好像小美即使结婚也不能找一个像样的男人，否则小美就是太幸运了，是该遭人嫉妒的。

小美结婚了，男人也不错，模样清秀，离过一次婚，没有孩子，有一套现成的婚房。小美与男人是在网上认识的，同样寂寞的两个人一聊就聊出了火花，很快男人决定娶小美，让他那个特别清冷的家有个女主人。

小美这个最不可能马上结婚的女人闪电般有了一个家。

有家后不久，小美被新上任的老总提拔当上了部门副经理，可谓双喜临门。

小美整天乐乐呵呵，也不像过去那么拘谨，逢人便给个笑脸，也不管自己这张脸还会不会令人讨厌。受人笑脸，自然也得还人笑脸，再说现今不同以往，人家是有一官半职的，同事们也都热情地予以回应。尤其是同一部门的下属突然对小美就有了些献媚的味道，有祝贺新婚愉快的，也有祝贺步步高升的……末了还不忘让小美请客，说是这么好的事，值得大伙共同分享。

小美的天突然变了，变得像两个不同的世界。这一切都来得那么快，那么突然，小美一直渴望的东西居然就在眼前，是抓在手里的，小美感觉自己就像在做梦，可一切又都是真实的。

小美突然间成了受人关注的对象，这不仅仅是表面的，更多的则是背后的。过去没有人会关注小美，觉得小美默默无闻地生活是很符合她的情况。可现在不同了，小美成了有争议的小美。

背地里议论纷纷，有男人们之间的，也有女人们之间的。

A男说，我呸，难道公司就没人才了，让这么一个烂柿饼当部门副经理，真不知道老总是怎么想的，简直有损公司形象。

B男说，你傻啊，用脚指头想想不就得了，她没结婚的时候，不也干得很卖力吗？王总不也拍过她的肩说欣赏她吗？可还不是小职员一个，现在刚结婚没多久，就升了，还不是靠她老公的关系？

C男说，不会吧，她老公在一家小企业工作，能有什么门路？

D男说，这小地方，谁知道呢？说不定这新来的老总和她老公有某种特殊关系。

C男说，嗯，有可能。

A男说，唉，小美这人真她妈的福气，也不知道是哪辈子修来的，都长成这样了，还有人要，我看她老公八成是吃错药了。

B男说，是啊，想不通，就算是离过婚，又有什么大不了，现在这世道，找个女人又不是什么难事，换我就绝对不找这么丑的，我可不想晚上做噩梦，被吓醒。

……

男人继续着他们有关小美的男人话题。

女人也开始了她们对小美的议论。

A女说，你看看人家小美，当上领导就是不一样，像变了一个人，整天乐呵呵的，看了都让人嫉妒，你们发现没？她现在连穿衣风格都变了，可是比过去时髦多了。

B女说，可不是嘛，过去没人看，现在有人看了，当然得打扮了，再说人家现在是领导，仪表也是很重要的。

C女说，哼，只可惜再怎么打扮还不是丑女一个，费那钱、那劲干什么，换我才不会这么无聊呢。

A女像是想起了什么，装出一副若有所思的神情，喂，你们说她老公是个什么样的人？

C女说，你怎么问这么一个怪问题，她老公好像跟你没什么关系吧。

A女说，关系是没有，只是我比较好奇，人家都说男人都爱漂亮女人，可没听说愿意找个丑女来爱的。你看我们公司那个男的，小美对他那么好，追他那么紧，结果不仅什么没得到，还莫明其妙成了三角恋的女主角。

C女说，就是说嘛，那阵子我还为小美抱屈呢，觉得她挺可怜的，可这没多久……唉，婚也结了，位也升了，我这心里真不是个味。

D女故意打趣，怎么，你嫉妒她啊，那也让你长成她那样，你肯不肯？

C女说，要是能有她这样的福气，我就愿意。

D女笑，酸哪，我牙痛！

A女说，别逗了，你们还没回答我的问题呢？

C女说，天知道呢，可能这就叫情人眼里出西施，小美总有让他爱的地方。

B女说，也不知道他们的婚姻能不能长久。

D女说，这又有谁能说得准，现在小美还年轻，她还有半张年轻漂亮的脸，当她那半张脸也衰老、难看的时候，也许……

D女没有再说下去，她是说小美，似乎又是说给在场的每一个女人听的，气氛突然变得有些压抑，沉闷得透不过气。

"噔噔噔……"清脆的脚步声从门外传来，这声音虽然很不合时宜，却又来得恰到好处，沉闷而压抑的气氛立时得到了缓解，进来的是丽丽，小美的同事兼下属。

A 女说，丽丽，给我们带什么好消息了，看你这春光满面的。

丽丽说，像我这样的混世魔王能有什么好消息。

D 女说，丽丽，你有什么事吗？

丽丽说，没事就不能来看看你们了，正好路过，就进来瞧瞧你们这帮小女人都在干些什么。

A 女说，丽丽，你和小美最熟，她现在过得好不好？

丽丽说，你这么关心小美啊，还用说，她现在跟掉蜜罐里一样。

C 女说，真的？你怎么知道？她跟你说的？

丽丽说，上次我找她去游泳，她说没泳衣，我呢也正好想换件新的，就约着一块去买，我买完了，她还一劲在那挑，还专拣那最保守的，挑了半天，结果说不买了，你们知道为什么吗？她说太露了，她老公不喜欢。

A 女忍不住笑，不会吧，现在还有这样的男人？

丽丽也笑，就是说嘛，我也纳闷啊。后来小美告诉我，她老公规定睡衣只能在卧室里穿，小美有时嫌麻烦，穿着睡衣去趟客厅、厨房什么的都得偷偷摸摸，害怕被老公发现。

D 女故意打趣，我的天，小美老公真把她当宝贝，要是小美长得跟天仙似的，她老公估计就得天天把她关在家里，不准见人了。

A 女说，哼，这样的老公，哪怕他再优秀，我也不要，一点家庭地位都没有，我可以没有婚姻，但绝对不能没有自由！

A 女宣誓似的话逗得大伙忍不住笑起来，女人们在那一瞬间突然变轻松了。从她们的角度看，小美的婚姻并不美满，她所找的老公不可能给她带来幸福。这么一想她们突然就不那么嫉妒小美了，觉得上天其实还是很公平的，至少她们没有摊上这样的老公，她们可以在正当范围内随心所欲，而小美却不行。笑过以后，女人们再度陷入沉思。

B女就是在这个时候突然冒出一句话，你们不觉得小美其实很幸福。

是的，女人们在心里回应了她的话，她们忘了从一个丑女的角度思考问题，她的幸福和她们的幸福会是一样的吗?

2006 年 9 月 12 日

月儿弯弯

朱水尔看着陶小颜，有些无奈。

她是陶小颜的租客，比陶小颜小十岁。陶小颜一个人住，网上发了邀租启示，于是朱水尔就成了她的租客。陶小颜身高一米七，体重一百四，在单位搞收发，每天必到各个办公室点个卯。陶小颜作为一个女人，实在一塌糊涂，领了证连喜酒都没办，老公就被别的女人撬走了。她身材高大，要不是留了一个长波浪，背后看像个男人。离婚后，房子归她，还贷的事也就落在她身上。她喜欢这份工作，轻松，消息灵通。唯一不满意的就是收入不高，还贷压力有点大，才想着把房子租一半出去。不知道从何时开始，她迷上了酒。她说，晚上不喝点，根本睡不着。

现在，陶小颜坐在朱水尔的对面。她手里端一个酒杯，轻轻摇晃，暗红色的液体随着她有韵律的晃动在杯壁上均匀地转圈流动，停下来酒液回流，在酒杯的壁面形成向下滑落的一道道酒痕，像极了人的泪滴。

她看着酒液一点一点滑落，脸上挂了笑。要不要来点？她问。

陶小颜穿一件 V 字领的黑色羊绒衫，一条灰色毛呢格子包裙。她上身纤细，胸部平坦，没法撑起 V 型领的性感设计，松松垮垮地塌在胸前。她翘起二郎腿，上身前倾，屁股与大腿显得更为粗壮结实，她整个人的重量几乎都分布在了下半身。唯独，她的一双手很漂亮，皮肤光洁，手指笔直修长，托着酒杯的感觉优雅迷人。朱水尔常常感叹，陶小颜可惜了一双弹钢琴的手。

不要。朱水尔拒绝得很干脆。你是作家，作家都爱喝，需要创作灵感。陶小颜强调。她已经喝了七八杯，她的肤色属于小麦色，用国际眼光看是时尚圈比较流行的一款，她长得有点儿像中国超模吕燕。酒精的作用下，她的双颊红彤彤的，眼神有些许迷离。

谁是作家？朱水尔回，我就是没事写点狗屁小说。

咯咯……陶小颜趴在桌上，右手托着酒杯，左手指着朱水尔，笑得眼泪都快出来了。你不是谁是？

好不容易认识一个。半晌，陶小颜止了笑。

朱水尔是她的笔名，真名叫什么不重要，不过就是个代号。她也不是专业作家，她说，那是要饿死人的。她在一家外贸公司跑单，讲一口流利的英语。朱水尔来这座城市快三年了，和陶小颜合住也有一年，陶小颜对她不错，房租要得不高，做了好吃的会叫她一起吃。

倒酒。陶小颜又喝完一杯，她把酒杯放桌上，右手支着头，左手指轻轻敲击着桌面。她看着朱水尔，眼神发飘，醉意迅速漫延大脑，眼底起了薄雾，陶小颜感觉一阵混沌，她开始把朱水尔当成吧台服务生。

倒，快倒！陶小颜嘟囔。

别喝了。朱水尔劝道，她的眼睛一刻也没离开电脑，鼠标一闪一闪，晃得人眼睛疼，她看陶小颜能看出叠影。陶小颜在这里无事生非，打断她的思路，严重影响了码字速度。

不嘛！陶小颜突然呜咽起来，他不要我，他不是……没有……爱过我，我们分开一天……可以挂好几通电话，我们……可以一直吻，吻上半个小时……现在，你……也不要我，你们都是一样的……坏人。

陶小颜的絮叨令朱水尔浑身起鸡皮疙瘩，在朱水尔面前，陶小颜从来不提那个男人，准确说是她的前夫。朱水尔站起来给陶小颜倒酒，将酒杯推到她面前。慢慢喝，我不会离开你。她道。

陶小颜咯咯傻笑，他以前也这么说。不过，我不会忘了他，哪怕有过一瞬间的爱，和永恒也是一样的。说完，她将酒全部倒进嘴里，然后把酒杯重重掷在桌上，差一点折断细细的杯脚。朱水尔在陶小颜将酒杯撞向桌面的那一刻被惊到了，打字的手微微颤抖。

陶小颜从来不管朱水尔怎么想，可见朱水尔在她心目中是怎样的人。朱水尔长得娇小，身高一米六，体重不足九十斤。作为一个北方姑娘，她没有北方姑娘的特点，来南方念书，念完书就决定留下来。她发觉她很适应这里的环境，时常怀疑她的祖先是南方人，逃到北方后繁衍出她们这一支族人。她不爱打扮，衣着随便，即便如陶小颜这样毫无衣品的人，都会嫌弃。她爱干净，家里有一台洗衣机，不用，从来手洗。陶小颜常常笑话她有福不会享，丫头的命。朱水尔也不生气，偶尔会指着陶小颜裤腿上的一个油点说，洗衣机不会专门针对一个油点的。于是陶小颜会低下头惊呼：哪有！然后笑笑，反正我看不到，随它。她性情温和，非典型宅女，任何时候，陶小颜都知道她躲在房里，对着电脑。无聊、需要分享八卦或者心情不好需要垃圾筒的时候，陶小颜都会坐到朱水尔的房间里。

此刻，屋子安静下来。

陶小颜趴在桌上，脸颊绯红，酒水顺着她的嘴角涎出来。朱水尔推了推她，一动不动，她继续写小说。

又在码字？水，不是我说你，别浪费这大好时光。不知过了多久，陶小颜酒醒了，她抬头道。

朱水尔被吓了一跳，她从电脑屏幕里探出头。酒醒了？

我又没醉。陶小颜否认。顿了顿，她笑嘻嘻道：快跟你家杰哥视个频，小心他跟人跑了。

他不会。朱水尔肯定。

这年头，难说。不是我说你，异地恋多辛苦，也就你死心塌地，一谈谈五年，是我早分五百回了。

还好，我习惯了。

你让他过来，这地方挺好，两个人一起打拼。

他母亲身体不好，常年躺在床上，他是个孝子，放心不下，说实话我看重的也是他这点。

不寂寞？停顿了下，陶小颜问。

我跟他都清心寡欲。

唔……我看还是咱俩在一起，比较靠谱。

你去整成男的，我明儿就嫁你。朱水尔调侃。

两个女人笑成一团。笑完，陶小颜问：就这么拖着？

再说吧。

红酒已经见底，陶小颜晃了晃空酒瓶。还有酒不？她问。

朱水尔摇头，我不藏酒，厨房里还有半瓶……料酒。她故意。

陶小颜瞪朱水尔一眼，说话能不大喘气。她摇摇晃晃站起来，朝房门口走。半晌，又拿进来一瓶。哈哈……陶小颜咂了咂嘴，显摆道：我有存货。

有那么一刻，朱水尔真想把陶小颜，还有她的酒都扔到窗外去，当然这仅限于想象，不要说陶小颜本人，就是她的酒，朱水尔也不敢动。

对了，上次跟你说的那事，写成小说了没？

没，花边新闻没啥好写。

哦。

陶小颜打了个酒嗝，心满意足的样子。她站起来，走出去。朱水尔以为她去睡了，舒了口气。

此刻，红酒特有的酸味儿在狭小密闭的屋子里四处流窜，朱水尔感觉头晕，作呕。陶小颜在的时候，朱水尔没觉得，她一走，酒味儿便排山倒海地袭来，忍无可忍。她起身，光着脚丫跑向窗户，打开，闭上眼睛，深深呼吸，恨不得把整个肺和胃都吐出来泡到水池里，将上面沾着的酒味儿全部洗干净。大段大段的风从半开的窗户里涌进来，着急忙慌的。初春的晚风依然料峭，她禁不住打了个寒颤，跺了跺脚，跑回来，将床上的薄毯紧紧裹在身上。

毯子是棕黄色的，法兰绒，质地不好，掉绒，朱水尔双11

时从淘宝上买的，图便宜，又耐脏。

于是，陶小颜再进来的时候，被朱水尔的造型吓了一跳。

什么鬼！扮狗熊吓人？陶小颜的嗓子本就尖细，加了语气词之后刺得朱水尔耳膜疼。

冷。朱水尔转头看陶小颜，皱了皱眉，吐出一个字。

此时，陶小颜也注意到了半开的窗户，冷风不断灌进来。她挑了挑眉，开窗能不冷。她自言自语，径直朝窗户走去。一屋子的酒味散得差不多，陶小颜身上的经久不消。

我再给你讲个事。陶小颜坐回她原来的位置。

我以为你去睡了，眼圈都发青了。朱水尔决定小小抵抗一下。

反正也睡不着。陶小颜将手机在她面前晃了晃，陶小颜的手机很少女，手机壳是粉红色的，边角与底部镶嵌了水晶，组合成一个漂亮的芭比娃娃，机顶挂了一串粉蓝色的流苏，在白帜灯光的照耀下，能闪瞎朱水尔的眼睛。拿手机去了，给你看张照片。陶小颜笑，她凑近朱水尔，把手机递到朱水尔鼻子下面，仿佛朱水尔有 800 度的近视，一股酸酸的酒味儿直扑过来。朱水尔迅速往后靠，把陶小颜的手机拽在了手里。

朱水尔不近视，近视的是陶小颜。

照片上是一个跟朱水尔差不多年纪的女孩子，挺好看。

脸小小的，下巴圆润，眼睛大而亮，拍摄角度为 45 度，很聪明的拍法，照片经过 PS，朱水尔确定不了她的皮肤色号与肤质。她是谁？朱水尔问。

我同事，长得怎么样？陶小颜问。

小萝莉，大叔至爱。朱水尔调侃。

你是作家，应该最擅长看人。陶小颜撇了撇嘴。

我又不是相面先生，你问我她长怎样，又没问我她是怎样一个人。再说，长相与个性没有必然联系。比如你，陶小颜，你长成这样，心绝对是少女心。

你……我，我长成什么样了？陶小颜提高了音量，显然是被朱水尔气到了。

玩笑啦。朱水尔知道陶小颜最怕别人说她长得不像女人，她故意这么说是对陶小颜的报复，她整晚上的打扰与搞得满屋子的酒味很令人讨厌。她怎么了？听你这意思，你对她有看法。朱水尔换了话题。

我跟小姑娘同一个部门，平时接触说多不多，说少也不少。小姑娘从事档案工作，话不多，娇娇弱弱。去年国庆刚结婚，喜酒我去喝的。她老公个子不高，瘦瘦的，长相清秀，两人看上去很般配，听说他在周边城市工作，公司白领，收入挺高。上上周，她老公带着兄弟来单位找小姑娘，见面就吵。我们心疼小姑娘，忙着劝架，也没搞明白他们吵什么。

都没弄明白，还在这说。朱水尔插了一句，语速飞快。夫妻吵架无外乎婆媳关系、消费观念，要不要孩子之类的，顶多来个外遇。再说吵架是双方的事，也未必就是女方有问题。

都不是。陶小颜的否定令朱水尔有些感兴趣。她在心里暗想：难道每个女人都有偷窥欲，或者也包括男人。

她说她老公是同性恋，对象是老公的兄弟。

哦，同妻？悲催。老公告诉她的？

陶小颜摇摇头，她在家安了摄像头，给我们看了她拍的视频。在家安摄像头？这人有病吧。谁说不是。拍的啥？镜头有些模糊，我看到她老公把手伸进他兄弟的衣服里。然后呢？没有然后。那能说明什么？不知道。她老公兄弟结婚了没？结了，听说刚生了个儿子。

现在怎么样了？朱水尔问。

进展中。

房间慢慢暖和起来，朱水尔索性关了电脑，把薄毯扔回床上。要不给我也来点？朱水尔看着陶小颜。

女人喝点红酒，美颜，等到我这个岁数，你就知道了。陶小颜起身给朱水尔拿酒杯，倒了小半杯递给她。

朱水尔接了，抿了一口，皱了皱眉。

他们现在闹离婚，闹到法庭上，估计是赔偿问题。据说，等他们离完婚，她老公的兄弟还要打官司。

这么复杂。朱水尔叹口气。那她老公？

不是。陶小颜肯定。

既然不是，还离什么？

这也正是我想知道的。陶小颜起身，朝朱水尔摆手，我睡觉去了。

就这么完了？朱水尔瞪着陶小颜的背影。早知就不听你讲了，吊人胃口。她喃喃道。

陶小颜走到门口，又折回来。说来也巧，我姑的朋友是他们的介绍人。那天，我去我姑家，李阿姨也在。正跟我姑诉苦，说她这个媒人做得失败。

那李阿姨肯定知道，你没问她？朱水尔问。

问了，也就说了个大慨，我都跟你讲了。你打算写小说？

哦，挺好的素材。

那我们把她老公约出来？陶小颜想了想。

你又不认识人家，怎么约。

她老公叫小徐，我有他电话，李阿姨告诉我的。我现在打一个试试？十点了，朱水尔打开手机，看了眼时间。你不怕人家当骚扰电话直接挂断。才十点，哪个年轻人睡这么早。

电话响了很久，才接。陶小颜直接按下免提键。

一个好听的男声，迷迷糊糊的。喂……

陶小颜：请问，是小徐吗？

男人：我是，你哪位？

陶小颜：我是李月姝李阿姨朋友的侄女。

男人：啊？你打错电话了。像是要挂机。

陶小颜：别挂！你认识李月姝吧？她是你的媒人。电话那头一阵静默，朱水尔能听到男人微弱的呼吸声。

男人：你刚刚说你是谁？清醒了几分。

陶小颜：你不认识我，我说了你也不知道，你只要认识李月姝就好。

男人：那你找我什么事？

陶小颜：想找你聊聊。

男人：聊什么？我又不认识你。

陶小颜：你的事我听说了，我很同情你的遭遇，想帮助你。

男人：有病吧！吐完这句，电话断了。陶小颜狠狠按下挂机键。居然说我有病。

我也觉得你有病。朱水尔轻声嘟囔。

哪有病了？陶小颜不悦。

谁愿意把隐私告诉一个来路不明的人。陶小颜想了想，点点头。你还不如说你是他老婆的同事。

哦……搞砸了，怎么办？

还能怎么办？过些时候找李月姝，让她叫，他或许会出来。陶小颜点点头。去找李月姝之前想好该怎么说。朱水尔叮咛。

隔了一周，周末，晚上，星巴克热闹非凡。

陶小颜与朱水尔到的时候，他们已经在了。角落里，昏沉暗淡的蓝色灯光下，坐着两男一女，两个男的年纪相仿，大约三十岁左右，女的五十上下。照陶小颜的描述，坐在左边的应该是小姑娘的老公，右边的是男人兄弟，阳光帅气，女的应该就是李月姝。

来了。女人跟陶小颜打招呼。

李阿姨，这我朋友，作家！陶小颜将语气重重落在"作家"这两个字眼上，仿佛朱水尔就是她的一件华丽外衣，穿在身上倍儿荣耀。

哦。女人轻描淡写地应着。这是小徐，我跟他妈关系不错，算是介绍人。

叫小徐的男人眼眶红肿，看样子刚哭过。你们不知道，我对她有多好。他一开口，就让朱水尔想到鲁迅笔下的祥林嫂。

停顿了下，小徐咧了咧嘴。那天，真不好意思。什么？陶小颜问。小徐装了个挂电话的手势。

哦，那事，早忘了。顿了顿，陶小颜说，其实我不该给你打那个电话，挺傻的。

我兄弟，路强。他介绍。小路笑笑，起身去买咖啡。她想要什么，吃什么，我都买给她，做给她吃，我从来不跟她计较钱的事。记得有一次，夜里，很冷，我已经睡了，她说想吃面，我爬起来给她做，做好了递她手里，她让我先尝尝，我说好吃，她想了想又不要吃了。我问她为什么？她说我做得不够香。即便这样，我也没朝她发过火。

介作咯？陶小颜冷不丁冒出一句方言。她在单位很随和的。

哪里，她脾气不好的，动不动就跟我闹，甩脸子，一言不和就回娘家，每次都是我低三下四去求她回来。

陶小颜很是意外。

虽然学历不如她，可我收入比她高很多，她不算下嫁吧。说实话，我们分过手，她又回来找我，估计是觉得我比较会赚钱。小徐自顾自说。结完婚我们去巴厘岛度蜜月，同行的还有路强与我表妹。蜜月期间，她以身体不适为由拒绝我碰她，心里不是滋味，我仍表示尊重与体谅。

咦，她跟我说，你和你兄弟住一间，她和你表妹一间。陶小颜表示惊讶。

怎么可能，我们是去度蜜月。再说那家五星酒店，须有房卡才能上。我和她选的是套房，在16层，路强与表妹各一间，在22层。

是的。路强应和。

蜜月，她为什么要拒绝你。朱水尔好奇。

小徐摇摇头。飞机到达的当晚，我妈担心我们，跟我在电脑里视频，许是她觉得被怠慢了。

就因为这？朱水尔吐了吐舌头。

我想不出更合理的解释了。

然后呢？陶小颜问。

回来后我去上班了，公司里忙，我一般周末回家，算上偶尔到国外出差，从结婚到现在，我们在一起的时间并不多。我猜测她平时也不住家里，每次回去到处都是灰尘。去年底，我出差去巴黎，问她要什么礼物？她说口红。我是偷偷溜出来，去的名品店。你们也知道，口红有很多色号，我不懂，为给她买到称心的，我一支支试给她看。

你真有耐心。陶小颜艳羡。

回家后发现她没在，我把口红放桌上，就去了我妈家，结果又被嫌弃了。嫌你没有仪式感。陶小颜接口，她跟我说过。

这还要仪式感？是不是需要一个烛光晚餐，最好是包场的那种，然后来首小提琴独奏柴可夫斯基的《天鹅湖》，饭吃到一半，把包装精美的口红拿出来，然后问：送你的礼物，喜欢吗？又不是拍电影，我也是醉了。朱水尔机关枪似的。

碍你什么事，老激动。陶小颜笑。

她在家里安摄像头，为了拍摄角度好，不停换位置，那些放过摄像头的痕迹都还在。原本我不会注意这些，当你在包里发现窃听器时，会是什么感受？小徐受到感染，也激动起来。

窃听器？？什么鬼，谍战片还是悬疑片？朱水尔瞪大了眼睛。

那天。小徐喝了一口咖啡，抿了抿有些干裂的嘴唇，继续讲述。我跟路强去单位找她，正是发现包里藏着窃听器。

他强调：我那包随身携带，很少翻的，不是要找几个硬币坐公交，估计到现在也发现不了。我当时冷汗就冒出来了，赶紧给路强挂电话，不是他劝我，差点就崩溃了。现在想来她就这样，我们谈恋爱那会，有一次开车去万达商场吃饭，她抢着付停车费，起初我没觉得不妥，后来发现她对我的行踪了如指掌，才想起她利用手机付费定位了我的车。

说实话，我第一次见她，觉得她是个好姑娘，话不多，很温柔。他工作忙，又不在身边，我猜想她可能比较孤独。我跟他从小玩到大，比亲兄弟还亲，我们常常把对方的事当作自己的事。我开了一家小型咖啡店，她经常到我店里来，有时一坐就是一个晚上。我忙的时候她看我忙，空下来就陪她聊聊天，偶尔她会微信找我聊。路强接茬。

你们关系很好。朱水尔插话。

嗯，他在外地，我有义务照顾她。

她喜欢你。朱水尔很认真，路强的脸红了红，看小徐一眼。我能感觉到。他说。

她有勾引你吧。朱水尔问。她说完这话，看到小徐的脸上阴云密布，她立即知道自己问了一个不该问的问题。

我不知道这算不算，给你看我们的聊天记录。他把手机推到朱水尔面前，小徐迅速把头凑过来。

你觉得我气质好吗?

还行。

很多人说我长得像范冰冰，有明星范……你觉得像吗？

哦。

……

说起来你可能不信，别看我现在这么瘦，上初中那会，下楼梯都看不到路的，哈哈。

为啥？

胸太大。

……

不觉得春意已浓，春天是人们谈恋爱最好的季节，就像动物想要发情一样自然而锐不可挡。

这么诗意。

……

朱水尔不想再看下去，她将手机还给路强，小徐的脸色更加难看。你们也看到了，我几乎很少回应。道理我懂，我只把她当弟妹，我有老婆。

你为什么不告诉我？小徐质问。

他怕影响你们夫妻感情。朱水尔回。路强欣喜地看朱水尔一眼，认真地点点头。

不过，说自己气质好，长得像谁谁，这样的话她常在我还有我妈面前说。小徐接茬。

怎么不喝？气氛有些压抑，路强转移话题。

晚上很少喝，怕睡不着。朱水尔笑笑。你也是？路强转而问陶小颜。我晚上不喝咖啡，只喝酒。

那我们去酒吧。小徐提议。

算了吧，讲讲视频是怎么回事？陶小颜说。

这事起因在他，他之前买了一套保暖内衣，感觉不错，厚实。那天，他来我家，我说起想给老爸买套保暖内衣，不知道买啥牌子好。他说他刚买了一套，真心不错，让我摸摸质地。小徐解释。

需要现场模拟吗？路强开玩笑。

去。小徐踢路强一脚。

知道你哥俩情意深，注意场合。陶小颜故意说。

我们一直没有"那个"，作为男人，真心说不出口。小徐犹豫片刻，压低了声音。陶小颜与朱水尔眼神交流了下，气氛尴尬。

也许，也许，她认定你是那个……陶小颜想安慰小徐，又不知该怎样表达。

借口。小徐轻轻吐了一句。

有一次我问她，打算什么时候要孩子？她告诉我，你们一直在努力，实在不行就采用其他方法。当时我还蛮同情她，年纪轻轻，生个孩子这么费劲，现在看来……陶小颜说。

她是真有一套。小徐叹了口气。我都三十二了，特别想要个孩子，家里人也催得急，我跟她谈过几次，她倒是同意了。

那怎么还没那个。朱水尔好奇。

小徐没有回答，继续往下说。没多久她跟我说她要去拍个 X 光片，我不同意，备孕怎么能拍，她没说什么。过了两天，她跟我说，她去拍过了。我当然不高兴，我问她为什么，她说她觉得不舒服，拍过才放心。三个月后，我又跟她提这事，第二天她就买了一整箱洋酒回来，每天睡觉前喝一杯。我说你这样还怎么备孕，她说不喝酒睡不着觉，没法工作。

我敢肯定，她不爱你。陶小颜说。

小徐点点头。然后说，爱情太奢侈，我只想好好过日子，就是被折腾得够呛，饭吃不下，整宿睡不着觉，总梦见有人要害我，瘦了很多，差点儿病倒。小徐的眼眶再度泛红。

你看上去很憔悴。朱水尔用肯定句安慰他，停顿了下，她说，我建议你去看心理医生。

看过了，医生说我轻度抑郁。她倒好，一句离婚，一点儿罪没受，罪都让我受了。小徐开始抱怨。

离了好。朱水尔说。

小徐撇了撇嘴，哪里好啊，她又是摄像头又是窃听器，不就是为了掌握我更多信息，好拿到法庭上讹我的钱……

谁都没有再开口说话，空气凝固了一般，四周的嘈杂声翻滚着涌向陶小颜和朱水尔。

不早了，我们走。陶小颜说。

陶姐。话说了一萝筐，小徐第一次这么叫陶小颜，有点掏心掏肺的意思。顿了顿，他道。说了这么多，我不是要你们同情，你是她同事，尽量少和她接触，算我友情提醒。

从星巴克出来，陶小颜站在马路边上发了一阵呆。

我们回吧。朱水尔催促。

唑……陶小颜缩了缩脖子。这风，真他妈冷。

朱水尔叫车，被陶小颜拦住。我们走回去。她说，我要减肥，没发现我最近又长胖了。她用了肯定句。

这个时候，路上不安全。

没事，有我在。陶小颜把手伸进朱水尔的胳膊，挽着她往前走。陶小颜身材高大，走了几步之后，朱水尔觉得别扭，摆脱了陶小颜的手。她们并排走在一起，陶小颜步子大，走快几步时，朱水尔便加快些脚步，陶小颜惊觉，也会慢下来等朱水尔。

夜已经很深，路上几乎没有人，偶尔有几辆车从她们身边呼啸而过，卷起一股冷风与一地尘埃。

我送你们。一辆的士在她们身边停下来。陶小颜摇摇手，不用。这么晚了，你们两个女的，路上不安全。的士司机不甘心。陶小颜不理会，拉着朱水尔往前走。两个夜游神，想男人想疯了吧。的士司机吐出一句话急驰而去。

呸，要你管。陶小颜骂道。

朱水尔瞪陶小颜一眼，心里骂了一句：活该被骂！嘴上却说，别理他，人没兜着生意，上火。

风依然很冷，朱水尔走热了，脱了外套拿在手里。陶小颜低着头，像有心事，一路上谁也没再开口说话。

到家时，朱水尔开门，陶小颜站在身后。你觉得他们说的都是真的？陶小颜突然道。

朱水尔被吓了一跳，门钥匙险些掉在地上。深更半夜的，别吓人。陶小颜笑笑，有些尴尬。

困了。朱水尔打了个哈欠，放下包直接去了卫生间。洗好出来，陶小颜还坐在客厅沙发上等她，朱水尔当作没看到，径直回自己房间。

房门没来得及关，就被陶小颜推开了。你还没回答我。

明儿再说。朱水尔拒绝。

不行，我睡不着。陶小颜站在房门口，没有一点要走的意思。
朱水尔无奈，进来吧。她说。

两个人坐在各自习惯的位置上，朱水尔看着陶小颜，你对别人的事这么上心？

我只是想弄明白。陶小颜回。

有些事无解，何苦要寻一个答案，劳心费神。朱水尔劝陶小颜。

在我面前，别把自己搞得像个作家。陶小颜不悦。

你不是逢人就说我是作家，这会儿又嫌弃了。朱水尔笑。

陶小颜不说话，把手机递到朱水尔面前。喏，我的朋友圈。
朱水尔摇头。陶小颜顾自翻着，那小姑娘的，她的微信名叫月儿弯弯。

月儿弯弯：2017 年 5 月 20 日，对我来说是个特殊而重要的日子。我领证了，很幸运与他相识、相知、相爱，让我从一个懵懂的女孩成长为一个懂生活、懂感情的女人，就让幸福从这里启航，感谢你送了我最好的生日礼物……文字下面配了一张结婚证件照与几张婚妙照。

月儿弯弯：巴厘岛真美，我来了！最美妙的时刻是有人忽然闯进你心里的那一瞬间，仿佛拥有了新的世界，叫人相信所有的剧本都是为你我而写。下面配几张岛上风光照与两人甜蜜依偎照。

月儿弯弯：肚子饿了，他起床为我煮面，手艺不赖吧！我尝尝，嗯嗯，好吃好吃。深夜的气温已接近零度，可这一刻感觉很温暖。下面配一张男人的厨房侧影与一碗热气腾腾的面。

月儿弯弯：去意大利出差，特意送我的口红，千挑细选，认真的老公帅帅的，好贴心！下面配几张男人选择口红色号的照片、一个漂亮的包装盒、一张心型照片。

月儿弯弯：开启跑步模式，我要把自己养得棒棒哒！

……

朱水尔翻看了一些。你这只单身狗，没被虐到？朱水尔抬起头，故意调侃陶小颜。

还问。陶小颜撇了撇嘴。

哎。我要睡了。停顿了下，朱水尔说，你就当他们说的都是真的。

接下来的一周，老天像是在跟谁呕气，没完没了地下雨，朱水尔总是半夜才回家，一早又走了，陶小颜几乎见不到她。

这天，陶小颜下班回来，发现朱水尔的房门虚掩着，她以为朱水尔回来了，着急忙慌地闯进去，屋子里没人。陶小颜给朱水尔挂电话，眼角的余光扫到一张红色请柬，请柬被撕成两半，扔在垃圾筒里。陶小颜好奇，俯下身用两个手指尖把请柬夹出来，上面沾了些茶叶，她抽了几张纸巾，轻轻擦干净，把请柬拼好，展开。

一张结婚邀请函，男方的名字，陶小颜认识，是朱水尔的男朋友。女方不认识，喜宴地点也不在本市。

陶小颜的心里咯噔了一下，朱水尔应该早就收到这张结婚请柬。那么照常理推算，有两种可能，一是她更早之前就知道男友交了新女友；二是男友瞒着她劈腿，突然告知他要结婚。不管哪种可能，陶小颜肯定朱水尔压根就没想要把这事告诉她。

陶小颜站着发了一阵呆。半晌，她回过神，照原样将请柬放回垃圾筒，出来轻轻带上门。

朱水尔回来的时候，陶小颜正把做好的饭菜端上桌。陶小颜是朱水尔遇到的最会做饭的女人，她这样说过，她回答，我尊重米呀。特别是陶小颜熬的汤，香味醇厚，汤色好看，第一口汤进口，清、香、甘、滑——依次在舌尖绽放，一直熨贴到胃里，极为舒坦。

又熬汤了，好香。朱水尔抽了抽鼻子，这周为和客户签合同，简直忙晕了。

吃了没？陶小颜问。没吃就一起。

朱水尔坐下来，回来这么早，饭都做好了。

我每天踩着点回家，哪像你。陶小颜面无表情。

唉，给老板打工就是这样，我有什么办法。朱水尔叹口气，表示很无奈。对了，那小姑娘怎么样了？

我已经两天没看到她了。

去哪了？

听说调走了。

那好呀，省得你见着她，心里难过。

她都不难过，我干嘛要难过。陶小颜淡淡道，朱水尔吃惊地看着陶小颜。我看她每天都很开心，没事人一样。陶小颜补充。

哦。朱水尔继续埋头吃饭，她舀了一瓢汤缓慢送进嘴里，细细品味。陶小颜放下碗筷，故意道：离婚这么大的事，她都无所谓，你说这心理素质。

也许她想离，正合了心意。

陶小颜摇摇头。现在的年轻人真看不懂。半晌,陶小颜终是没忍住,问道:你呢,就没什么要跟我说的?

嗯?朱水尔有片刻的惊讶。犹豫了下,她道:是有个事,我原打算过两天再告诉你的,既然你问了,现在说也是一样。

陶小颜充满期待地看着朱水尔,她在心里暗暗盘算如何安慰她,以减轻失恋带给她的痛苦。她甚至想,现在就可以帮她留意了,在这座城市找一个比她前男友更好的男人。

朱水尔清了清嗓子,陶姐,她说,不好意思,想跟你商量个事。停顿了下,她继续道:房子租到这个月月底行不?

啊?陶小颜猝不及防,她迅速酝酿起来的一肚子话全没用了,她感到失望乃至败兴,同时又很好奇。你要搬走?是嫌房租贵?

不是的。朱水尔怕陶小颜误会,焦急地摇头。我要回老家了,总不能一直这样拖着。

陶小颜愣了愣,她端起碗,忘了筷子还在桌上。

我知道这很突然,可是……朱水尔顿了顿,压低声音央求道:实在不行,我再补你一个月的房租。

半晌,陶小颜把碗重重地掷在桌上,她站起来,朝朱水尔摆手。谁稀罕你的钱,你走吧!我再也不想见到你。他走了,你也要走,你们通通都走,我不要你们关心,我也不会再关心你们,就当什么事都没有发生过。

朱水尔愣在那里,一句话都说不出来。

2018 年 5 月 5 日

出租房

1

魏梓杰今天很精神，年轻了几分，潇洒了几分。就在魏梓杰出现在办公室门口的一瞬间，所有人的目光都向他聚集。

"嗨，梓杰今天这身挺帅嘛。真应了那句老话'人靠衣装'。"同事大海嚷嚷。

"这套西服前段时间买的，一直没舍得穿。"魏梓杰边说边走向座位。

"嘿，还是名牌呢。这料子、这做工真是没得说。梓杰，发财了？"大海有些羡慕地拍拍魏梓杰的西服。

"发点小财，发点小财，不值一提。"魏梓杰很得意。

"怪不得。我昨儿还纳闷，想你刚从单位分的房里搬走，怎么又开始搬了。还想你近来动静也忒大了点，原来你小子偷偷发了财，老实说是不是中彩了？听者有份喔。"大海改不了一副油嘴滑舌的腔调。

"你说什么？我……我搬东西？"魏梓杰有些瞠目结舌。

"是啊，单位分房咱不是对面对嘛。我亲眼见的，还专门来了搬家公司。那热闹劲。"

"搬家公司？"魏梓杰更是一脸茫然。

"是啊。咦，不对，你不是刚把那房子出租，按说也没必要着急把家具、电器什么都搬走。你这演的是哪出？"

"除非我有病。你小子是不是看走眼了？"魏梓杰有些不相信地看着大海，他终于明白大海的意思，他希望大海真的是看走眼了。

"不会，我这 1.5 的视力你又不是不知道。再说搬就搬呗，有钱了换些新的进来，还能抬高租金，多好！"大海语气里透着羡慕。

魏梓杰的脸色立时变得很难看，额上开始冒虚汗，说话的声音都有些抖。"大海，这怎么可能，我根本没搬过东西。昨天我跟老婆在医院里陪妈了一天，她今天才刚出院。"

"什么？大白天，居然有这种事！你还不快去看看！"还是大海反应快，他已经意识到了问题的严重性。魏梓杰也回过神来，抓起包就往楼下跑，把车钥匙落在了桌上。对桌的玲玲看见了，赶紧拿钥匙跑向窗口。"梓杰，你的车钥匙。"

魏梓杰抬起头，"谢谢，扔下来吧。"玲玲刚转身，魏梓杰已骑出老远。

2

魏梓杰一鼓作气飞身上了五楼，有些喘。他抖抖地掏出钥匙，老打不开。魏梓杰的手抖得厉害，对不准钥匙口。他拍了拍胸口，想让自己安静下来。怎么可能发生这种事？他想一定是大海搞错了，但愿是大海搞错，也许里面什么都没少，也许只是虚惊一场，也许……魏梓杰自我安慰，门终于被打开。

一股尘土的气息扑面而来，魏梓杰不禁咳嗽了几下。

空的，客厅是空的，除了地上的几张旧报纸、破纸板，就是一小堆一小堆的灰尘。墙上魏梓杰特意贴上去的装饰画被撕得残缺不全。卧室也是空的，连那只陈旧的大衣柜也不见了，留下的只是一张孤零零的双人床，那还是魏梓杰刚结婚时请人定做的。转到厨房一看，魏梓杰更是傻了眼。每只橱柜洞开，里面空空如也，连魏梓杰放在这里的餐具、碗筷都被洗劫一空。墙上此刻留出两个大洞，在魏梓杰看来竟有些阴森森。前不久在这两个洞的位置上魏梓杰刚让人安了热水器，日本产的，价格也不便宜。

魏梓杰退出厨房，再回到客厅。地板上留着些许拖痕，门框边缘还被蹭掉一块漆，显见是搬家公司的杰作。魏梓杰两腿发软，软得无力支撑身体的重量。他管不了那么多，不管他这身价格不菲的西服是否会弄皱、弄脏，也不管这满地的灰尘能否坐人，他缓缓地瘫坐在了地上。

此时的魏梓杰只觉得脑子里像是有千万只苍蝇在飞，轰叫着要炸开一般，他好想大哭一场。

过了大约十几分钟，魏梓杰才慢慢缓过神来。他一遍遍问自己，这到底是怎么回事，到底发生了什么？突然魏梓杰的脑海里跳出一个人，她？那个租房的女人，她也不见了！

魏梓杰想怎么把她给忘了，大约是因为太着急。他决定先找到那个女人，把事情搞清楚，说不定这事还真与她有关。这么一想，魏梓杰站起来，拍拍满身的灰尘，拉拉有些起皱的新西服。再次环顾了这间可怜的屋子之后，他随手带上门，直奔房产中介。

魏梓杰原先是住在这儿的，单位分给他的结婚用房。只有一室一厅，一住就是好几年。自从有了孩子，房子便显小，一直缺买房的钱，也只能将就住着。去年正好母亲老屋拆迁，就近分到一套三居室。魏梓杰简直乐坏了，整天乐颠颠地跑前跑后搞装修。前阵子一家人搬进新家。母亲一间，小两口一间，孩子一间。和母亲住一块，魏梓杰也放心，好歹有个照应。魏梓杰是个聪明人，房改时就把单位分的房给买下来，自己一搬走，房子没人住，就想不如出租了。空着也是空着，租出去总归还是笔进帐。

魏梓杰临搬的时候，就没打算将原来的家具和一些旧家电搬进新居。一是麻烦，二是觉得放新家里不合适。新家是好好装修过的，整上新家具、新家电，才有个新样子。

魏梓杰的聪明还表现在他对老房子的布置上。家具没动都可以用，原来那台洗衣机、电冰箱没动，电话机也没拆。另外魏梓杰还专门购置了一台21英吋的彩电，一台日产热水器，顺便找人给安装了。细心的魏梓杰还不忘去超市买回餐具、碗筷等杂七杂八的日用品，租房者拎包即可入住，很方便。

这房一番折腾后，竟也有了几分新家的感觉。魏梓杰看着这套房子，心里美滋滋的。他为自己的精明而得意，不用花太多钱就可以将房租提高一个档次。给租房者提供方便，他们也乐意，房子就不愁租不出去，没准还能租个好价钱。想到这里，魏梓杰忍不住笑了。

3

魏梓杰在出租前特地去了趟房产中介，做了登记。为了出租可靠，他还办理了出租许可证。按理，魏梓杰没必要通过中介，只要在门边贴个告示就行。房子总是租得出去的，又可省些中介费。可魏梓杰不这么想，他认为该花的钱还是要花，他图的是安稳。

一切办妥之后，也就在中介将消息发出去之后的没几天，就有人来看房了。最后魏梓杰将房子租给了一个外地女人，确实也租了个好价钱。

房产中介离魏梓杰的出租房不远，给魏梓杰办理出租事宜的那个人也在。魏梓杰简单说明来意之后，办公室所有人都惊讶地看他，都觉得有些不可思议。纷纷议论起来："现在居然还有这种事，太离谱了。"

"我帮你查查租房者的登记，应该都在这里。"魏梓杰认识的那人说。

"好的，谢谢了。我现在急于想找到那个女人，我得把事情搞清楚。"

"找到了，这是她的身份证复印件，还有她登记的电话号码。情况还算详细，我想有这些你应该能找到她。"临走，那人还不忘紧紧握了握魏梓杰的手，好像这样就能给他力量似的。

"祝你好运！"不知道谁说了这么一句话。魏梓杰已经走出了中介。

拿着这份"重要"资料，魏梓杰打算先给女人打个电话试试。结果电话响半天才有人接。还没等魏梓杰把话说完，对方就不耐烦地扔过来一句。"我们这没你说的这个人，你打错了。""叭"电话被挂断。魏梓杰有些懊恼。他不甘心再次拨打那个电话，这次一直都是忙音。

魏梓杰不得不去户籍中心查身份证，打一开始那里的工作人员就不乐意帮魏梓杰这个忙，不是说现在没空，就是让他等。魏梓杰等了老半天，受人冷落的感觉很不好。正烦躁时，走来一个人，他是径直朝魏梓杰走来的。"魏梓杰，是你吗？"

魏梓杰冷不丁被人这么一叫，一下子还没反应过来。他抬起头傻愣愣地看着来人。"你叫我？"

"嘿，不记得了，我是施小伟，你小学同学啊。"

"施小伟，想起来了。小学时你坐我前面，上课爱回头跟我说话，老挨我们那四眼老师的批。"魏梓杰在这里竟然遇到老同学，心情便有些放晴，语气也轻快了几分。"你来这里办事？"魏梓杰问道。此时他的注意力已经转移到施小伟身上，老同学多年不见，他迫切想要知道对方的近况。

当然他更想知道人家混得怎么样，然后暗地里拿自个比比。要是比自个好，难免心里不是滋味，多半升出几许惆怅，甚至不满，或者哀叹自己生不逢时；要是不如自个，心里就会觉得满足，反倒愿意安慰人家几句。在这一点上魏梓杰也免不了俗。

"我就在这里上班。你呢，现在混得还行吧。"

"哦，好啊，我也还行。都挺好。"魏梓杰赶紧说。

"那你来是？"施小伟试探着说。

"我……我怎么把正事给忘了。正好你帮我查查这张身份证。"魏梓杰边说边将身份证复印件递给施小伟，心想自己还真是运气。

"好，你在这等着，我帮你查。下班我请你吃饭，哥们好好聊聊。"施小伟朝里间走去。大约半袋烟的工夫，施小伟出来了，脸色有些难看。他将魏梓杰拉到一边，压低声音说。"这张身份证是假的。你哪来的？什么用？"

"什么，假的？"魏梓杰险些惊呼，他不相信地看着施小伟。

"当然，我没必要骗你。在户籍中心待了这么多年，哪能分不清真假。你还没回答我的问题呢。"听施小伟这么一说，魏梓杰的脸唰地一下全青了，他变得有些不知所措。

"我……我走了，谢谢，谢谢。"魏梓杰也不看施小伟，只是低着头跌跌撞撞地向门外走，也不管施小伟在后面一个劲地喊。"梓杰，你没事吧，到底是怎么回事？有情况再来找我。"

魏梓杰这回真是泄了气。站在户籍中心的大门外，他很茫然，一时不知该往哪里去，下一步该怎么走。

难道就这么算了？一想到算了，魏梓杰的心就一阵痛。他实在不甘心，不仅仅是因为花去一笔不小的费用，还在于那里有他的心血，他的精明，更重要的是他受不了被骗的滋味。

最后魏梓杰决定还是先回单位再说，一来自己大半天待在外面，连假也没请，单位还有很多事等着他做；二来大海他们一定也着急，说不定他们能帮他出主意。魏梓杰这么一打算，自行车也就跟着加快了速度，朝单位的方向"驶"去。

4

到办公室的时候，时钟正好指向三点。

魏梓杰才想起自己还没吃中饭。该吃饭的时候没觉得饿，这会儿肚子开始提抗议，咕咕地直叫唤，魏梓杰不得不狠命地咽唾沫。对桌的玲玲见状悄悄从抽屉里拿出一包饼干扔给魏梓杰。"没吃中饭？看把你饿的，填下肚子。那件事怎么样了？"玲玲关切地问。

魏梓杰叹了口，抓起一把饼干塞进嘴里，差点没噎着。"饿惨了，先填饱肚子再说。"魏梓杰喝了口水，才将饼干全咽下去，"唉，别提了，真够倒霉。房子全给搬空了，只给我留一破床，人影一个没，跟大扫荡似的。这事要不是发生在我身上，打死我也不敢相信。"

"遭贼了？如今还能有这样的贼，也太猖狂了。怎么就没人管？"大海接过话茬。

"遭贼，这像是遭贼吗？门锁好好的，没被撬。我猜想这事一定跟租我房的那个女人有关。她不见了。"魏梓杰将剩下的饼干屑全倒进嘴里。

"那你不赶紧去找那女人。"玲玲脱口而出。

"怎么不找？找了，我去了房产中介要了那女人的登记信息。你猜结果怎么着，那上面登记的情况全是假的。电话是假的，身份证也是假的。我真怀疑现在这世道还有没有真东西。"魏梓杰愤愤地说。

"哦，明白了，你是通过房产中介租房给这个女人。原以为有中介会保险些，可没想到会发生这样的事。房子被洗劫，女人失踪，又发现女人留下的所有东西全是假的。也就是说房里的东西很可能就是这个女人搬走的，也许她早有预谋。"大海滔滔不绝。

"可她为什么要这么干？真想不明白，一个那么清爽秀气的女孩，看上去很纯的样子……"魏梓杰有些不敢相信似的说。

"这世道什么人没有？人不可貌相啊。不过，梓杰，真对不起，要早知道这样，我就该……"大海有些不好意思。

"这不怪你。换成我也会那样想。谁会想到偷东西可以这样明目张胆。好了，不说了，忙你的吧。下班我在对面的咖啡馆等你。"

魏梓杰打断大海，匆匆结束了这个话题。他明显感到由于他的不快已经影响到了在座所有人，气氛变得有些压抑。他突然生出几许感动，同事们其实还是很关心他的，虽然经常也会发生一些小摩擦。现在想想都是些鸡毛蒜皮的小事，心里一下子好受多了。

他抬眼又看了看他的每一个同事，每个人的表情都有些凝重，魏梓杰觉得心里暖暖的。

魏梓杰单位对面新开了一家咖啡馆。自打开业那天，魏梓杰就注意到了咖啡馆上醒目的招牌"有事来找我"。魏梓杰的办公室二楼朝南，正对那五个大字。魏梓杰是个有些无聊的人，他就常想这店名取得有意思，这店主也一定是个有意思的人，就很想去坐坐。

想归想，魏梓杰一回都没去过。原因很简单，钱袋老婆管着。今天魏梓杰却不得不去坐坐了，因为约了大海。

站在店外等大海，魏梓杰一抬头又看到了那五个大字。"无聊，什么'有事来找我'，你算个什么东西，找你顶个屁用，我这破事你能解决得了？"魏梓杰说事爱用"无聊"，这两个字冷不丁就会从嘴里冒出来，平时温吞水似的魏梓杰一想起今天遇到的窝心事就来气，逮谁骂谁，表情里竟还有那么点深恶痛绝的意味，好像这店名招他惹他了似的。

"嗨，梓杰，咱们进去谈。"大海过来晚了些。他一把将魏梓杰拉了进去。

5

咖啡馆不豪华，但很有特色，能给人一种温馨舒适感。待在这里让人觉得安心，足见店主人的品位不低。

"梓杰，这地方不错。早知道就过来坐坐了。"大海首先发表了意见。

"waiter，两杯咖啡。"魏梓杰点点头，向服务员打了个手势。

咖啡上来了，魏梓杰呷了一小口，觉得苦，不禁皱了皱眉。"这洋玩意，真不好喝，苦！"顺势放下咖啡杯。

"加点糖和奶，苦味就会淡些。"大海笑笑，给魏梓杰的杯里添了些糖和奶。"咖啡是要慢慢品的。有些苦，但后味很好。"

魏梓杰点点头，皱着眉又呷了一小口。

"要不要再加点？"大海征询似的问。

魏梓杰摇了摇头，苦涩地笑笑。"我现在也吃不出什么苦味，遇到这种事我真是一点心理准备都没有，心情坏到极点。大海，快帮我想想办法，我知道你这人脑子灵、点子多，又爱看什么侦探小说。哥信你。"

"我一时也想不出，唯一的办法还是得先找到那个女人。"

"可信息全是假的，你让我上哪儿去找她。再说那个女人又不是本地人，我连她是从什么地方来的都不知道。说不定她已经回老家去了。"

"不会的，我猜这个女人一定还在本市，你想那些东西都是家用电器、家具什么的，都是大物件，又沉又占地方，她总得有个地方存放吧。再说要脱手也得有时间，不可能这么快。说不定她又租了个房。"大海将端起的咖啡杯又放下，坐直了身子。

"好像有点道理。那你说她会不会故伎重施，再把新房东给骗了？"

"嗯……这倒很难说。就目前情况看，我们对那个女的一点都不了解，也不知道她这样做的目的是什么。如果仅仅是为了方便偷东西，为了钱，那这样的情况还会再次发生。如果不是，或者说还有其他目的的话，事情也许就不那么简单了。"

"你是说有可能是因为我？不，不，这绝对不可能。我平日里没得罪过任何人，连踩死一只蚂蚁的事都很少发生，这点你应该很清楚。"魏梓杰被大海的一席话说得毛骨悚然，背上直冒冷汗。他用力地攒了攒拳，将剩下的咖啡全倒进了嘴里。"你别吓唬我，又不是放电影，说得神乎其神。还是想想我们现在该怎么办。"魏梓杰慢慢镇定下来，许是刚喝下去的咖啡起了作用。

"我也没说什么啊，你怕什么？我这不是在帮你分析嘛。"大海有些不高兴。

"行，行，可你别拿侦探小说那一套，我可不感兴趣。"魏梓杰知道大海一说起侦探的事就会没完没了，他现在急于想知道该如何解决眼前这个难题。

"别急，这事急不来，我们得慢慢找线索。你再好好想想，有没有不太寻常的事发生？还有，对了，那个女人？"

"不寻常的事？让我想想。"魏梓杰仔细地想了一下，认真地摇了摇头。"没有，一切都很正常。她租我房的时间不长，租金按时交，期间也没遇到要我帮助的事。"

"那，那个女人呢？"大海又追问了一句。

"那个女的大约二十出头的样子，长得挺秀气，皮肤很白，人很瘦，不太爱说话，总给人一种哀怨的感觉。"魏梓杰回忆着，同时将自己埋进厚厚的沙发里。

"哦……"大海若有所思，"那天是她一个人来租房的吗？"

"我一共见过她两次，每一次都有一个男人陪着。那天也是那个男的开车帮她把东西搬过来。"魏梓杰挠了挠头发，希望自己能再记起些什么。

"等等，你说什么男的？那男的是干什么的？几岁了？本地人？"大海像是发现了新大陆，提高了嗓门，抛出一连串的问题。

"你激动什么？那男的也没什么特别，不过听口音像是本地人，四十岁上下年纪，个头不高，长相一般，倒有几分派头。具体做什么不知道，但看起来应该是有钱人。"

"其他呢？"大海追问。

"没有了。"魏梓杰摇摇头。

"你再好好想想，细节，对，细节很重要，都是线索。"大海启发。

"细节！"魏梓杰仿佛想起点什么，他看了大海一眼，"不知道这算不算？"他自语道。大海用眼神示意他讲出来。

"是这样，我感觉两人关系不一般，那男的走时还拉了拉女人的手。那女的好像舍不得男人走，一个人在门口站了好久。是我叫她，她才进的屋，眼睛也是红红的。我跟她说有事可以找我，她只是一个劲地点头。当时我也没太在意，反正是别人的事。"

被大海一启发，当时的情景像电影回放，出现在了魏梓杰的脑海里。顿了顿，他道："不过总觉得那女的不像是个坏人。"

"这么说来，那男的一定知道女人的情况，说不定他们还有某种关系。现在的问题是如何找到那个男人。"

"怎么找？一点有用的信息都没有，女的还有登记，他啥也没。"魏梓杰有些气馁。

"他是本地人，应该比那个女的容易找。"大海安慰道。

魏梓杰陷入沉思，两个人枯坐着，不再说话。半晌，大海打破寂静，"我还有事先走了，要不你再想想，说不定能找出一些有用的信息。"

6

次日，天刚放亮，魏梓杰就起了。

一晚上没睡好，生生地熬到天亮。魏梓杰晚上回家没敢跟老婆燕燕提这事。燕燕有些小市民，一点小事都能整出大动静，平时做事也毛毛躁躁，还爱贪小便宜。结了婚的女人就是实在，魏梓杰想要是这事让她知道了，自己准遭埋怨，一时半会儿消停不了。

瞒着、掖着的魏梓杰觉得特别难受，越是想装没事，越让人觉得有事，那眼神儿都有些飘。燕燕不是傻瓜，女人这点敏感度还是有的，她嘴上不问，可看魏梓杰的眼光与平时就有了两样，眼里生了刺，刺得魏梓杰生疼。越是这样，魏梓杰就越不敢拿正眼瞧她，一来二去两人反倒生分起来。

其实魏梓杰不想让老婆知道，主要还是不想让她担心，不想因为这事而影响她的情绪。总的来说，魏梓杰还是比较男人的。

别扭了一晚上，魏梓杰哪能没有早点逃离的想法。匆匆吃了早餐，就上班找大海去了。"我记得那天他是开了辆白色'标志'车，这算不算是有用的信息？"

"当然算，你说白色的'标志'车，没记错？"大海道。

"肯定不会错，因为车开来的时候，我就觉得别扭。一个大男人开辆白车，女人气，够晃眼的，我也就多注意了一下。到现在还印象深刻。"

"那车牌号记下没？"

"车牌号我还真留意了一下，是本市的，号码好像是'050266'。"

"没记错吧？"大海又问了一句。

"让我再好好想想。"魏梓杰低着头继续思索着。"当时我往楼下看，正好能看见那车的车牌号。我有种感觉是这车牌号不错，好记，跟我的房间号一致，都是 502，然后是两个 6。我好像还开过玩笑，说这车是六六大顺。至于第一数字是 0 还是 8 我就不敢肯定了。"魏梓杰有些遗憾。

"行，能记住这些已经很不错了。交警队我有一哥们，我帮你查查去。你就等着好消息吧。"大海的话让魏梓杰总算又燃起了新的希望，心也慢慢平静下来。

隔天，魏梓杰一见到大海就问："大海，查出来了没？"

"你以为我是交警队长？昨儿他人不在，你让我上哪儿查去。"大海趁机损了魏梓杰一把，他有些得意。"今天他在了，我约了九点见面，还不跟哥们走，傻愣在这儿干嘛？"

魏梓杰终于反应过来。"好小子，有你的，竟然欺侮到你大哥头上来了，我这不是急嘛，完事后看我怎么收拾你。"

两人在交警队也就待了大约十分钟就出来了，除去见面说明情况的时间，不到五分钟搞定。那个"050266"的车是辆普桑，显然不是魏梓杰要找的，而"850266"则正好是辆标志车，白色的。魏梓杰一阵惊喜，拿着有关那个男人的"情报"出来，魏梓杰再也忍不住。他大笑一通，前仰后合，引得路人侧目，搞得大海都有些尴尬。

笑完了，魏梓杰拍了拍大海的肩膀。"真是太谢谢你了，我本来也不抱什么希望。真没想到，太好了。冤有头债有主。这主找到了，我的事也可以解决了。喂，你说那女的跟他啥关系？"魏梓杰一高兴，说话就有些前言不搭后语。

"二奶呗。我还有事先走一步，你自个儿乐吧。我可不想别人把我当神经病。"大海立马开溜。

"唉，唉，唉，等等我……"

魏梓杰决定先打个电话试试。电话那头是小姐甜甜的嗓音，"这里是华清纺织厂，请问先生找哪位？"魏梓杰有些酥。"请问王华清在吗？"

"哦，你找我们厂长。他开会去了，要下午才能回来。先生有事需要转告吗？"小姐的嗓音更甜了，魏梓杰觉得那声音能挤出蜜。"真甜。"

"你说什么？"小姐有些惊讶。

"哦，没事，谢谢你。我挂了。"魏梓杰不知道怎么会突然蹦出这两个字，他赶紧收了线。这时的魏梓杰心情越来越好。他觉得自己差一点就要飞起来了，他想飞到云端上的感觉一定非常好。

7

下午，魏梓杰特地去了华清纺织厂，见到了那位让他苦苦寻觅的"梦中情人"。魏梓杰之所以称王华清为"梦中情人"，是因为他确实想他想了整整一个晚上，那痛苦劲大有为伊消得人憔悴的架势。

见到王华清的一瞬间，魏梓杰马上就认出了他。真是太熟悉了。这个人不知在他的脑海里被过了多少遍，就像是见到亲人。魏梓杰显得很激动。"是你，终于找到你了。"

"你找我？你是谁？你认识我？"王华清看着眼前这个陌生人用那样的眼光看他，用那样的语气跟他说话，觉得诧异，一连串的问号便很自然地打出来。

"哦，不好意思。你不认识我，我先作一下自我介绍。我姓魏，我曾租过房子给你的朋友。"魏梓杰摸不准那女的到底和男人是什么关系。

如果是情人，他也不方便这么说，因而他用了"朋友"。他想这两个字的使用范围应该是比较宽泛的。

"租房给我的朋友？我哪个朋友？我没听懂，你能说得详细些吗？"

"就是……就是一个外地女孩，我不知道她是你什么人。但我每次都看到你在她身边，那次搬家也是你送她来的。"

"哦，我想起来了，你是那个房东。怎么有事？是不是她让你来找我？是不是又要交房租了？"王华清似乎还不知道真相。

"不是，不是，她不见了，我的所有东西全不见了。一定是她让搬家公司给搬走的。你告诉我这到底是怎么回事，怎样才能找到她？"魏梓杰有些不高兴，他以为王华清是故意在跟他演戏。

"什么？"王华清从座位上跳起来，他所表现出来的惊讶绝不亚于扇了他一记耳光。"你说她不见了，这是什么时候的事？"

"别再装了，你会不知道？傻瓜也看得出你俩关系不一般，跟我演双簧啊，你还嫩点。"魏梓杰终于忍无可忍，有些口不择言。

"你怎么能这么说，我一个厂长怎么可能会做这种事。这事我真的一点都不知情。近来一直忙，开会，出差，我也有好久没跟她联系了。我这就打手机给她。"王华清迅速抓起电话。"已欠费停机……嘟……嘟……"王华清颓然放下电话，跌进老板椅里。

半晌，王华清没有说一句话，空气仿佛凝固了。魏梓杰看着王华清，他犹豫这个时候是不是该说些什么，但又不知道该说什么。他明显看到了一个男人的痛苦，他想王华清兴许真的不知道这件事。

王华清慢慢抬起头，看了魏梓杰一眼。"对不起。这事我会处理好的。你先回去，留个电话给我。"王华清有气无力地说，脸色越来越苍白。他说话的样子让魏梓杰根本没办法拒绝。

两天后，魏梓杰接到了王华清的电话。两人在一间名叫"醉生梦死"的酒吧碰面。那天的王华清显得特别憔悴。他絮絮地对魏梓杰说了很多话。他说他再也见不到她了，也许这辈子都不会忘记她。她是一个好女孩，她是一个好女孩……最后，王华清就这样一遍遍地向魏梓杰重复着同一句话，好像是要魏梓杰明白，他不希望魏梓杰把那女孩当成是一个贼。临走，王华清才说了一句可能是魏梓杰最想听的话。他说，朋友，对不起了，你的所有损失我都会照单赔偿。希望你，希望你别……

我不会的……魏梓杰最后说。

2003 年 1 月 3 日

新西兰的兰

　　很多时候，江小琪都不信这个邪。可是现在江小琪似乎没那么笃定了。那天，江小琪原本很开心，她的辛苦总算没有白费，付出那么多，为公司搞定一笔大单，老总一高兴奖励她一趟出国游。她盘算好了，就去男友留学的地方——新西兰。江小琪决定把这个好消息第一时间告诉男友，甚至都来不及等到上网视频，就直接拨了越洋电话。

　　电话一通，江小琪马上说，我很快就可以来新西兰看你了！男友呆愣片刻，然后是一声哦，没有半点温情，冷冷地刺激着江小琪的耳膜与大脑。江小琪问，你好像一点都不高兴。男友说，没有不高兴，只是我现在学习任务特别重，没有时间陪你。江小琪说，没关系，我来旅游。男友说，那我挂了，电话费太贵。还没等江小琪再说话，电话已经断了。

　　江小琪对着镜子发了一阵呆，然后开始化妆。她往脸上扑了些化妆水，开始画眼线，起初眼线画得有些粗，她拿棉签轻轻擦掉重画，结果又画细了，再画突然想起竟然忘了打粉底。江小琪郁闷得不行，将眼线笔往梳妆台上一扔，再也没有继续化下去的心情。江小琪确实有些难过。恋爱两年，一直都是她先挂电话的，就是短信往来，也是她先不回的。男友离开故土不过半年，新西兰那块热土应该还没踏热，这就改朝换代，轮到她在野了。

江小琪以为男友会非常开心，至少会表现得很开心。女朋友不远万里去国外看他，多浪漫美好的事，可他好像一点都不在乎。就是真忙不过来，真没时间陪她，装模作样假惺惺地说几句好话也好啊，女人很好哄的他不知道吗？但男友却冷淡得毫不犹豫地表示了拒绝，他甚至都没问一声，怎么就突然想着来看他了？大约什么时间过来？费用方面怎么解决？起码的关心都没有。这说明了什么？说明不是学业有多重要、时间有多重要、金钱有多重要，而是，女朋友不重要了。

失意的情绪渐渐涌上来，来得缓慢而有力量，浇筑得江小琪整个人像块预制板一样沉甸甸的。此时，一阵微风拂过窗棂，吹起薄而透的粉红色窗纱，带进来一股久违的芳香，是那种淡淡的馨香，多一分即腻，少一分则虚。

江小琪将目光抛向窗外，视线正好落在了那盆兰花上。兰花依然长得青翠，条条叶的纹路清晰地从底延伸到茎尖，像是一把把倒插在土里的绿色小宝剑。微风过处近处瞧，淡绿犹青的利剑间撑出一两朵鹅白的琪桐似的花瓣，但只有三片。有一株却是三瓣青翠间夹三瓣紫斑点，就跟那个湘妃竹似的。江小琪依稀又见到那个熟悉的身影，站在路灯的光影里等她。身姿挺拔，他一直那么站着，怀里抱着一盆兰花。

琪琪，我念完博士就回来娶你，你可要等我……临走，他指了指手里的兰花，带着几分不舍。他说，帮我照看一下，除了你，我最放心不下它。

见那兰花，失意更甚。她知道自己不是因为男友的态度而失落，也不是因为去新西兰成了去其他国家一个意思而失落，而是觉得自己有可能被甩了。男友不再是两年前刚追她时那个鞍前马后的男友了，她也不再是那个可以颐指气使的公主了。该宝贝已下架。

她努力克制着自己的情绪，重又拾起眼线笔，想了想又放下，直接从化妆包里挑出一支时下流行的橙红色亮彩唇膏，认真地涂抹在自己略有些厚的嘴唇上，然后对着镜子轻抿。再然后她踮起脚尖，从窗台上取下兰花，往自己鼻尖上嗅了嗅，抱着它匆匆下楼。

江小琪在下楼之前，长长地吸了一口气。对自己说，不要沮丧。她不过才二十四岁，还是花开正好的年纪。虽算不上大美女，但也不赖。若再研习些诗书、琴棋之类的，还能跟气质美女扯上些关系。身边也不是没人追，重新选一个也就是点下头的事。

江小琪安慰了自己几句，心情略略好了一些。

兰格格下班回家会路过一个水果摊。这个水果摊，兰格格每天都要路过，所以他只把它当作一个摆设，从来也不曾驻足。因为兰格格不爱吃水果，只爱种兰花。兰格格是兰先生的儿子。从他上幼稚园开始，第一次知道他叫兰格格的人都颇为惊讶，总是会反复问兰先生，带着异样的口吻，你儿子叫什么？

兰格格。兰先生总是乐呵呵地这样回答。

亲近的会问，你怎么给孩子取了这么怪的一个女孩名字？不亲近的会抛给兰先生一个疑惑的眼神，偶尔也会遭遇白眼。

多数时候兰先生会作一番解释，心情不好时全当没听见。随着兰格格长大，遇第一次认识的人，就由兰格格自己负责解释。兰格格自懂事起，便多次嚷嚷着要求父亲改名字，父亲没答应，这事也就拖了下来。兰格格还是叫兰格格，叫久了，兰格格也习惯了，心想不过一个代号而已，而且他渐渐发现，因为名字的特殊，兰格格很容易让人记住。

兰先生酷爱兰花，小小的四合院里，种满了各色兰。其中君子兰占的篇幅比较大，吊兰也不少，还有些少见的，诸如蝴蝶兰、龙舌兰、火花兰、文心兰一类。没事时，他爱拉着兰格格，看他种兰、养兰，给兰格格讲关于兰花的传说。

也不知道是因为兰格格从小长在了兰花堆里，还是因为兰格格的名字给取错了，兰格格一个大男生，竟带着几分女气。人瘦瘦的，脸白白的，面容清秀；嗓门小小的，尖尖的，遇生人一说话就爱脸红。可是兰格格非常聪明，且貌似天生跟学校有缘，不需要父亲操心，从小学到大学，成绩好得没话说。成绩一直很好的兰格格，念着念着就把书念到了头，念到头的兰格格还是不想离开学校，于是就留下来成了一名大学老师。

兰格格的生活圈子实在太小，性格又内向，三十出头了几乎没谈过什么正经恋爱，也算是结结实实被剩下的一名"优质男"。兰先生为此甚是焦虑，到处托人介绍。兰格格自个也着急，一个正常男人，谁没点渴望。女孩子倒是见过不少，可没一个正经谈的，不是别人看不上他，就是他看不上人家。

那天，他路过水果摊的时候，突然觉得有些异样。他发现在水果摊边上，长出了一样东西，很鲜活、很小清新的那种。他下意识地停下来，朝水果摊走去。

兰格格看到的那个东西，就是江小琪和她的兰花。江小琪在兰花盆上挂了一个牌子，上书"认领"两字。

兰格格有些好奇，问道：你这盆兰花还真不错，卖多少钱？

江小琪看一眼兰格格，说，这花不卖，是认领，你没看见这两个字吗？江小琪指指牌子上的字。

你的意思是想要就可以拿走，不用出钱？

不用，但不是想要就可以拿走。我得保证拿走的那个人靠谱。

怎样才叫靠谱？兰格格觉得眼前的这个女孩很有趣，想来她不是爱兰花之人就是这盆兰花对她很重要。问题是若爱或重要，为什么又要送人；即便无法照看，也应该送自己熟悉的人。

这样吧，你先回答我几个问题，我再决定让不让你拿走。江小琪想了想说。

好，你问。

你喜欢它吗？你会种兰花吗？

兰格格点点头。为了进一步说明，他补充道：我家里种了一院子的兰花，有君子兰、吊兰、龙舌兰、火花兰、文心兰等。

哈，这么巧，遇上一个识货的。江小琪咯咯笑起来，笑时眉毛上挑，露出两个圆圆的小酒窝，很可爱的样子。

许是被女孩的笑感染了，兰格格突然觉得她很亲切，他下意识地从包里掏出一张名片递过去。

这是我名片，我家就在前面老街拐弯的地方。这下，我把花拿走，你总该放心了吧？

江小琪一时有些发懵，她没想到眼前这个斯斯文文的男人如此相信她。

就冲你的真诚，这花，给定你了！江小琪将花上的牌子取下来。好，你可以拿走了。然后她扫了一眼名片，被兰格格的名字惊了一下。

不会吧！江小琪叫道。兰格格正准备把花拿走，被她生生吓了一跳。他抬起头，看到江小琪正盯着自己看。兰格格有些脸红，局促地不知道该怎么办了。

喂，你叫格格？你真的叫格格？江小琪貌似发现新大陆，嚷嚷道。

兰格格明白过来，他有些羞涩。低声道：嗯，我就叫兰格格，父亲给取的名。

Why？女人才会取这样的名字，你爸怎么回事？

我姓兰，名格格。兰格格这名原是我姐的。她不幸幼年夭折，后来有我，为了念想我姐，就把我姐的名字给了我。

哦……原来是这样，不好意思，提到你姐了。

没事，很多人都会问我这个问题。小时候我老吵着要父亲改名，结果没如愿。名字代号而已。其实这奇葩名字也不错，不容易被人遗忘。

那是，那是，我记住你了。江小琪笑笑说。

想它了，就来看它！兰格格抱着兰花，边走边说。

虽然去新西兰的愿望已经很不强烈，江小琪还是决定去。

她就是这样的人，决定的事除了不可抗力，不会因为这样那样的因素而改变。只是她报了旅游团，而不是去找男友。她甚至都没有告诉男友她的行程安排。倒是在出发前，她跟旅游公司提了个要求：她需要一天的假，这一天她自己安排，不跟团。旅游公司自然不同意，他们有一大堆理由，什么安全问题、费用问题等。争到最后，江小琪说，出了问题全由她个人负责，若给旅游公司带来损失，她也照单赔偿。

从新西兰回来以后，江小琪又请了两天假。她说她很累，想再好好休息。

梳妆台上已积了一层薄薄的灰，打开窗户，粉红色窗纱随风飘动，没有了那沁人心脾的香，窗台上空无一物。江小琪有些伤感，她突然想去看看那盆兰花。

江小琪开始翻找兰格格的名片，在提包的里层她找到了。她走出屋子，朝兰格格家的方向走。

快入秋了，树叶正在转黄。太阳下得很慢，欲去还留，从粉红到浅橙，忽然一变，变成欲滴的鲜红，鲜红在天空定格了很久。老街已在眼前，拐弯处有两家小院落。江小琪不知道是哪一家，她决定拨打兰格格的电话。

喂……电话响了很久才接，声音很轻很细。不好意思，我现在正在上课，待会回你。电话断了，江小琪不知道接下来该干什么。她想了想，决定就沿着这条老街走走。江小琪是典型80后，只对新潮事物、电子产品来电，对老旧东西缺乏认同感，所以她从来不会来老街，更没想过逛逛老街。她对自己生活的这座城市是这样评价的，它保守、宜居，却将大城市的一切现代、时尚元素拒之门外。

此刻，江小琪情绪低落，她的心境正暗合了老街的陈旧。

江小琪走着走着，才发现这条老街好像很长，曲曲弯弯的，貌似走不到头。街两边林立一些简陋的小酒屋。似还不到用餐时间，生意清淡。江小琪有些累了，随便进了一家小酒屋，坐下，跟老板娘要了一壶绿茶，慢慢喝着。

正喝着，兰格格的电话进来了。刚才谁打我电话？

上完课了？江小琪问。

嗯，正准备回家。请问你是谁？兰格格的语调变得温柔而客气。在听到一个来自陌生电话的陌生女声后，兰格格没来由的心生好感。

那正好，我就在你家的那条老街上。等会儿，我看看。美美酒屋。

你还没告诉我你是谁，你会不会打错电话了？兰格格对于女孩貌似熟人般的口吻很是疑惑，猜测对方可能搞错对象了。

没错，我找兰格格。想知道我是谁，过来不就得了。江小琪突然想跟兰格格开个玩笑，即使跟兰格格不过一面之缘，她似乎从没把他当外人，对此江小琪自己也觉得奇怪。

挂了电话，江小琪继续喝茶。她在等兰格格，貌似他一定会来。

兰格格确实来了。

兰格格来是因为好奇。看见江小琪的刹那，兰格格有些懵。他没想到还能再次见到这个女孩。

来看你的兰花？兰格格站在那里，犹豫着是不是要坐下来陪女孩喝茶。

嗯，原是这意思，可你不在。

那我现在就带你去，你的兰花被我整得美美的，保准你不会
失望。

我肚子饿了，先陪我吃饭吧！江小琪望着兰格格，不容拒绝。
兰格格在江小琪的对面坐下来，江小琪已经开始点菜。

点完菜，两人都没有说话。江小琪不想说话，兰格格不知道
该说什么。这样一种清冷与陌生瞬间落在了两个人的空间里，仿
佛空气都是静止的。兰格格有些尴尬，他站起来，我去个洗手间。
兰格格说。

洗手间里，兰格格拼命调整情绪。等他出来，菜已经陆续
上来。

兰花，江小琪突然说，你帮我把它扔了吧。

为什么？兰格格脱口而出。这么好的兰花扔了多可惜，它可
是有生命的。兰格格将筷子放下来，不解地看着江小琪。

那你把它还给我，我怎么处理就跟你没关系了。

那不行。兰格格很坚决。

凭什么，那是我的东西，我又没卖给你。江小琪嚷起来，声
音高了几分贝。兰格格显然有些局促，脸红红的，朝四下里看看。

那你就把它卖给我，开个价。兰格格压低声音说。江小琪
摇摇头。

那我跟你换，你去我那任选一盆拿走。江小琪还是摇摇头。
这下兰格格没辙了，他干脆不再说话。

就算我求你了。半晌，江小琪恳求道，眼里有了泪花。

好吧！兰格格叹口气，回道。他想，没必要跟这小妮子较真，

扔或者不扔主动权在自己手上，时间一久，说不定她早忘了这事。

从美美酒屋里出来，时间尚早。

兰格格礼节性地问江小琪，要不要去看兰花最后一眼。江小琪看看天，发现小城宁静的夜正一点一点朝自己袭来，星星露了脸，一个个像刚出壳的鸡雏，毛茸茸、黄莹莹的，新鲜而可爱；天边有了一抹月色，老街慢慢隐入其中，已经有几家小酒馆、茶馆、住户点上了灯，远远望去，长长的老街像一条长长的鳞片闪着亮光的蛇。

江小琪看得有些傻，站在那一动不动。

还去吗？兰格格再次问江小琪。

回过神来的江小琪看一眼兰格格，想了想，说，明天去吧！

兰格格有些意外，他没想到江小琪真打算去他家看兰花。他笑笑说，也好，明天上午我正好没课，就在家等你，到时你打我电话。

陪我走走好吗？江小琪说着，顾自朝前走。兰格格犹豫了下，紧走了几步，跟上江小琪。走了一阵子，江小琪在一家叫烟雨楼的茶馆前停下来，她回头对兰格格说，我请你喝茶。这家怎么样？

烟雨楼就在小桥边上，古色古香。兰格格回：我来过一次，还行。于是江小琪退到兰格格后面，意思由他带路。兰格格进到茶楼里，一个穿蓝格子的姑娘迎出来，先生，几位？蓝格子问。

两位。兰格格答。

请这边走。蓝格子弯腰一个请的姿势，然后朝前走。这家茶楼的格局特别有意思，弯弯绕绕的，包厢与包厢之间岔路不少。

兰格格低着头，紧跟在蓝格子的后面。江小琪则左右看着，眼梢追着兰格格，松松地跟在他后面。

包厢快走到头了，蓝格子突然回转身，站在那儿。她看着兰格格，脸上明显有了一丝不悦。你还跟着我干嘛？蓝格子说。

虽声调不高，但因带着愠怒，生生吓了兰格格一跳。他抬起头，不解地看着蓝格子。

我去卫生间，你想干嘛！蓝格子接着说，声调明显高了几分贝。

兰格格愣在那里，很是尴尬。此时，另一个蓝格子从岔路里冒出来，轻喊：先生，这边。

这一幕落在了江小琪的眼里，她很快明白发生了什么。咯咯……江小琪忍俊不禁，笑得花枝乱颤。

直至包厢坐下，江小琪还在笑，笑得眼泪都快出来了。兰格格的脸红一阵青一阵，坐也不是，站也不是。江小琪看着兰格格，赶紧说，对不起，我没有笑话你的意思，不过刚才真的很好笑。

开心就好！兰格格尽量掩饰自己的尴尬。

江小琪站起来，我去下洗手间，你点单！江小琪决定把余下没笑完的笑全部笑完。情绪调整好出来，茶水点心已经上来，兰格格的表情也已恢复如常。他们将刚才的事又认真仔细地回味了一遍，然后笑一阵，总算是翻了篇。

气氛变得融洽，两人开始扯闲篇。各聊各的，各听各的。江小琪聊去新西兰旅游的各种见闻，有趣的、无趣的，唯独将留给自己的那一天作了空白处理。兰格格聊各种悲催，相亲经历，大学校园故事……

我还以为你是那种特无趣，特不会聊天的人。走时，江小琪冷不丁冒出这么一句。兰格格的脸红了一下。调侃道：我也以为我是，要不怎么女孩一见我就跑。

哪有？江小琪被兰格格逗乐了。我不是没跑，难不成你想说我不是女孩子！

你当然是，只不过你不是个快乐的女孩子。虽然我不知道发生了什么，但我觉得你肯定有心事。兰格格认真地说。

江小琪没有说话，她别过头去，将目光抛向窗外，看月亮一点点落下来，挂在树梢上，夜色渐浓。光影打在江小琪的侧脸上，兰格格凝视着，那么漂亮，长而卷的睫毛、高而挺的鼻梁、红而翘的嘴唇……半晌，她回转头，朝兰格格莞尔一笑，轻声说：我们走吧……

从茶楼出来，两人都没有再说话，默默消失在夜色里。

翌日，令兰格格意外的是江小琪真给他来了电话。兰格格等在门外，迎接江小琪。江小琪一到兰格格家，就直奔院子。兰格格没注意，等他端着茶水出来，发现江小琪已将她那盆兰花倒在地上，边上躺着一只破的兰花盆。

兰格格惊了一下。都要扔了，没必要折腾吧？兰格格冷冷地说。

江小琪貌似没听见兰格格说话，顾自咯咯地笑。这下好了，全部清零。转过身，江小琪看见兰格格一张僵硬而可怕的脸。她吓了一跳，结巴道：对……对不起，我……我走了。江小琪拿起包飞速逃离了兰格格家。

隔天，江小琪来找兰格格，说是想看看兰格格种的那些兰花。

走之前，江小琪说，格格，谢谢你！

兰格格笑笑，谢什么，你要也喜欢兰花，就常过来看看。

因为兰花，江小琪与兰格格成了朋友。江小琪无聊，就会过来找兰格格吃吃饭，聊聊天。心情好时，她会帮着兰格格伺弄那些兰花；遇到问题时，也请教兰格格。没事时，兰格格也愿意跟江小琪聊聊兰花，从兰格格那里，江小琪增长了很多知识。

诸如，中国古籍上有关兰、蕙的记载已有2500多年，历史上众多的文人墨客对兰花都有过描颂：孔子家语"芝兰生于深山，不以无人而不芳，君子修道立德，不谓穷困而改节"，把兰花喻为君子，同时赞美兰是王者之香；宋代苏东坡的咏兰诗"春兰如美人，不采羞自献。时闻风露香，蓬艾深不见。丹青写真色，欲补离骚传。对之如灵均，冠佩不敢燕"，把兰花这个"空谷佳人"的活色生香神地赞美了一番，让人百读不厌；原国家副主席董必武先生称兰花有四清"气清，色清，姿清，韵清"，生动地概括了赏兰的精髓……

她还懂得了兰花"喜润而畏湿，喜干而畏燥"的生长习性；得知了它"爱朝阳，避夕阳，喜南暖，畏北寒"的生活习惯；掌握了它"春不出，夏不日，秋不干，冬不湿"的养殖方法。

按兰格格的意思是，日日与兰为伍，人与兰便会有超越形质的神奇交流与顿悟……

虽然江小琪并不认同兰格格说的，但她确实喜欢上了它们。觉得它们其实跟人一样，每一盆兰花都有属于自己的长相、气质，还有属于自己的性格、脾气。她开始后悔，曾经如此毁灭性的对待那盆兰花。她也渐渐明白，兰格格为什么在听到自己说要扔掉它时，强烈的反对；在看到她杀死兰花时，可怕的表情。也因为那盆兰花，江小琪与兰格格之间就有了一根刺。江小琪不提，兰格格也不提，心照不宣的样子。

某天，江小琪下班回来，又看见那个熟悉的身影，站在路灯的光影里等她。身姿依然挺拔，他一直那么站着，貌似已等她很久。江小琪走过去，男友迎上来。江小琪没有停顿，继续走向回家的路。男友喊：琪琪，你为什么突然不理我了？

江小琪停下来，说，这话应该我问你吧！

男友说，我们之间可能有什么误会。

误会？笑话。江小琪冷冷的，眼里分明藏着委屈。这委屈江小琪藏了好久好久，她以为自己已全部消化掉，可是看到他，才发现委屈其实一直都在，她江小琪也没有想象中那么坚强。

你不是说要来新西兰看我，怎么又不来了？男友问。

我去了，只是你不知道而已。

为什么不告诉我？

因为你有别人了，告诉你还有什么意义？

……

江小琪是流着泪走回家的。江小琪去新西兰，特地留了一天给自己。她去了男友的学校，学校很美，可是她最终没有进去。她在学校门口给男友打了一个电话，电话响了很久才接，男友喂了一声以后，她挂断了电话。

嘈杂的背景声音里，她分明听到一个甜甜的女生：亲爱的……那一天，江小琪什么也没干，想着男朋友的寡情，心里生出脆脆的疼。她一直孤零零地坐在离学校不远的街心花园里，直到夜幕来临。

很多时候，你看到的、听到的未必是真实的。但你却认为它是真实的，因为那是你亲眼看到的，亲耳听到的。很多时候，当你明白真相以后，才发现真相已经不重要了。

某一天，当江小琪向兰格格讲述这个故事时，如同在讲述别人的故事。

兰格格是微笑着听完江小琪的故事的。他问：他回新西兰了？

江小琪点点头。不后悔？他问。

不后悔。

那我带你去个地方……

在兰格格的办公桌上，江小琪又看到了那盆被她杀死的兰花，美美地待在一个新花盆里，花开正好。

我一直希望有一个女朋友，我希望她像你，有你这样的美，有你这样的温柔。站在江小琪身边的兰格格突然说，声音慢慢低下去，眼神却热起来……

2013 年 9 月 13 日

短消息

米锦超今天居然特别忙，不光是他，全科室的人都在忙，这种情况一般来说并不多见。

平素科室的人总是比较闲，闲着闲着就爱发布一些小道消息。诸如谁谁又换了老婆，谁谁是局长身边的红人，谁谁可能成为未来的一把手，直到谁家的猫害了病，谁家的狗正处在发情期。总之可以说是无话不谈，当然这得归功于素有"科室快嘴"之称的阿娟。她那张嘴没什么说不出，没什么不敢说，说起话来频率也快，加之嗓音尖、嗓门大，如果环保局的专门仪器来测量，能在100分贝以上。其他的科室成员对此倒无所谓，甚至有些乐此不彼，唯独米锦超例外。

他最烦的就是阿娟这张嘴，认为那声音绝对是噪音，害得他老是觉得浑身没劲，打不起精神来。要是阿娟不在，米锦超就会乐得直哼哼，在狭小的办公室里、在蔫了的几个同事之间窜上窜下，但往往这样的可能性并不大，原因很简单，作为科室一员的阿娟总不能老不上班吧。

这种巨大的反差对米锦超来说并没有什么好处，他的格格不入使他很容易被整个科室抛弃，成为孤家寡人。不过对此米锦超倒是一副无所谓的样子，他的人生哲理是事不关已，高高挂起。

今天的米锦超特别神采奕奕，主要因为今天的米锦超特别忙，好久都没这么忙过了，当然更重要的是近来阿娟似乎改了脾性，不怎么发挥她"快嘴"的功能了，耳根清静的米锦超哪有不精神之理。

话说到这有必要先介绍一下这个机关科室的成员。

主人公米锦超：男，三十一岁，已婚，此人长相一般，虽还不到影响市容的程度，但以现代人的审美标准来衡量，倒是可以归入丑人行列，反正已经有人做了他的太太，他也就不必为此发愁。只是大学毕业后在这间办公室里摸爬滚打的这七八个年头里，他没有得过半点好处，混到如今仍是个小小的阿办，当然要怪也只能怪他工作懒散，又总是摆出一副无所谓的样子，加之他不懂为官之道，不会钻营，如此现状也是意料之中。

阿娟：女，三十五岁，已婚，科员，只是近来夫妻关系不和，正在闹离婚。

王微微：女，二十二岁，未婚，打字员，刚来科室不到半年，正处在热恋中。

刘冰：女，三十岁，已婚，科员，有着成熟女人的风韵。丈夫为某公司经理，早出归晚，甚至不归，很少着家。

此外便是科长大人了，他是个五十开外的小老头，喜欢开玩笑，属于典型的人老心不老的一类人，可以说这个科室不大，人员也并不复杂。

忙着的米锦超就觉得时间过得特别快,也特别充实,忙完了手头上的工作,抬腕看表,还差一个来小时就可以下班了。他长长地舒了口气,惬意地斜靠在椅背上,顺手从衣兜里掏出一包烟,抽出一支点上,深吸一口,对着天花板吐出一个个漂亮的烟圈,立时米锦超便被包围在了他所制造的这团团云雾中。

正在他有滋有味地享受着的时候,他感到腰间传来微振。下意识地掏出别在腰间的手机,手机屏幕上显示收到一则短消息,米锦超打开一看,"超超,真的好想你,你是我今生的唯一,爱你的!"米锦超的手有些抖,说实话长这么大还从未听到过哪个女孩子对他说如此肉麻的情话。

年轻时的米锦超也曾有过那么一段时间非常渴望能有个女孩子,哪怕她长得并不好看,也并不出色,能对他有所表示,哪怕是暗示也行。可是从来都没有,女孩子们总是对他不屑一顾,连看都不愿多看他一眼,这让他多少有些黯然神伤,一度因为自己的容貌很自卑,甚至愤慨,后来发展到他开始很恶劣地对待他的父母,动辄发脾气。

父母说什么他不仅不听,还老要对着干,即便父母是为他好。究其原因无非是父母没能给他米锦超一副帅模样,害得他得不到异性的青睐,更别说关怀了。当然随着青春期的消失,米锦超也就不那么在意了,和父母的关系也逐渐有所好转,这下却轮到米锦超父母难过了,总觉得好像欠了儿子什么,非得为儿子找个好妻子才安心。

于是米锦超又开始了新一轮的黯然神伤,他不停地被父母安排相亲，像个陀螺似的任人摆布，被人一遍遍评品、挑选，如货架上的商品，结果总是那么的不尽如人意。

不是女方看不上他，就是他看不上人家，当然多数是人家不要他，究其原因还是因为他的长相不咋的。刚开始被安排相亲，米锦超还是快乐的、胆怯的、不好意思的，次数多了，米锦超便开始烦了，也麻木了。

同时也开启了新一轮对父母的憎恨。

这样的日子大约持续了一年多，终于在一个黄昏的余晖里他找到了自己的妻，对方是个大龄女孩，因为下岗让她特别渴望能有一个依靠。而米锦超的老实、本分，一份固定的还不错的工作很对女孩胃口，加之黄昏的美丽、黄昏的浪漫，让女孩有些眩晕。他们的结合也就成了顺理成章的事。

多年以后，我想女孩一定正很幸福地享受着她当时作出的正确决定，因为在离婚率不断上升，婚外情泛滥的今天，他们的婚姻依然如故，甚至可以说是牢不可破，这多少与米锦超的长相有关。

米锦超快速地将手机放回腰间，四下里瞄了瞄他的同事。同事们还在各自忙着，似乎没有人关心他米锦超的事，也没有人发现他有什么异常，更没有人知道刚才在他身上发生了什么。

他安下心来，思绪有些混乱，那句让人心动的情话一遍遍在他的大脑皮层复制，那个陌生的手机号也正不停地被大脑扫描。当扫描到第五遍的时候，他开始失望，他确信他从未接触过这个号码。

随着大脑的紧张工作，米锦超的脸越来越烫，心跳跟着加速。

为了极力掩饰这种激动、狂喜、怀疑，各种情绪的交错，他再次偷瞄一眼同事，试图摆出一副认真的、严肃的，像什么事也没有发生过的态度，可是这对他来说非常困难。·

为了平和复杂的心情，米锦超选择继续干活。

"科长，还有什么事需要做？尽管说，我现在正好闲着。"米锦超很热情地看着坐在对面的科长，很热情地说。

"哦，这……"科长疑惑地抬起头，疑惑地看着米锦超，半天反应不过来。

一旁的阿娟嘴快，她笑着说："我说小米啊，今儿个不是太阳打西边出来了吧，我还从没见你这么积极过，是不是有什么好事……"

"哪能呢，大姐，我能有什么好事，我过去是不对，今儿个开始改还不成吗？"话语里溢满了按捺不住的喜悦之情。

米锦超怎么看都觉得阿娟的态度有些暧昧，好像知道点什么事似的，不会是她在耍我吧？她不是一向看我不顺眼，米锦超不由得这么想。米锦超知道这一段阿娟老公一直在跟她闹离婚，阿娟又是个把心情写在脸上的女人，所以好久没见到阿娟说笑了。可这一回，阿娟竟开起了他米锦超的玩笑，实属反常，太反常了。米锦超从未怀疑过自己的智商，他为自己这么快就看穿了阿娟的鬼把戏而得意。

"阿娟，我看这太阳打西边出来的不是我而是你吧。"他道。

"你这话什么意思？"阿娟不高兴。

"别生气嘛，我只是随便说说，因为我发觉你今天笑得很灿烂，不是吗？大伙瞧见了没？"

"你……好了，我不跟你说了，我甘拜下风，这行了吧。"

"唉唉，阿娟你可千万别误会，我不过是想，是想……哦，对了，阿娟你学会发短消息了？"

"不会，有空你教教我，你怎么突然想起问这？怪怪的。"

"真的不会？"话语里透着疑惑。

"这有什么好说慌的，你今天是怎么了？是不是这出问题了。"阿娟指了指自己的头。最终还是让阿娟占了上风，看阿娟理直气壮的样子，不像是在说假话，米锦超试探失败，只好作罢。

打字员王微微忍不住插嘴："嘻嘻，阿娟姐，小米大哥难得出点问题，你就原谅他这一回吧。"

"说什么呢，反倒成了我的不是，小米你要是有空帮我改改这个。"阿娟随手扔过来一份稿子。

王微微把最后一个字打完，干脆抽把椅子坐到了米锦超的身边，"小米大哥，我怎么觉得你今天有点怪怪的。"停顿了下，她道："嗯……好像心情很好，怎么看也不像原来的你，不会是真有什么好事，说出来让大伙也乐乐。"一看就知道王微微没安什么好心。

"我能有什么好事，你别在这给我添乱，一边去。"话语里听不出半点责怪的意思。

"是吗？不对，我看小米大哥定是遇到了什么喜事，只是不想或者不好意思告诉我们罢了。"微微并没打算就此打住。

"别吵了，你没见我正在工作吗？这天怎么搞的，这么热，受不了了。小王，你没事去把空调打开。"王微微作势要去摸米锦超额头，米锦超下意识地往后仰了仰，"干什么？你。"

"小米大哥，你不会发烧了吧？现在室内温度是摄氏26度，这可是人体感觉最佳的温度状态，你却要我开空调，不是发烧了是什么？有病可千万别不上心，赶紧看医生去，省得你老婆担心。"王微微故作关心，她不合时宜地提到了米锦超的老婆，让米锦超觉得很不舒服。

他不想再理会王微微，顾自修改起阿娟的那份稿子，王微微倒也知趣，她回到自己位置上，不再说话，只是定定地看着米锦超做事。

米锦超改完稿子，很自然地掏出手机，他仔细地看了一遍，又把它放回腰间。这时大伙都忙完了，离下班也就二十来分钟，科长伸了伸懒腰，开始发短消息，五十好几的人了一点都不落伍。原因很简单，他那几个儿女都在大城市，用发短消息的方式联络简捷又省钱。

米锦超一看科长的举动，心想不会是这老小子在和我开玩笑吧，昨天他就发了一则消息说：晚八点老地方见，不见不散。倒是那号码我一看就知道是他的，所以也就没怎么着，可是今天这号码不对啊，难道他故意换了号码，但好像也不对，都那么一大把年纪了，这样的话怕是也说不出口，再说了他也不可能这样无聊。

唉，天知道呢。米锦超在心底叹了口气。

片刻，米锦超再次掏出手机，看一眼又放回去，这样的动作重复了好几遍，就在这反反复复之中到了下班的时间。米锦超正准备离开，刘冰突然冒出一句，"我说小米，你的手机是不是出问题了？反复看，挺奇怪的哦。"这话让米锦超听来似乎有些变味，总觉得有那么点意味深长的东西。

晚饭后，米锦超并不像往常一样，坐在电视机前陪妻子看无聊的肥皂剧，而是将自己关在了书房里。

他再次谨慎地掏出手机，思考着是否将那则短消息删除。他想：如果不删除，要是万一被老婆发现那就惨了，这可是跳进黄河也洗不清的。再说要是真有那么回事倒还值得，要是别人拿我寻开心那我就太冤了。如果删除它，又觉得有些不舍，多动听的情话啊，简直都甜到米锦超心里去了。

权衡来思量去，决定还是保留，因为这对米锦超来说实在太重要了。它的出现也许正预示着他将获得新生，将改变他的人生轨迹，被压抑了多年之后的米锦超在这一天终于可以扬眉吐气了，就像中国足球在这一年冲出国门一样的令人欢欣鼓舞。激动着的米锦超被讨厌的电话铃声打断了，他懊恼地攥起电话没好气地嚷，"喂，谁啊？"

"小米，我是刘冰，我……我的孩子发高烧了，你知道我先生不在，除了你，我实在想不出还有别人，你能帮忙送下医院吗？"话语里满是焦急与无奈。

"好，我马上来接你们。"米锦超快速冲出书房，对妻子说，"我有急事，出去一下。"随着"砰"的关门声，还没等妻子回过神来，米锦超早已消失在了夜幕中。

刘冰对于米锦超的帮助当然除了说些感激的话，便是极热情地邀请他有空去家里吃饭。本来这也是很正常的事，但到了米锦超这儿，就变得不怎么正常了，不正常主要在于米锦超把她跟那则短消息联系在了一起。

往家赶的路上，米锦超开始不由自主地回忆与刘冰相处的每一个细节，越想越觉得刘冰有问题，说不定那则短消息就是她刘冰发的。她一定在试探我，否则为什么会有那么多巧合呢？再说了她丈夫又常不在，说不定……米锦超美得忍不住偷笑起来。

一到家，米锦超就试着拨那个神秘的手机号，"喂……"一个懒散的青年男子的声音，米锦超愣了一下，准备好的一肚子话立即给咽了回去。"你是谁？怎么知道我的手机号？"对方显然也是一愣，接着便迅速关机。

躺在床上，米锦超翻来覆去无法入眠，这到底是怎么回事？那小子怎么知道我的号码，又是谁发的短消息……一连串的问号打在了米锦超的脑子里。妻子不耐烦了，"你烙饼啊，要烙厨房烙去，真不知道你今天哪根神经短路了。"米锦超只好直挺挺地趴在床上，继续想他的心事。

次日晨，一宿没睡的米锦超眼睛红肿，哈欠连天地去上班，古灵精怪的王微微这天居然对米锦超表现出了异乎寻常的关心。"小米大哥，今儿个怎么了？眼睛肿得跟个桃子似的，昨晚没睡好？"

"嗯，烦着呢。"

"什么事会烦我的小米大哥呢，唉，实在想不出，我说小米大哥你就告诉我吧，说不定我能帮你想个辙。"

"你……"米锦超突然灵机一动，说不定真是她，这女孩子近来似乎对自己特别上心，不过也没有理由啊。算了不想它了，管它呢，就当它从来没有发生过。

"没什么，我现在好多了，忙你的去吧！"

王微微失望地回到自己座位上。"谢谢关心。"半晌，米锦超道。

说不想，其实并没有那么容易。对米锦超而言，他是多么多么地想知道发短消息的那位 MM，说实话他不甘心，不甘心让幸福就这么擦肩而过，因此在专注了大约有一分钟之后，米锦超又开始走神，开始天马行空起来。

所有他认识的和认识他的，又暂时能想起来的女孩子，包括女人都被他过了一遍，采用排除法一个个排除，到最后米锦超仍然毫无结果。这样折腾着，很快到了吃饭时间，米锦超匆匆解决完肚子问题，决定打它一个持久战，不断地拨打那个烦人的号码，然而对方总是以关机来对付他的作战计划，让他溃不成军，到最后一向文明的米锦超也不禁气咻咻地骂出一句脏话，"他妈的，神经！不开机还用什么手机。"

下午一上班，米锦超便宣布他收到短消息的事，这当然是他忍无可忍的情况下所产生的突然举动。他首先冲科长喊，因为这会儿科长正幸福地发着短消息，他一看便来气，"科长，你给我发这样的短消息干嘛？"他道。

"不会吧，我昨儿发的短消息，你怎么今天才收到？"科长一脸迷惑。"我还在想，你怎么一点反应都没。"

米锦超将手机伸到科长鼻子低下，"科长，你太过分了吧，跟我开这种玩笑。"科长更迷惑了，他认真瞅了瞅，"超超，真的好想你，你是我今生的唯一，爱你的！"科长断断续续地朗读着，"小米，这短消息不是我发的，不过我看你是交桃花运了，嗯，不错不错。"科长笑着调侃，他羡慕地咂了咂嘴，继续发表他的高见，"我猜一定是昨天来找你的那个叫什么来着……"科长拍了拍脑门，感叹自己的记性太差。

"妮妮吧。"王微微跟着起哄。

"对，是叫妮妮，这名字忒难记，跟个外国名似的，不过我看这女孩……"顿了顿，他道：名字是洋气，就是长得太那个，有点对不住观众。科长打趣。

"我觉得长得还好，就是胖了点。"王微微故意。

"那叫胖一点？我的妈呀，快赶上两个我这么重了……"科长继续。

"打住，没的事，大伙别瞎嚷嚷，我回拨过去是个男的。"米锦超忍不住了，打断他们，一脸认真。王微微再也忍不住了，乐得直不起腰来，"太有意思了，太有意思了，哈哈……"其他的两位女士也跟着捧腹大笑，这让米锦超格外尴尬，他脸上一阵青一阵红地嘟囔着，"这有什么好笑的，这有什么好笑的……"

这边发了那则短消息的人也在不停地叫苦连天，他对米锦超的这种狂轰滥炸感到了前所未有的痛苦。不敢关机怕熟人找，只能将手机设置为振动，陌生电话绝不接听，因为米锦超已经聪明地换过好几个号码了，他不想也不敢再次上当。

设了振动，手机一直不肯罢休地闪烁着，他不得不哀叹自己命苦。白天设置为振动，睡觉前得取消，原因有二：一则手机闹钟是他的起床信号；二则这么晚了米锦超怕是也不会再打的。然而今天晚上他失策了。凌晨一点，手机铃声急促地响起，把他从甜甜的睡梦中惊醒，又是这个号码，他的第一反应是想把手机从窗口扔出去，但最终并没有这么做，他不舍得。

铃声结束后，他继续睡觉。不知过了多久，铃声再次响起，他一个鲤鱼打挺从床上蹦起来，准备洗漱，一看时间正好五点整，他复又躺下，"他妈的，吵死了。"原来起床闹铃设错了时间，真是混乱了。于是一对熊猫眼就成了这位仁兄一晚上折腾出来的成绩，他决定明天就向他的恋人汇报汇报。

他是谁呢？我想我不说大家也能猜出来了吧，他就是王微微热恋中的男友。他不得不向微微诉苦、求救，埋怨她出的馊主意。微微手一摊，装出一副无辜的样子，"我不是故意的，我只是想开个玩笑，可我没料到的是他……他怎么会这么执着呢？"

这样一直持续了一个星期，一个星期后，我不知道米锦超会不会放弃他的追求，改变他的这份执着，我也不知道王微微的男友何时才能摆脱这种骚扰，结束这份自酿的痛楚。

2002 年 4 月 10 日

小确幸

1

快递员送包裹的那天下午，他正坐在客厅里接完新婚妻子的电话。他在心里打定了主意。六月的南方小城，正是让人闹心的梅雨季，湿热、黏稠，整日里像穿了一件不透气的无形雨衣。他签了字，看着快递小伙离开，他就住在一楼，确切地说是车棚上面的一楼，他用目光追随年轻人，跑下楼梯，狠命扎进绵绵细雨里。雨还在不停地下，老式的水泥楼梯被隐没在阴影里，滴滴嗒嗒湿了一路，此刻他仿佛突然被青春撞了一下腰。他关上门，站在窗口。看着快递小伙开着他的绿色邮车穿过那条窄窄的花园小径，消失在小区门口。花坛里一簇簇叫不出名的花朵，盛开着，在雨雾里显得更加娇艳。雨丝飘洒在窗玻璃上，汇成水，随着地心引力滑向不同的地方，绘制出各种奇特的图案，很快便模糊了他的双眼。

他走回客厅，坐进沙发里。就他一个人，他并不着急拆开那个包裹。它依然被搁置在靠近门边的那口老式鞋柜上。包装的边角有些磨损，但这并不妨碍里面放置的物品，他又看了它一眼，那上面有他非常熟悉的字迹，端正秀气。然后起身打开电视，不久便睡着了。

这个四月的美好日子里，他终于再婚，距离他上一段婚姻已过去十个年头，因为伤得深，他对再婚一直没想法，何况日子过得也不那么顺遂。

这个下午与之前的每一个下午一样，他打开电视，眯上眼睛，听着空茫的雨声，一会儿便睡着了，醒来大约三点半的光景，他的生物钟如今准得没道理。他习惯性地抬起手腕看一眼手表，表是好表，正宗的欧米茄，表盘上镶了钻，表带是金色的，略略有些发黑，无论款式还是色泽，都有了年代感。这表是他早年置下的，非常昂贵，他曾心疼过好一阵子。他善交际，朋友多，都用艳羡的眼光，他倒觉得值了。他不舍得戴，怕磨损表盘与表带，只出门时戴，向大家炫耀完回来就小心放进盒子，锁进抽屉里。

如今他整天戴着，事实上他不再需要，时间对他来说什么也不是。企业兼并后他内退回家，凭着微薄的收入度日。他哪儿也不敢去，去哪儿都得花钱，钱像一张纸，抽出来就没了，他只能待在家里打发掉大把的时间。他站起身，去卫生间洗脸，然后抹一些劣质的护肤品。男人不会在意自己的皮肤，只会在意女人的，他算例外，他的肤质确实没那么粗糙，这让他看起来比实际年龄年轻些。但他不娘，也不擅长于此道，他只是想通过多一些步骤来打发无聊、空虚的时间。

去附近的小菜场还早，往常若时间早，他会绕道过去，在路上消耗掉多余的时间。进入梅雨季后，整日里滴滴嗒嗒，他便不大愿在路上折腾，而是在沙发上，坐着发一阵呆，四点一刻的样子出发。

从卫生间出来，他坐回到沙发上。眼睛瞄向放在老式鞋柜上的包裹，他终于站起来，走进房间，从抽屉里拿出剪刀，将包裹拆开，是一条黑色西裤。他抖开，掉出一张画着心形图案的漂亮小纸片。她是个可爱的女人，这一点他不得不承认，比如包裹里的小纸片，这是她常用的手段。老公，赶紧试试，合不合适，它可是我亲手改的喔！他突然觉得她就站在他面前，带着甜甜的笑。

他试了试，大小合适。他把它收好，放进衣柜里。

最近几年他胖得厉害，腰围大了好几寸，肚子像一口锅那样扣在身上。这自然与他喜吃荤食有关，简直到了无肉不欢的地步。当裤腰超出正常尺度时，买裤子就成了一桩难事。

他再次咀嚼了一遍她电话里的意思，然后拿起门边的雨伞，出门。到家大约五点，除了几根葱，他啥也没买。他爱吃的荤菜一早就买好了，备在冰箱里，早市的肉、鱼会新鲜些，他一直这么认为。他每天只认认真真做一顿晚饭，今天买了鱼，自然不能少了葱花。晚饭必须咪点小酒，哪怕一个人，也是要喝到微醺。

2

然而今天，他一点心情都没。问题出在回家的路上，他碰巧看到一个人，女儿叶子。

他就这么一个孩子，但他无法陪在她身边。他早年在新疆工作，是一家大型面粉厂的厂长。彼时，身边总围着一大帮朋友。妻子为了女儿提前回了内地，他过了很长一段时间的单身生活。妻子一个人带女儿生活艰难，他一年回家不过一两趟，女儿时常吵着要爸爸。两个人总为这事吵架。妻子希望他回来，他不愿意。男人事业心重，两个人就在家庭与事业的抉择中把感情吵淡了。

最终，他还是提前回了内地。原因很简单，妻子出轨。这个结论是他自己得出来的，事实到底如何，谁也说不清楚。

回来之初，忙于工作的调动，他还来不及过问妻子的事。工作自然是不如意，年纪摆在那里，适合他的位置早有人占了，将就着窝进一家小企业，领导着不到十个人，多数的活还得自己干。应该说回来之前他是有思想准备的，为了这个家，他总得舍弃，但这样的落差已然超出了他的承受范围。

心情郁闷，加之对妻子的怀疑，到后来他看谁都不顺眼，争吵成了家常便饭，女儿宁愿待在同学家里，也不愿回这个家，这一切加速了婚姻的解体。

那段日子是灰色的。

离婚后他搬离原来的家，在单位附近买了一套小两居，他选在这里是因为周边住的都是同事，不至于太过冷清与孤单。女儿跟了母亲，他不是不想争，女儿一直由妻子带大，与他生疏，他即便有一腔对女儿的爱，女儿也未必肯接受。

女儿不争气，不爱念书，念完初中就早早上了职业技术学校。

他设想的生活从来就不是这个样子，曾经的他那么优秀，那么高傲，他也希望女儿会有更好的前程。然而，生活跟他开了个大大的玩笑，像一列脱轨的火车飞速滑向一个陌生的世界。他只能在这个世界里恍惚，假装过得很好。

离婚后，他常去学校看女儿，女儿不愿见他，他只能躲得远远的，不打扰女儿的生活。他心里清楚：有些债欠下了，永远都还不清。后来女儿工作了，父女关系才有所缓和。

就在刚才，他竟然看到女儿和一个小女孩亲昵地走在街头。女儿撑着雨伞，小女孩长得娇小，穿一条粉色 A 版连衣裙，比女儿矮半个头，整个人几乎挂在女儿身上。他站在那儿，手上拎着几根葱，风吹乱他的头发，几缕白发跳出来，在细密的小雨中飞扬。

他看着女儿的背影渐行渐远，直至消失在视线里。

匆匆赶回家，他把雨伞放在门边，忘了换鞋。积了一路的雨水顺着伞尖滴下来，浸湿了他出门时刚换下的拖鞋。他把葱扔在茶几上，从裤兜里掏出手机，给前妻发微信。

他和前妻几乎不来往，电话也很少打，有事就发几条信息，简短、客气。他们已经不适应有声音的对话，习惯用冷漠抵制对方，保护自己，冷冰冰的手机屏幕更让他们感觉舒服。

我今天看到女儿，她和那个小姑娘到底什么关系？他问。

没有回音。

他万分焦急，他甚至想给前妻去个电话，想了想还是放弃了。此刻，他感觉饿，他早已忘了冰箱里还备着鱼，他给自己下了一碗面，下午买的葱正好用上。

他坐到饭桌边，才发现忘了换鞋，去换鞋时发现拖鞋湿得根本没法穿。他烦躁得很，再次坐回到饭桌边，此时手机发出了嘀嗒声。

她同学。前妻回。

女儿现在怎么把头发剪那么短？像个假小子。

她愿意，我管不了。

你不觉得她们好得有点不正常。

神经病！该管的事不管，就知道自己快活。

他知道再问下去也不会有结果，前妻已经表明不想跟他正常交谈的态度。他放下手机，面已经糊了，他扒拉了几口，把面倒进了垃圾筒。

<h2 style="text-align:center">3</h2>

最近几年，他的睡眠质量恶化。经常睡了前半夜，后半夜就睡不着。他索性就睡得迟，还能一觉睡到天明。

昨儿，心里藏了事，一夜无眠。

天一亮，他就开始在手机里翻找号码，有点病急乱投医的意思。他想直接找女儿问，又怕不小心伤了女儿。

一个名字跃入他的视线，他打了过去。

朱月，我老罗，我想问问叶子的事。他有些急躁，连寒暄都省了，直奔主题。

啊！电话那头停顿了片刻，估计是有些懵圈。老罗，你是老罗？你怎么想起给我电话？朱月很是吃惊。

叶子现在公司里可好？你和她一个单位。他再次问道。

你女儿不错，很求上进，前阵子刚升了班长。朱月快人快语。

我问的不是这个，我想知道叶子在生活上……他不知道该如何表达，他犹豫着，然后说：有没什么不妥的地方？

他相信朱月能听懂他的意思。他跟朱月好过一阵子，那时他离婚不久，心情不好，朱月因为老公外遇，烦闷得很。两个差不多境遇的人，自然谈得来，开始是精神慰籍，后来转向身体慰籍，再后来不知道朱月老公怎么了，哭着求朱月原谅，朱月权衡再三，与老罗提了分手。他也没怎么勉强，或者挽留。当时，朱月觉得对不起老罗，两个人就这么草草结束。后来女儿进这家公司，还是朱月帮的忙。

你的意思是？朱月犹豫着，是不是应该八卦下。

有什么就说，不要保留。他强调。

你女儿好像有一特要好的闺蜜，听说好得有点过，食堂的免费午餐她不吃，每天跑回家给小姑娘准备午饭，还有人看见她们手拉手压马路，背影瞧着像小情侣……朱月一开言就止不住，滔滔不绝。

有人跟我说，她们可能是那个……朱月停顿下，止了话。她突然觉得自己在老罗面前说这些，很有些不是东西的感觉。

当然，这都是传言。电话那头发出咝咝的声音，老罗半天没出声，朱月知道自己说错话了，赶紧补充。

咳，咳。他假装咳嗽，缓缓道：她们是同学，小姑娘外地人，在这里举目无亲，叶子看她可怜。你知道叶子有多善良，对人总是好得没分寸，跟她爸一样。

嗯，老罗，你是好人。朱月肯定道。

所以……别瞎传了，我的女儿我知道。他停顿下，然后保证：等小姑娘找到工作就会走。

嗯，嗯，明白，我知道该怎么做。朱月回应。

放下电话，他坐回到沙发上，感觉很疲累。和朱月通电话，神经紧绷，他怕说错话，字斟句酌。叶子的事他不了解，只能编故事，他要维护自己的女儿，更要维护自己的面子。

事情确实有些棘手。

从昨晚到现在，他几乎没吃什么东西，肚子叽里咕噜叫。他站起身，才发现牙也没刷，脸也没洗。草草梳洗好，去街边买早点。

回家的路上，他盘算着，得跟女儿见上一面。

他给女儿发了一条微信：晚上来爸家吃饭，好久没见，爸想你了。他本来想给女儿打电话，后来放弃了，他知道"想你"这样的话他说不出口，用文字表达不会显得太肉麻。

一整天都在等女儿的回信，吃过午饭，他发了一阵呆，便急匆匆赶去菜市场。他得多备些时令蔬菜，女儿喜欢吃。逛了一圈，买齐女儿爱吃的菜，心情终算是舒畅些。到家时，发现女儿回了一条微信：晚上不过来了，早跟贝贝约好看电影。

那你什么时候有空来? 爸给你做好吃的。他还是不死心。

我正减肥。

都是素食，越吃越苗条。他跟女儿打趣。

看情况吧，到时联系! 女儿已经习惯敷衍父亲，或许她根本就不想见他。

他将菜放进水池里，心里阴云密布。他叹了口气，坐回到沙发上。现在，他什么也不想干，脑子里像是有人不断把乱七八糟的东西塞进来，堵得他透不过气。

4

咔嚓！听到钥匙开锁的声音，他被吓了一跳。他站起来，一脸的惊愕。

老公，我回来了。她站在门口，风尘仆仆。

你这是……从地里冒出来的？他接过新婚妻子的行李包，放进柜子里。

查岗！不会是做坏事了吧。她关上门，背倚在门上，欣喜地看着他，故意道。

想做来着。他笑笑，然后问：怎么不打声招呼就回？

想你呗。她笑得灿烂。还没做晚饭吧，我们外面去吃，我请客。她看了眼厨房，对他说。

别费那钱，我正好买了菜，这就做饭去。他不接受她的建议，转身走进厨房。她跟进来，脸上依然挂着笑。我真是好福气，老公做饭给我吃。她道。

你出去坐着，马上就好。他转头对她说。

别把我当客人，给你打下手，总行了吧。她扬起眉毛，朝他嘟了嘟嘴。她的嘴唇厚厚的，嘟起来倒有一份小性感。

好吧，把这个菜洗了。他朝她笑笑，他拿她没办法。

你走了，那边怎么办？他问。

是呀，所以我明天就得回去。她不开心道。

这么赶，会不会太辛苦。他表示心疼。

是有点累，不过一想到马上能见到你，就不觉得累了。她再次露出笑脸。

他不说话，轻轻笑了一声，开始专注地做饭。他知道他们再说下去，很快会说到那个问题。此刻，他心乱如麻，他实在不想破坏刚刚营造起来的甜蜜氛围。

她是他想要的那种女人，从媒人介绍他们认识的那一刻，他就明白。

他早已经不年轻，这么多年他见识过不少女人。年轻时身边围着一些，离婚以后介绍的、自个认识的也有一些。

她长得确实不好看，不过这对他来说一点问题都没有。漂亮不能当饭吃，他要的是实实在在的生活，吸引他的正是这女人身上的烟火味。相处久了，他还发现了她小女人的一面，他一直以为只有漂亮女人才会有。发现这一点的时候，他竟然有些小惊喜，生活一下子变得活色生香起来。

菜端上桌，她夸张地弯下腰，用鼻子狠命地吸，然后啧啧道：真香。老公，色香味俱全，看着都让人流口水。她装作欢天喜地。

尝尝……他受到了感染，也跟着欢快起来。

这顿饭吃得轻松、惬意，两个人都喝了酒，话便多起来。老公，你想我了没？她突然问。

他看她一眼，发现她正盯着自己，他有些不好意思，然后点点头。

说嘛。她撒娇。

当然。他回道。

既然想我，为什么不跟我去上海？她终于还是提到这个问题，她说得淡然，但语气坚定。

他不说话，他实在不知道如何回答。

我给你电话，你说要考虑考虑，考虑好了没？她不依不饶，来之前她就想好了，这次回来一定得要个结果。

家里事多，我还没想好。他被逼急了。

你一个人生活，能有什么事？她反问，见他不说话，她继续道：小卖部生意不错，我一个人忙不过来。她诉苦。

看你这么辛苦，不如把小卖部关了。他试探着。

关了？说得轻松。我们怎么生活？现在什么不需要钱，你那点退休工资自个都过得紧巴。她很少生气，这一次是真的生气了。

她的小卖部开在上海师大，跟他谈恋爱那会她刚失业，到处找工作。对于她这种三无40、50人员，工作实在不好找。她一个远房亲戚在上海师大当教授，聚会时聊起，教授建议她去师大开个小卖部，他可以帮这个忙。当时她就动心了，原以为人家只是说说，没想到还真办成了。

于是，两个人新婚便分隔两地。

他倒不在乎，一个人生活惯了。两个人不在一起，省得相互磨合。她隔些日子回来一趟，两个人如胶似漆，像连体婴儿般。对于他，这种感觉实在可以用热烈这个词，她感情丰沛，居然把他的情绪也调动起来。他一直以为那种东西在他身上早已经死了，原来只是潜伏着，不过是缺了土壤。

他很满意现在的生活，可她不愿意。她希望他天天陪在她身边，他们一起辛苦赚钱，一起好好生活。男人有男人的思维，女人有女人的想法，实在也没有谁对谁错。他们僵持着，越是僵持，她越发想说服他跟她走。她甚至认为，只有他做出让步，才能证明他是真的爱她。

他低着头，沉默着。

眼泪在她的眼眶里打转，她默默收拾碗筷，将它们放进水池里。她拧开水龙头，哗哗的水声传进他的耳朵里。他抬起头，看着她的背影，她的肩微微抖动着。此刻，他的心底突然变得柔软起来。

5

七月末，正式进入炎热的夏季，火热的阳光普照，所有景物都沉浸在一层虚化的微光中，仿佛在无声无息的燃烧。到家时，他满头大汗，浅蓝色短袖衬衫被汗水浸湿，几乎全贴在身上。他喘着粗气，像一只刚从水里捞起来的大笨熊。

他在上海待了月余，一个人回来。

整个人瘦了一圈。

回来的那天，他居然接到女儿的电话。女儿在电话里说，晚上去家里看他。他有点小开心，此刻他需要人关心。

他很久没见到女儿，上次偶然在街上遇到，也未能打个照面。

此刻，明晃晃的白炽灯光下，女儿一头鸡毛掸子式的短发，挑染了几绺红的、绿的，一件超大版黑色 T 恤套在她瘦弱的身体上，胸前一大片银丝与水钻，闪得他眼睛疼，下面是一条灰色胯裤，活脱脱大张伟的翻版。他知道大张伟源于他的第二任妻子，她喜欢听他的歌。他觉得这人有些傻乎乎，她说他的歌喜庆、欢快，让人想着好日子就在前头。

叶子，啥时把头发整成这样？他问。

帅吧？叶子咯咯地笑，现在就流行这个。

太夸张了，你原来又黑又长的一头披肩发多美。还有你这身衣服，阴阳怪气。他小心翼翼。

爸，你太 OUT 了。潮流知不知道，时尚知不知道？她反复知不知道，把他说晕了。他摇了摇头。喝点什么？椰子汁、苹果汁还是酸奶？他岔开话题。他不大清楚女儿的口味，特地去超市各备了一些。

不要，我只吃鲜榨的。叶子回。顿了顿，她说：那里面都有防腐剂，爸你也别吃了。

他站在冰箱前面，冰箱门开着，他把手缩了回来。

那么，就喝点水，吃点水果。他有些尴尬，自言自语道：爸明儿就去买榨汁机。

不用，我说完话就走。叶子坐下来，示意父亲也坐。昨儿吴悦阿姨给我打电话了。她认真道。

哦，她说什么了？他有些漫不经心。

她让我给你捎句话，她想和你好好过日子。

就这些？他问。

她说了一大堆，絮絮叨叨的，我哪记得住。不过，叶子停顿了下，你们不是才结婚，又怎么了？

她让我陪她在上海开小卖部，我丢不起这人。

啊？多大点事。叶子表示惊诧。

你懂什么？他对叶子的态度有些不满。

你们大人的事我管不着，也不想管，看在她对我好的份上，我把话带到了，闪人。叶子拎起包要走。

别走，坐下，爸有事问你。

啥事？叶子显得不耐烦。

你和那个小姑娘到底怎么回事？他严肃道。

老罗，我知道你是怎么想的，他们都是怎么想的，你们的世界太复杂。叶子还是第一次这么叫他，他呆愣了片刻。

你叫我什么？老罗也是你叫的？他有些生气。

爸，我想告诉你我长大了，从某种意义上说我们是平等的个体，我有独立思维能力，我有权决定我的生活。说完，叶子跑了出去。

你……怎么说话呢？他叫道，眼巴巴看着女儿从家里跑出去。

此刻，他极度沮丧，有了一种抵达心灵深处的无力与无望感。他从来没有过这样的感觉，即便曾经遭遇人生重大挫折。他不得不闭上眼睛，这样的体验来得毫无防备，他险些支撑不住，他长长地吐出一口浊气，仿佛只有这样才能稍稍缓解。

我们的世界太复杂，难道你生活在真空里？他暗想，替女儿着急。

之后，叶子不再回他的微信，也不接电话，仿佛他这个父亲不曾存在过。他常想，也许这就是上天对他的惩罚，他是个不称职的父亲，永远都是。

现在，他还有更重要的事情要做——搬家。搬离现在的居所，重新安一处家。

他整天徘徊在各个房产中介，房价高得离谱，他看上的房子，价格都不便宜。他把自己居住的这套房挂了出去，然后继续物色。

这次，他似乎交了好运。一位女士要回老家，想尽快把房子处理掉，他去看了房，还合心意。地段是偏些，不过价格不贵，一合计比原来那套房子还多出十个平米，关键是装修简洁大方，是他喜欢的样式。

付完房款，他迅速搬了进去。房子在五楼，爬上去显得吃力。之前住惯了一楼，最近几年又发福得厉害，他劝自己：楼层高有楼层高的优点，至少阳光充足。一切停当后，他陆续将搬家的消息通知他的亲朋好友。所有人都觉得不可思议，那么好的地段，周边都是以前的同事，也都熟识。问他，他总说新家好，其他则不愿多说。

找房、买房、搬家，几乎耗费了他一整个秋天。

6

入冬以来，天气逐渐变得寒冷。

走在从菜市场回家的路上，他裹了一件厚厚的棉衣，依然觉得冷。街上热闹起来，圣诞节的气息飘荡在空气中，每个人的脸上都挂了笑。一对小情侣，女生手里捧一束红玫瑰，与男生嬉戏打闹，从他的身边跑过；一个小女孩拿着红气球吵着要妈妈抱，估计是玩累了……

一切都很美好，他也跟着快乐起来。

进入新家的小区，他就觉出了异样，仿佛节日不属于这里。小区里，冷冷清清；楼道里，冷冷清清；家里，更是冷冷清清。

在旧家时他进进出出，邻里见面总要打声招呼，隔壁大嫂做的饺子特别好吃，每次做了总给端一碗过来。他回一趟乡下看老母亲，捎回不少自家种的菜，他吃不了会送邻里一些。如今他进进出出一个人，那些邻居天南地北，见了面头也不抬，风一样旋进旋出，互不关心也互不理睬。

现在，他不得不改变生活习惯，新家离菜市场有点远，他这身子上下楼吃力，一天只去一次，时间便多出一块空白来。

从菜市场回来已近中午，下了一包速冻饺子权当午饭，吃完照旧打开电视。他闭上眼睛，没有睡意，索性站起来。他走到窗前，楼下还是一个人都没有，只看见枯黄的树叶、被撕碎的小纸片以及几只破损的垃圾袋在满地飘飞。

这几日，他一直犹豫着，要不要把新地址发给她。

最近，他总是想她。

站了会儿，他走进房间，从衣柜里翻出那条西裤套在身上。站在镜子前，恍惚间他看到她在对他笑，眼睛眯起来像一轮弯月亮。他也乐了，呵呵地笑。忽然她不见了，他揉了揉眼睛，镜子里是一张咧着嘴傻笑的脸。他愣了愣，将西裤脱下来，在手里摩挲着。想了想，将它放进衣柜的最里层。

他掏出手机，边打电话边在房间里踱步。

老王，立马出现，要是不来，你明天就见不着我了。他在电话里大声嚷嚷，然后迅速挂断电话。

半小时后，敲门声响起。他打开门，立在门边，他脸色不大好，也不说话。

神经搭牢了？老王推开他，走进门。

到底还是你好。他跟进来，讪讪地笑。我以为你们都把我忘了。

你这老小子，自作孽。老王走进厨房，给自己倒了一杯白开水。

不来点绿茶？他问。

算了，你留着自己喝。还老友，搬家也不跟我商量，搬这老远，来一趟多不便。老王埋怨道。

那边是好，我哪有脸待下去。他嘟囔一句。

就因为又离了？老王说。

他点点头，不说话。

吴悦是多好的女人，就你不懂珍惜。老王叹了口气。你也是，离就离呗，搬家作啥？自讨没趣。

他们肯定在看我笑话……他提高了音量，显得自己底气实足。顿了顿，继续道：惹不起总躲得起。

你以后别给我打这样的电话就行。老王吹了吹水杯，轻轻啜了一口。刚要陪老婆去超市买便宜货，店庆，打折。你倒好，你没看我老婆那脸拉得跟驴脸似的，回去肯定得挨骂。老王恨恨道。

我跟嫂子说。他安慰道。

你以为你谁？老王白他一眼。

他不知道该说什么，闭了嘴。屋子安静下来，他站起身走进厨房，给自己泡了一杯绿茶，又给老王续上水。

你和她还有联系？老王突然问。

他摇摇头。

你就是拉不下这张老脸。老王重重地叹口气。片刻，他关心道：以后怎么打算？他低下头，脸色苍白。我不知道。顿了顿，他说，这么过着呗，还能怎样。

气氛有些压抑，两个人都没有再说话。墙上的挂钟发出滴滴嗒嗒的声音，老王扫了一眼。这钟不错，新买的？他问。

不是，原户主留下的。他沿着老王的视线落在墙上，挂钟边一块墙皮已经剥落，露出坑坑洼洼的水泥底子，让挂在那雅致漂亮的石英钟显得怪异，像是让落魄贵族穿上小丑的衣服，怎么看怎么别扭。

你得把这墙面粉刷一下。老王把视线从挂钟上移开，环顾屋子一周。

没事，反正我一个人住。他笑笑，然后站起来。我做饭去，晚上喝点小酒。他没有征求老王意见的意思，自顾自地说。

我还有事，晚饭就不吃了。老王站起来。

他有些难受，眼巴巴地看着老王。老王躲开他的眼神，快速朝门口走去。门开处，一股刺骨的冷风扑了老王满怀，他缩了缩脖子，许是被冷风呛到了，他拼命咳起来。缓了缓，他转过头，对他笑笑，脸涨得通红。改天再来看你。老王说。

目送老王离开，他再次环顾整间屋子。一样、一样物件，认认真真地看，很多都是原主人留下的。买房时，他也没这么认真过。绛红色的石英挂钟，粉蓝色飞满彩蝶的蕾丝窗纱，大红的牡丹刺绣画……搭配得相得益彰，足见原主人的精心。物件蒙了灰，有些陈旧，依然能透出浓浓的生活原味。

是该粉刷一下墙面。他自言自语道，心底终于有了一抹亮色。

7

日子一天天地捱。

他从花鸟市场里带回一些肉肉，把它们放在窗台上。定时浇水，每天观察它们的生长情况。

这天下午，他闭上眼睛，试图进入午休状态，手机突然响了。他打开看，是前妻的微信：女儿请你喝酒，时间定在下月十五，地点在新月大酒店。

他愣在那里，不知道什么意思。他和女儿联系很少，有阵子叶子几乎不接他的电话，也不回信息。后来即使回也是匆匆几句，报喜不报忧。那事他再不敢提，生怕又招惹了她。叶子的情况，他实在知之甚少。

什么意思？？？他一连打了三个问号。

你女儿要嫁人了。她回。

啊！！！他用了三个惊叹号。想了想，又发去一条微信：我们见面谈？

那边很久没有回信，他等得焦急。在没弄清楚状况前他不敢贸然给女儿打电话，他正想要不要给前妻去个电话，那边回：好的，就在我家转角的那间茶室见。

我马上去，你等我。他有些激动。

走进月亮茶室，里面非常安静，这个时间段一般不会有客人光顾。他环视一周，她不在，他略略有些失望。他选了个离门近且靠窗的位置，这样她一进来他就能发现。他要了一杯苏打水，给前妻发微信：我已到，等你。

十分钟后，她出现在他面前。她显然经过精心打扮，这一点他能看出来。她换了发型，将干净利落的短发烫了微卷，衣服色彩也比先前明亮，一件宝蓝色大衣配灰格子西裤，黄棕色的包包非常醒目。

她老了，却比原来漂亮了。这是他一眼看到她的感觉。

她坐下来，要了一杯玫瑰花茶。她能感觉到他看她时，眼里流露出的意外与欣赏。她心里美美的，她要的就是这样的效果。

叶子不是那个吗？他直奔主题。怎么就要嫁人了？

叶子好好的，没什么不对，嫁人也很正常。她故作平静，轻轻喝了一口茶。

不可能，我亲眼看见的……她……和那个……小姑娘。而且……叶子自己也承认了，说不要我管。他一字一句，表述显得吃力。

她怎么跟你说的？她问。

她说她有权决定自己的生活。

噗嗤……她忍不住笑出声来。这孩子，跟你闹着玩的。她们是好闺蜜，不是你想的那种关系。

啊？他很惊讶。顿了顿，他仿佛反应过来。简直是胡闹！他非常生气。你不知道我有多着急，你怎么也不管管她。

是我让她这么干的。她止了笑。

他诧异地看着她，像是不认识眼前这个人。为什么？他腾地站起来，叫道。茶室的主人朝这边看过来，他有些尴尬，复又坐下。他双手交握，下意识地压在大腿膝关节上，好像在克制自己。过了一会儿，他轻咳了几声，换了一副轻松的表情，说，因为恨我？

她垂下头，拒绝看他，她的眼睛里有泪，仿佛受了莫大的委屈。这么多年，她都挺过来了，决不能在这一刻表现脆弱，她强迫自己把眼泪收回去。

半晌，她抬起头。随便你怎么想。她冷冷道。拿过身边黄棕色的包包，掏出一本笔记本，推到他面前。你自己看吧。她平静地看着他，然后说，我还有事，先走了。

此刻，他的内心五味杂存。直至她的身影消失，他拿起那本笔记本。

叶子失恋了，听说男朋友甩了她，另攀高枝，她生活在单亲家庭，缺少父爱，真的有些担心……

叶子叫她贝贝，一个很可爱的女孩，她一直住在家里。叶子对她真好，她没有陷入失恋的痛苦，实在太好了，就让贝贝多陪她一段时间吧……

他问我叶子与贝贝的事了，不管怎么说得去问问叶子。叶子告诉我，她和贝贝是好闺蜜，上学那会就打闹惯了。她找工作辛苦，父母又不在身边，她得对她好点。叶子是个懂事有爱心的孩子……

既然他这么想，就让他这么以为好了，他都没关心过女儿。叶子答应演一出戏，或许她也恨自己的父亲……

他透过茶室窗玻璃向外望，天色渐渐变灰、变暗，云彩一度红彤彤的，也慢慢烧成了灰烬，融化在越来越浓的暮色中。那一刻，他的泪水止不住地涌出来，模糊了字迹，他合上笔记本，悄然离开。

8

婚礼如期举行。

等这一天，他等了很久，一直以为这辈子都等不来了。

他被安排在新娘桌，和他的前妻坐在一起，对这样的安排，他没有异议。叶子要求他穿西服、打领带，别一朵小花束。他很久没有穿得这样正式，他现在的身材，以前的那些衣服根本穿不了。叶子甚是贴心，早就给他备好了。

起初，他还担心裤子不合身，特意准备了一条皮带，试穿时竟然大小合适。他有些奇怪，叶子朝他笑笑，笑得竟有几分诡异。他不敢多想，也不敢多问，叶子已经忙成一团。

前妻的中式套装也很漂亮，酒红色锦缎上衣，改良过的旗袍样式，极为修身，边角上绣了一大朵牡丹，甚是别致，下身配一条黑色阔腿裤，裤腿上缀满酒红色的小花朵。

他暗暗感叹叶子的眼光，还有前妻的变化。

叶子没有要求他上场，也没有要求他和他的前妻向客人敬酒，他立即放松下来。试衣服的时候，他就开始担心，害怕叶子提出这些要求。这些要求对每个嫁女儿的父母来说应该算是规定动作。女儿做一回新娘，怎可不风光一回。

他坐在前妻身边,向他熟识的朋友报以微笑。他们前来祝贺，他则以杯中酒还之，她也是一样。像是商量好的，一场婚宴下来，两个人一句话也没有说。婚礼进行到一半，叶子突然跑到他身边，俯下身耳语：爸，婚礼结束后你去大堂等我，我有话跟你说。

他点点头。前妻也看到女儿过来，她什么也没问，继续与她的那些朋友谈笑风生。

叶子穿着大红色的新娘礼服，穿梭在亲朋好友间，笑意盈盈，身边的小伙看上去忠厚老实，紧跟其后，将叶子照顾得妥妥的。他看着那一对新人儿，打心底为他们高兴。

他一吃完就等在了酒店大堂里，酒宴的环境太过热闹，他实在有些不适应。陆续有客人离开，认识的不认识的，他就那样一直对他们微笑。

此时，一对新人朝他走过来。

他站起来。

叶子换了装，大红色的毛呢长大衣，让她整个人看起来格外喜庆。她的脸上挂着笑。爸，她跑过来。还没向你介绍我的老公，你的女婿，不会怪我吧？她故意问。

怎么会。他笑。

快叫爸。她转头对身边的男人说。

年轻男人犹豫了一下，从嘴里含糊地吐出一个音节，脸上立即红了一片。他连连应着，表示理解，谁都不习惯第一次见面就叫那么亲切的称呼。

不好意思，没准备红包，改天请你们吃饭。他有些尴尬，讪讪地笑。以后你们就是一家人了。顿了顿，他继续道：你得好好疼你老婆。

当然，我自己选的老婆我一定会好好珍惜。男人看着叶子，欢快起来。

少肉麻了。叶子朝男人笑。愣在这里干嘛？还不快帮妈打扫战场去！她指挥道。男人听话地走了。

爸，坐吧。叶子目送完男人，转回头。

怎么样？她问。

他点点头。忠厚老实，很适合你。

那么你呢？她突然问。

他愣了一下，微笑僵在脸上。

你一个人生活，我不放心。其实，她犹豫了下，妈当年根本就没有出轨，那个叔叔……

过去的事就别再提了。他打断女儿的话。我挺好的。

这次婚礼我把吴悦阿姨也请来了，我想你肯定也看到了，你身上这条西裤就是她改的。

哦……她现在好吗？他有些不好意思，挤出一丝笑。

我不知道，这你得去问她。停顿了下，她问：爸，你身边明明就有小确幸，干嘛不抓在手里。

小确幸？啥是小确幸？他很是疑惑。

微小而确实的幸福呀！村上春树的随笔，就知道你没看过，真够 OUT 的。叶子咯咯笑起来。

他突然觉得叶子的笑声真的很动听，就像一首温暖的歌。

2017 年 3 月 16 日

六朵百合

·

1

"嘀嘀嘀……"冯双儿的小企鹅开始跳舞。她抬腕看了看表，"真准时，该是绿毛龟来了。"冯双儿很开心。

"百合，我想你!"电脑屏幕上跳出一行字。冯双儿的心突地跳了一下，她点出一只害羞的脸发了过去。没有回应，一秒钟，二秒钟……冯双儿等着，依然没有回应，好像对方突然消失了，就在冯双儿忍不住想问对方在不在的时候，又一行字跳了出来:"百合，我爱你!"冯双儿明显感觉心跳加快，一种叫感动的东西在心底如涓涓溪流般缓缓流淌，流得冯双儿觉得整个人都痒痒的、酥酥的。冯双儿让自己平静一下，"我知道你爱百合，我也爱她。"

"我会像爱百合一样爱你!我们见面吧!"冯双儿的故意并没有难倒绿毛龟，虽然她知道她难不倒他，还是忍不住想要和他抬杠。也许这就是爱情吧，冯双儿对自己说。她喜欢智慧、幽默的男人，也特别享受和男人智力挑战的过程。冯双儿本身就是一个很智慧的女人。和绿毛龟在网上已经认识三个多月了。自打认识起，两人都有些惺惺相惜，几乎每晚都要聊上几句，他们在出招拆招中享受着快乐与激情。绿毛龟喜欢百合，百合也是冯双儿的最爱。绿毛龟智慧、幽默，冯双儿聪明、温柔，两个人似乎都是用了真心的。至少于冯双儿是这样。这场网恋便来得有些轰轰烈烈。

"可是我不漂亮。"冯双儿停顿了片刻，想了想终于还是忍不住发了这么一句话。

"我不在乎。"

"可是……"

"别可是了好吗？你知道我不是那种庸俗男人。在我看来再美的外表也会有审美疲劳。而你聪明、温柔、善解人意……这么多的可爱之处，我怎可不爱？难道你想让我做一个傻子？"

"我要你做一个傻子……"

"？？？？？……"

"我要你做我的爱情傻子，愿意吗？"

"愿意！一百万个愿意！一千万个愿意！永永远远……"

…………

感动，深深地被打动；甜蜜，深深地被陶醉；幸福，深深地被填满……

2

"双儿，晚上一起吃饭？"同事谢丽经常会邀请冯双儿共进晚餐。

在这家大公司里，同事之间的关系大多只限于点头微笑，仿佛每个人都穿着防护外套，带着一色面具。同事们进进出出、忙忙碌碌，相互之间似乎永远只有工作、升职、暗暗较劲……唯独冯双儿与谢丽，这两个女孩好像特别投缘，刚见面，便互生好感，相处久了，同事自然升级成了朋友。

冯双儿经常打趣说自己是谢丽的绿叶，衬托得谢丽这朵红花更加娇艳，谢丽总要反驳说冯双儿才不是绿叶呢，而是乱石堆里那颗最璀璨的钻石。冯双儿喜欢谢丽是因为谢丽长得漂亮。谁说女人就该嫉妒，就该不喜欢漂亮女人呢？冯双儿不仅不嫉妒还喜欢。爱美之心人皆有之，冯双儿感觉和谢丽在一起身心愉悦。至于谢丽对冯双儿的好感，则略有些崇拜的意味了。冯双儿说话，一是一、二是二，条理清晰、思维敏捷；冯双儿喜欢写文章，写出的文章妙语连珠、诗情画意；冯双儿为人低调，她的聪明是那种不露痕迹的聪明。她从不彰显个性，却让人觉得很有个性。谢丽只要一遇到什么事，第一个想到的就是冯双儿，她对冯双儿的依赖甚至超过了对家人的依赖。谢丽常常想：认识冯双儿是一种幸运。

"哦，不了，晚上我有约，下班就不等你了。"冯双儿低头忙自己的事，很随意地说。

"呵呵，双儿，快说，是哪个帅哥约你，我可要吃醋了。"谢丽调侃。

"少来，多少男人约过你，我可都没吃醋。"

"喂，安慰天使，终于有男人发现你这颗钻石了。这男人真是有眼光。到底是谁，快告诉我嘛。"

"怎么什么话到你嘴里都变味，好像我是没人要的。"冯双儿故意装出一副生气的样子。

"才不是呢，我要是男人，一定第一个追你，追你到天涯海角。"一串脆脆的笑。

"那你干脆变性得了，很时尚哦。我呢也好立马嫁给你，你呢也不必再让男人们很受伤，岂不两全其美？"冯双儿挂着一脸的坏笑。

"我投降，老是说不过你。"谢丽夸张地举起了双手，然后就是一脸的无辜，用她那双黑漆漆的大眼睛看着冯双儿。这是谢丽惯用的一招，从未失过手。

"又开始放电，真受不了你。就那个，我常跟你提起的，绿毛龟。"

"哇，绿毛龟啊，就是那个爱你爱得要死要活的仁兄？"

"什么要死要活，我们只不过比较谈得来。"

"对了，那小子干什么的？"

"他自称是学建筑的研究生，现在在一家建筑设计院工作。"

"哦，听起来你们倒是蛮般配的，就不知道真假。这网上的事难说，见了面探探虚实，OK 的话就把他抓过来。呵呵，祝你网恋成功！"

3

下班的电铃一响，冯双儿就冲出了写字楼。

到家的时候刚好五点半。把外套往沙发上一扔，冯双儿就进了厨房。烧上一壶水，从柜子里找出一盒方便面，等水开了泡方便面吃。

冯双儿早已没了做饭的心情，满脑子全是绿毛龟。她怕误了约会时间，让心爱的人儿久等。等待相见的这一天，冯双儿的心情激动、愉悦、坐立不安。她怎么也想不到自己会如此迫切地想见到一个人。在焦急的、不安的等待中，冯双儿时不时会走神，设想着美妙的、浪漫的、滑稽的、尴尬的、意外的……各种相见，然后便是傻傻地笑，笑过后又是一阵莫名的发呆。

离见面的时间越来越近，冯双儿的心跳在加速，化妆的手有些抖，不得不停下来让自己做个深呼吸。

细心地描眉，淡淡地勾上眼线，打上淡粉的眼影。要不要贴假睫毛？冯双儿犹豫了。冯双儿的睫毛又短又细，贴了自然会好看些，但又怕绿毛龟觉得她太做作，俗气。先贴上吧，冯双儿对自己说，显然她还是希望尽量使自己看起来漂亮一些。

化完妆，冯双儿对着镜子又仔仔细细地审视一遍，想了想最终还是将假睫毛拿下来。开始挑衣服。冯双儿打开衣柜，将自己平素喜欢的衣服全都掏出来，一件件对着镜子试过来。左看右看，似乎没有一件是合心意的。冯双儿有些气馁，后悔上个周末没跟谢丽一块去买衣服。如果去了，就谢丽的眼光，这会也就不用这么烦心了。到底穿哪件呢？冯双儿实在是决定不了，墙上的挂钟滴滴嗒嗒的，弄得冯双儿的心更慌了。瞧一眼挂钟，离约会时间差不多还有半小时，算上打车堵车的时间就显得有些紧，怎么办？怎么办？冯双儿一时不知该如何是好。

"你好，你有电话了。你好，你有电话了……"冯双儿的手机突然响起来，生生地吓了冯双儿一跳，"喂。"

"双儿，我谢丽，走了吗？"

"没，正在找衣服穿。"

"我就知道，衣服选不好了吧？"

"嗯……"

"那我给你提个建议，就选那件紫色毛衫吧。紫色是今年的流行色，毛衫又休闲又大方，我估计像绿毛龟那样的人一定喜欢。"

"行，就听你的，我赶时间，先挂了。"

冯双儿拎起包就冲出了家，刚到楼下的时候突然想起忘了一件最重要的东西。冯双儿复又返身上楼，从花瓶里挑出一朵百合，带上。

到达迪亚克咖啡馆，离约会时间还差五分钟。冯双儿松了口气，特意挑了个显眼的位置坐下来，将那朵美丽的香水百合轻轻放在桌上，等待另一个手棒百合的男人出现。服务小姐走过来，客气地问："小姐，几位？请问需要点什么？"

"两位。先给我来一杯卡布基诺吧。"冯双儿说。

冯双儿搅动着怀中咖啡，轻轻地喝了一口，凝望着摇曳的烛光，等待……等待……男人久久没有出现。

抬腕看表，离约定时间已过了半小时。冯双儿环顾左右，一双双一对对，轻言细语，唯有她，一个人孤独等待。冯双儿等得心焦，无数个疑问打在她的脑子里：他怎么了？怎么到现在还不来？难道今晚有事来不了了？

……

他那么爱她，他怎么会忍心让她在这里枯等，为什么不来一个电话？冯双儿很想给绿毛龟去个电话，她从包里拿出手机，翻找着那个熟悉的电话号码。女孩子的矜持还是让她放弃了这个念头，她复将手机放进包里，等待电话响。

她不能让他看出她的在乎，在和绿毛龟的这场爱里，她希望始终由她占据主导地位。因为长相的原因，冯双儿一直很好强，什么事都要做到最好，为此她总是要比一般的女孩子付出更多努力与汗水。她唯恐别人因为外表而看低她。在爱情里，冯双儿一样如此。

无奈……等待……时间一分一秒缓缓流淌。冯双儿变得坐立不安，一种奇怪的感觉充斥着她的心房。

杯中的咖啡渐尽，桌上的烛火渐灭，周围的客人渐稀，动听的钢琴曲不知何时已终了，原来略有些嘈杂的咖啡馆已渐归平静。很晚了，那朵香水百合因离了水份的滋养，失了原有的光彩。服务小姐轻轻走来，柔声说，"小姐，不好意思，我们要打烊了。估计您的朋友今晚是不会来了。"

冯双儿起身，将钱塞到服务小姐手里，走了。

"等等，小姐，您的找钱，还有您的香水百合……"冯双儿已走远。

夜已深，风很冷，路上行人已不见，唯有昏黄的路灯相伴，将冯双儿悲伤的背影拉得长长的。泪水无声滑落，花了脸，但冯双儿并不想擦拭，任它在脸上肆虐。香水百合的悲伤，是被人丢弃在了迪亚克咖啡馆，一如冯双儿的悲伤……到家的时候，泪水已干涸。一路走来，冯双儿庆幸这泪水没有被任何人看到，只为自己流。

4

谢丽来得特别的早，到办公室的时候却发现冯双儿的位置空着。有一点失望。失望一点点加重。上班铃打响的时候，双儿依然没有出现。谢丽不禁生出一丝不安。很想知道昨晚双儿与绿毛龟见面的情况。对谢丽而言，双儿的爱情也是她最重要的事。

她给冯双儿挂电话，一直盲音。捱到下班，谢丽飞速冲向冯双儿的家。

按了半天门铃，就在谢丽欲转身离去时，门被缓缓打开。一张蜡黄的脸，一头零乱的发，红肿的眼睛，无色的唇裂了几条小口，渗出些许血丝。谢丽呆愣了片刻。"双儿，你怎么了？如此憔悴？"

"我没事，有点感冒。你进来坐吧。"冯双儿假装咳嗽了两声，转身先进去，抽出纸巾擦了擦。冯双儿看到谢丽的那一刻，眼泪就出来了。她慌忙掩饰，因为她害怕让谢丽看到自己脆弱的一面，她从来都没在谢丽面前哭过。在谢丽眼里双儿一直是个非常坚强的女孩。

"看医生了吗？吃过药了吗？"谢丽一连串的关怀，就将手按到了冯双儿的额头，"哇，好烫！"冯双儿下意识地扭了一下头。

"没事，别这么大惊小怪的。不就一点发烧？你能来看我，我已经好了一半。"

"又逞强。快去床上躺着，我给你买药去。"

"别，我刚吃过药了。"谢丽也不理会，转身就下了楼，半小时后带回一些药和食品。服侍冯双儿吃完，谢丽突然想起自己此行的目的，便故意笑着说："嗨，约会如何？绿毛龟帅不帅？"

"不知道。"

"咦，你这话什么意思？"

"我没见到他，就这么简单。阿丽，别提这事了好吗？"

"双儿，这么说他爽约了。"谢丽还是忍不住，安慰道，"双儿，别伤心，或许他有事来不了。"

"或许……或许……"冯双儿冷笑了一声，别转头去，泪水再次无声滑落。半晌，冯双儿回过头看着谢丽，不好意思地笑笑。"看我，这感冒，真要命。"

"不对，双儿，你一定受到伤害了，要不你不会哭。"谢丽更焦急。

"只是有些伤感而已。"

"伤感？"

"嗯，为那朵香水百合而伤感。"

"双儿，你不会是在说糊话吧，我听不懂……"

"昨晚我看到一支被扔在咖啡馆门口的香水百合，那百合开得好娇艳，怎么就有人忍心将它遗弃……"冯双儿也不管谢丽，顾自说着。

冯双儿的话将谢丽彻底弄懵了。她本想继续追问，但双儿的眼神告诉她，她什么话都不想再说。两人就这样默默相伴。

5

冯双儿一如既往每晚上网聊天，只是身边多了一个谢丽。自从网络爱情失败后，谢丽几乎每晚都泡在冯双儿的家里陪她上网，为的是完成那个约定。

在键盘的敲击间，双儿将她的才女气质发挥得淋漓尽致，一周下来，搞定"五朵百合"。这"五朵百合"中一朵自称刚失恋，三朵正寻找生命中的另一半，剩一朵已婚男士想找寻"梦中情人"。

冯双儿根据不同情况采用不同方式与他们各位都相聊甚欢。一月下来，这"五朵百合"都有些跃跃欲试、蠢蠢欲动。

冯双儿为方便对号入座，将五聊友分别编号，取名 A 先生、B 先生、C 先生、D 先生和 E 先生。就在这五位先生被冯双儿的聪明、温柔、善解人意……弄得晕乎时，谢丽将其一张艺术照分别发出去，发完两人相视一笑，结果反响相当强烈，百合们几乎同时打出一串感叹号。

他们都感叹冯双儿如此漂亮，都不相信照片上的漂亮女人就是对话之人。两人再次相视一笑，谢丽默契地打开视频，视频中谢丽本人似乎比照片还要美。眼见为实，"五朵百合"再也坐不住了，都将冯双儿视为稀世珍宝，纷纷要求见面。那位找寻梦中情人的 E 先生最强烈，到了一日不聊如隔三秋之境。

冯双儿继续她的拉据战，今儿个不理 A 先生和 C 先生，明儿个又换成 B 先生和 E 先生，偶尔来点狂轰乱炸，偶尔又来点小情小调，搞得"五朵百合"深受煎熬，相思之苦是苦不堪言。

某一晚，冯双儿终于答应与"五朵百合"见面。

电脑屏幕上显示，时间：下周日午餐时分；地点：阳光豪华大酒店百合包厢；要求：携带香水百合一朵，到达包厢后点一个菜。上菜后，本 MM 将准时出现。

"五朵百合"虽对冯双儿的见面方式深感莫明，但一想到下周日就能见到国宝，抱得美人归，自是满心欢喜。等待……期盼……"五朵百合"的心躁动不安。

终于盼来那一日，E先生手棒百合提早半小时到达约定地点。瞅着百合正偷偷乐时一个男人闯进来。男人看到另一个男人时显然愣了一下，以为自己走错了包厢，退出，复又进来。

"喂，我说，你怎么又进来了？没长眼睛啊，没看到已经有人坐在这里了？"E先生说。

"你才没长眼睛呢？这百合厅早有人定了。你还不快给我滚，别在这坏我好事！"A先生嚷嚷。

"嘿，你这人怎么说话呢？骂人，也不看对象。"

"不好意思，不好意思，多有得罪，多有得罪。"

"这还差不多。好了，你可以走了，刚才的事我就不追究了。"

"行，我走。不过走之前你得告诉我件事？"

"什么？"

"告诉我你是哪根葱，我也好走得明白。"

"你……"E先生气得一时说不出话来。

正闹着，又进来一男人，跟着又来一个……"五朵百合"都到齐了。大家你看看我，我看看你。"百合？"五先生同时叫出声。

"嘀嘀……"E先生的手机来了一条短信：各位先生好，很高兴你们能齐聚百合厅，请点菜吧，本百合MM将在上菜后现身。E先生念完短信，B先生反应最快。"还愣着干嘛？赶紧叫服务小姐点菜啊。我还急着一睹百合MM芳容呢，怎么在座各位不急？

"急，急，是，是。"其他四位忙应合。

"五朵百合"各自要了一份菜单，心里打起了小算盘。E先生要了个最贵的，在他看来现在的女孩都物质，这样既有实力又诚心，保管能搞定这个百合 MM。其他四位在犹犹豫豫中也陆续点完了。

为点这一只菜，各位仁兄绞尽脑汁、用心良苦。菜上齐了，肚子也开始唱空城计。

"五朵百合"望着一桌香气四溢的美味佳肴，都快馋得流口水，可百合 MM 却是姗姗来迟。美人不到，怎敢先动筷?

<h1 style="text-align:center">6</h1>

正焦急，来了一位大妈。大妈不说也不问，坐下就吃。

"五朵百合"一时反应不过来，纷纷瞪大了眼睛。大伙你看看我，我看看你，不知道这百合 MM 又演的是哪出戏，对大妈自是不敢多言。看着那盅奇贵的鲍鱼被大妈一勺勺地轻松解决，E 先生那个心疼。如此贵的玩意儿，E 先生自己都舍不得吃，本想着下了血本讨 MM 欢心，没成想却被一老婆子给占了便宜。

看着碟中渐少的鲍鱼，E 先生出现心绞痛症状。心想估计是心理作用，忍一忍也就过去了，可是越忍越不对劲。E 先生终于还是没忍住，想着得问清楚这大妈到底是何许人也，可说出口的却是。"我说，大妈，您慢些吃，多少给我留点。"

大妈莫明其妙地看了 E 先生一眼。其他四位这会倒是反应过来了，差点笑岔了气。B 先生边笑边说，"我说，大哥，真有你的，这么舍不得，就别点啊。充什么有钱人!"

"你……你……" E 先生气得说不出话来。

"你什么你。大妈，赶紧吃，别给这小子留。呵呵……"A先生接着说。

正笑着，"五朵百合"的手机陆续响起来，此起彼伏。每人均收到如下短信：各位先生，很抱歉，MM有事脱不了身，来者是我的妈咪，请各位善待。我会听从妈咪意见，从你们中选出一位做我男朋友，谢谢！

"不好意思，伯母，你请吃，多吃点。我刚才……呵呵，这鲍鱼是所有菜里最贵的，营养特别好……"E先生反应最快。

"是伯母啊，快尝尝我的这只菜，我吃遍了所有的菜系，独喜这一只，可真是百吃不厌啊。"A先生跟得快。

"还有我的，这个小点心特别有意思，不仅外形好看，吃起来那个味，能甜到心里……"C先生也不甘落后。

"你们就知道让伯母吃。伯母，先喝口汤吧，小心别噎着。这汤特补……"D先生马上接腔。

"五朵百合"竭尽所能，使出浑身解数，目的只有一个讨得百合MM妈咪的欢心。大妈吃得稀里哗啦、杯盘狼藉，五位仁兄倒是一筷子都没吃完整。餐毕，大妈抹抹嘴、拍拍肚子，一副舒心的样子。"妈呀，撑死我了，真是天上掉下个林妹妹。"一语惊四座。"五朵百合"心下犯起了嘀咕：这百合MM怎么有这样一个妈？

"呵呵，吃饱了就好。伯母您真是个幽默的人。"B先生先打了圆场。

"是，是，只有像伯母这样有水平的人，才会养出这么有水平的女儿。"E先生赶紧拍马。

"我就两儿子，哪来女……女儿是不错，怪会疼人的。我那女儿啊，不吹牛，那个，嗨，水灵得，真是人见人爱。"大妈差点说漏了嘴，想起陌生女孩千叮咛万嘱咐说千万别说话，赶紧改口，总算是补救及时。

"五朵百合"倒也没觉出有什么不对劲，反而对百合 MM 更感兴趣，争着想知道关于 MM 的事。大妈这会学聪明了，言多必失，干脆来个不说话，弄得"五朵百合"心痒痒。

"不行，我得走了。我还有事呢。"大妈受不了"五朵百合"的狂轰滥炸，决定先闪。

"走，怎么行？伯母，时候还早，我带您去逛逛，顺便给您买点东西。"E 先生显然最会打小算盘。

"是啊，走，我们一起去，给您老买点东西，表表心意。"其他四位几乎是异口同声。大妈是被"五朵百合"胁持去的商业大厦，给买衣服的、买鞋的、买包的……

"五朵百合"那个热乎劲，争着替大妈买单。一趟逛下来，大妈立即焕然一新。

大妈莫明其妙白吃了一顿好饭，又莫明其妙白得了那么多东西，就有些晕，分不清东南西北了。

"大妈，还想去哪逛逛，尽管跟我说。"E 先生无时无刻不忘献殷勤。

"对，对，现在时候也不早了，干脆一道吃晚饭去。"B 先生赶紧附和。

"不了，不了，麻烦你们一天了。我还得回家给孩子们做饭去。"

"那……那……我送您回家。"A 先生这回倒是没慢半拍。

"不行，为什么要你送？"E先生马上表示反对。谁不知道这一送可是好处多多：知道了百合MM家的地址，那可是搞定MM的最佳捷径；一路上使使劲、套套近乎，岂不是能加深大妈对自己的良好印象，搞定岳母大人也是搞定MM的必由之路；要是运气好，大妈一高兴就让自己进了MM家的门，第一机会亲密接触，那成功率是成倍翻啊。

于是就送大妈回家这个问题上，"五朵百合"闹翻了天，谁也不肯让步，谁都想单独进行这桩好事。吵了半天，还是没一个结果，大妈已经等得不耐烦，想走又走不了，不走又不行。

大妈同样左右为难，心想这让谁送都没法交待，要是让他们知道我不是那什么女孩的妈，我这白吃白拿的，真得是要吃不了兜着走。可怎么办呢？看着"五朵百合"争得面红耳赤的样子，大妈的心里别提有多紧张，实在是后悔不该占这些小便宜。

"五朵百合"闹归闹，仍时刻关注大妈的表情，深怕一不小心得罪了，一切努力都将付之东流。此时大伙都发现大妈神色起了变化，原本晴朗的天此刻有些乌云密布，看来是让大妈久等不高兴了。于是"五朵百合"中的D先生想出一辙，"这样争也不是办法，谁都有理。这样吧，我们来手心与手背，赢者负责送伯母回家。各位看怎么样？"

"还能怎么样，就交给运气吧，愿赌服输。"C先生表示同意。其他三位也想不出更好的办法，也都同意了。于是乎"五朵百合"围在一起，开始赌输赢。

从他们一行出得酒店，谢丽便尾随其后，深怕大妈一不小心出状况。刚才见他们为送大妈回家这事吵架，谢丽也非常紧张，不管是谁送都会出问题。现在"五朵百合"已转移注意力，正好。可大妈好像还没闪的意思。这个大妈还傻愣着干嘛，谢丽心想。想着，就偷偷现身将大妈拉到了一个无人处，大妈一脸惊愕，还以为自己遭人绑架。刚想喊，谢丽忙捂上了大妈的嘴，"是我，你喊什么喊，不要命了。"

"哈哈，是你啊，太好了，太好了。我这白吃白拿总算没事了。"

"以后小心点，趁他们还没注意到你，赶紧走。要是他们找上来，要走就走不了了。"

"好，那我先走。"大妈头也不回立即消失在了某个街角，谢丽跟着也回了阳光豪华大酒店。

<h1 style="text-align:center">7</h1>

此时，冯双儿正坐在阳光豪华大酒店的大堂里。

冯双儿轻轻把玩着手中的五朵百合。

"嗨，双儿，我回来了。"谢丽一进大堂就忘乎所以地朝冯双儿喊。

"一切 OK？"冯双儿也朝谢丽喊。谢丽做了个成功的手势，一脸灿烂的笑。冯双儿也忍不住笑起来。"快过来，坐。"谢丽在冯双儿的身边坐下来。"咦，你手里的百合哪来的？"

"那五个大白痴留下的。"

"哈哈，真过瘾！"谢丽陷进沙发里伸了个懒腰。

"由冯双儿导演，谢丽策划的情景闹剧顺利落幕，耶……"冯双儿扮了个滑稽的鬼脸。

"唉，累死我了，吓死我了。"谢丽说。

"嗯？"

"你倒好，坐在这里遥控指挥，哪像我，又要找群众演员，又要监督他们演戏。差点就要演砸了，还好我机灵，让大妈成功闪人。"谢丽自夸。

"好，好，我们的功臣，待会一定好好犒劳你。但你把我说糊涂了，快告诉我怎么回事？"

"好咧，咱先说这大妈吧。戏开演了，可大妈还没到位，正愁找谁来演呢？就遇到一捡垃圾的大妈，人倒也清爽、秀气。你也知道救场如救火。我就灵机一动，干嘛不让这位大妈帮咱客串一下。于是乎跟大妈这么一说，她听说有白吃，很爽快就答应了。"

"不会吧，你让一捡垃圾的来演我妈，亏你想得出。"冯双儿故意装出一副生气的模样。

"谁跟谁啊，你妈？人家还以为是我妈呢，我都无所谓，你生哪门子气。"

"哈，是……是你妈，我差点忘了，人家视频的可是你这位大美女。"冯双儿忍不住爆笑。谢丽瞪一眼冯双儿，"哼，亏你还笑得出。要不是我，看你怎么收场。"

"好，我不笑，不笑。你继续、继续……"冯双儿捂住肚子拼命忍笑。

"你还别说，我们俩真是天下第一拍档，那帮白痴对我们策划的这位'百合MM'是绝对痴情，对那大妈不要太好喔。又是吃，又是买，估计大妈这一辈子都没享过这份清福，我们呢也算是做了件大善事。"

"是吗？看起来你颇有成就感。"

"那是。还有啊，大妈要走，那帮白痴居然争着想送大妈回家，心里都打什么鼓谁不知道。我心下一想，这不管是谁送都得穿帮，大妈肯定惨。还好，他们居然玩起了手心手背论输赢，我就趁这空当，将大妈拉走了。我猜这会，那帮白痴一定急得跟热锅上蚂蚁似的。大妈弄丢了，可怎么向百合 MM 交待呢？"谢丽故意装出一副急得要哭的样子。

"逗吧，你！这下可把那帮人玩惨了。"

"对了，双儿，你关机了没？要是他们打你电话……"谢丽突然想起来。

"电话卡我早扔了！百合 MM 从此人间蒸发。"

"这下我就放心了。"谢丽长长地舒了口气。

"放心什么啊？小心以后让他们发现你，他们准会把你给撕烂了。"冯双儿故意吓谢丽。

"哦，是吗？MM 我好怕怕喔。"谢丽故意装出一副害怕的样子。两人再次爆笑。

笑了一阵，两人都没再说话。沉默……沉默……空气都有些凝固。

半晌，谢丽定定地看着冯双儿一字一句地说，"双儿，努力了这么久，我们终于实现了那个约定。我真的很高兴，为你而高兴。解气吧？"

"阿丽，我怎么好像一点也高兴不起来。我现在心里就像有一团乱麻，怎么理也理不清。"

"双儿，别多想了，那个绿毛龟不值得你这样。"

"仅仅是因为绿毛龟吗？不是的。阿丽，你永远也不会懂的。算了，我不想再提这些事了。都结束了，我们走吧……"

回家的路上，冯双儿特地去了趟花店买回一朵香水百合。它代表的是那朵曾经被一个男人丢弃在迪亚克咖啡馆门口的悲伤百合，悲伤是因为冯双儿的爱也从此被丢弃，不知何时才能重拾。到家了，冯双儿将六朵娇艳且芳香四溢的百合插进了玻璃花瓶里，精心地洒上水，让它们继续绽放美。

2006 年 1 月 12 日

无　缘

1

如今我仍然待在 A 城，一个美丽的海滨城市。多年来我在这里有了属于自己的家，但不是真正意义上的家，因为这个家除了我没有其他人了。我常想，为何身边的这些女孩没有一个能成为我的妻子。

现在有必要先作一下自我介绍，我是个三十五岁的男人，在繁华的南方都市有生我、养我的家，当然在我还没离开她之前，她还只是一个算不上繁华的地方。家中有处处让着我的姐姐和疼我爱我的父母，他们善良朴实，让我幸福地生活，可以说那是我今生唯一留恋的地方。可是命运安排让我离开了，离开之后去了 A 城。在 A 城我度过了我最好的年华，上大学，开公司，谈恋爱，总之，这个年龄段该经历的我都在经历。混到现在票子、房子、车子早有了，可我总觉得缺少很多东西，心里时常空空的，那种隐藏在热闹下面的无措。我无法找准自己的位置，我不知道自己想要什么或者说已经到了应该要什么的时候了。人一旦失去生活目标，没有肩负的责任，那他活着就成了一件毫无意义的事，再也体会不到其中的乐趣。

如今，对爱情，我变得有些畏首畏尾，时常有朋友给我介绍对象，说我也该有个家了。说是为了我好，没有家就等于没有一切，到后来竟成了社会的需要、社会的责任，好像我不成家，就会碍着别人，就会对不起这个社会似的。结果我还是孑然一身，我辜负了身边所有人的好意，我很抱歉。

2

十八岁考上 A 城大学读冷门的计算机专业，记得当时的我是个意气风发的小子，身体特棒，整天就知道玩，球类、棋类没有一样拿不下的，对爱情知之甚少。不像现在的小年轻，上中学就恋爱成风，不把恋爱当回事，哪像我那个时候，神神秘秘的，还搞不清个所以然。

大一、大二就这么在耍闹中混过去，也不知道好好读书。就在大三上半年，我参加了地区的乒乓球比赛，代表学院参赛的就两个人，她是我的混双搭档。由于比赛临近，我俩没怎么练便匆忙上阵，结果令我始料不及的是我们的配合相当默契。这种默契让我觉得彼此就像相识已久的朋友，我的一个眼神，一个动作，她好像都了然于心，我不得不佩服她不一般的洞察力。比赛结束，她微笑着递给我一瓶矿泉水，我俩就如朋友般随意地沿梯而坐，她没有过多客套，"朋友，大几的？"

"大三。"我答。"你呢？"

"大四，快毕业了。这是我最后一次参加比赛，算是为学校站好最后一班岗。你打得不错，咱们认识一下，我叫思琼。"说着她大方地伸出手，我握了握，"朋友都爱叫我小柯。"

"你打乒乓有人指导吗？虽说不是特别有章法，但还是有一定规律可循，否则我没法和你配合好。"

"你好像对这行颇有研究，我哪有人指导，还不是瞎学瞎打罢了，只是一个喜欢。"

"看来你不笨嘛，有点悟性。至于说到研究那可谈不上，只不过我曾在市乒乓球队待过，略略受了点专门训练。"思琼谦逊。

我似乎受到她和蔼态度的感染，有些放肆（这在当时我是这么认为的），"师傅，你看就收我这个徒弟得了？"

"瞎说什么呢，哪成啊，要不这样，有空我陪你过两招。"口气跟女侠似的。

就这样我们因乒乓结缘。我比较欣赏思琼男孩子似的豪爽，彼此无话不谈，我庆幸有了这样一个知音。可惜好景不长，还在我们大肆讨论异性之间到底有没有真正的友情时，还在我以自己的例子坚决站在正方立场之时，我发现我的底气越来越不足。

那个美丽的身影开始不断地在我的眼前晃荡，日记里、睡梦里也全部都是她，我想我或许已经爱上她。如此一来，我开始动摇，当然这动摇并不来自嘴上而是来自心里，因为我相信当时的我还没有那么大的勇气，在那么多同学面前改变立场，现在想来确实有些虚伪，可那时毕竟年轻，什么事都爱要个面子。

在辗转反侧了好几个晚上之后，在不敢告诉任何人的情况之下，我偷偷摸摸开始实施"计划"。

在校园那条清澈的小河边，在洒满枯叶的寂寞的石椅旁，我向思琼吞吞吐吐地表露心迹。我清楚记得当时我的心跳有多快，绝不亚于百米冲刺后那短暂的一瞬，我也清楚记得我当时的那种紧张，绝不亚于在万人大会上做演讲。

然而在我的表达终于让思琼明白过来之后，她只是用她那柔软而温热的手轻轻地摸摸我涨红的脸，握了握我有些颤抖的手，只留下一句话便转身离去。我不置可否地傻站着，望着她渐行远去的身影，直至消失。

回宿舍的路上，那句话不断地在我耳畔回响，"你是个好男孩，你是个好男孩……"在以后的一个星期里，我一直忐忑不安，我为思琼那句话设计了许多种假设，又一遍遍地推翻。这一个星期我一直处于混沌状态中，脾气也变得异常暴躁，就这样被反反复复地折腾，年轻而健康的身体第一次感到了疲惫。

然而就在一个星期后的周末，思琼来宿舍找我。我们依旧走向那寂寞的石椅，她微笑着说要请我去她家做客，说她的家离学校并不远，穿过一条长长的街就能到。

"真的吗？那我一定会去，只要你请我。"我还故意调侃，"原来你就在家门口上大学啊，真没用。"思琼似乎并不介意我的调侃，她只是一劲地微笑，并再三叮嘱我别忘了时间。一路奔着，我甚至想大叫，下了一个星期的阴雨终于要见彩虹了，我想。过去这么多年，那感觉依然强烈。我乐滋滋地去了思琼家，还不忘带上已经准备了许久的礼物，当然后来我才知道那竟是思琼给我设下的一个美丽圈套。

推开院门，是一个清静而整洁的四合院，房子一侧种了些花卉，大概是有好几个品种吧，有些我都叫不上名，花开得很艳，这家主人定是个爱花的人。

思琼大约是听到脚步声，她快速地从屋里出来，"你来了，快进来，顺便把门带上，今天正好爹妈去吃喜酒，都是年轻人别拘束呵。"听她这么一说我才注意到桌旁还坐着一个跟思琼长得很像的女孩，脸上有着思琼所没有的稚嫩，因为毫无准备，我显得有些尴尬，勉强挤出一丝笑容，我猜想我当时的笑可能比哭还难看，我分明看到了女孩眼里流露出的一丝惊慌，"你是谁？姐，你不是从不把男同学带家来的吗？"女孩向着厨房喊，显然女孩事先并不知道我会来，就像我也不知道这会多出一个不相干的人。

还是我反应及时，"原来你是思琼的妹妹，真想不到她还有你这么个妹妹，她可从来没告诉过我，我这是应邀而来，你不会介意吧。"我下意识地拿出我大男人的本色，女孩有些怀疑地看着我，猜测着我与思琼的关系，接着便溜进厨房。

也不知她跟她姐到底说了什么，估一袋烟的工夫，两人都从厨房里出来，"饭菜都准备妥了，一起坐下来吃吧，我不大会做饭，将就着吃点。"思琼示意我别客气。

三个人就这样围桌而坐，"对了，认识一下吧，她叫思瑶，读大二，打乒乓可比我逊不到哪儿去，以后我不在了，你们可以彼此切磋。"怎么看思琼都像是醉翁之意不在酒。

我忍不住了，"思琼你刚才说你不在了是什么意思，我怎么就听得迷迷糊糊的。"

"你不知道啊，我姐快出国了，手续也办得差不多，等拿到毕业证就走人。"思瑶嘴快。

"你要出国？"我惊诧地差点没把含在嘴里的饭给喷出来。

"你还不知道？姐居然没告诉你？姐你也太过分了吧，你不是说他是你最好的朋友吗？哪有理由这么大的事都不告诉人家的。"

"你现在不是已经告诉他了嘛。"

"思琼，这是怎么回事，你怎么突然就要出国了。"

"哦，我男友在国外一年多，在这之前他已经催我好几次了。今天请你来我家，主要是向你道别的，真的有些舍不得离开你们，以后可能再也没有机会和你打乒乓了，不过我会一直记住这里的一切。我妹也是个乒乓迷，以后你就多陪她玩玩，我就把她托付给你了。"话语里竟流露出诸多不舍。

"姐，你别说了，说得人心里怪难受，我都想哭了，闹得跟生离死别似的，我们又不是再也不见面了。"思瑶半带哭腔半埋怨。

我再也坐不住了，原来现实和我的想象完全不同，我一时变得有些恍惚，心里似有千层浪在翻滚。当时我的脑海里充满了快些离开这个鬼地方的念头，便不管不顾地向门外冲去，现在想来确实有些不够沉稳。

思琼大叫着追出来，"等等我，小柯，我还有话要说。"

我站住了，"我们已经无话可说，你走吧，让我一个人静静。"说完我继续往前走，突然被口袋里的硬物撞击了一下，掏出来是那件包装精美的礼物，想了想还是掉头向思琼走去。她仍站在原地，眼里含着晶莹的泪水，我竟有些慌乱。走近她，将礼物塞到她的手里，然后一声不响地转身离去，"你给我站住，你这算什么意思，天下有你这样的朋友吗？我有什么错，你告诉我，你凭什么这样对我。"思琼显然被激怒，语气有些生硬。

我愣了愣，也有些愤怒地说，"你没错，你会有什么错，你没必要装出一副委屈的样子。错在我，是我不该认识你，更不该惹你，这总行了吧。"

"小柯，你太过分了，我并没有答应你什么。是，我是有男友了，可你什么时候问过我，你又了解我多少。"

"那你为什么说喜欢和我在一起，为什么要那么说。"

"是，我是说过这样的话，因为你确实是个好男孩，可我只是把你当弟弟，要不我怎么会把我的宝贝妹妹介绍给你呢？我还不是在替你们着想？我了解你们，我觉得思瑶她更适合你，你为什么就不愿去了解我的良苦用心？为什么你就不愿接受我的好意……"

"别说了，我谢谢你的所谓好意，我受不起，也不想受。我不是一样物品，可以随便转送他人。我给你那东西希望你能留着，如果你觉得没必要就把它扔了，我不会在乎的。"

"小柯，你别走，听我把话说完好吗？我不会把它扔了的，我会珍藏，因为它是你留给我唯一的东西。至于小妹的事，我还是希望你能考虑考虑，她真的很优秀，和你一样优秀，我希望你能成为我的妹夫。即使不能，我还是希望你能替我照顾她，这样我才能放心地离开，就算是我求你的第一件也是最后一件事好吗？答应我。"思琼的表达越来越困难，不回头我也能知道她的泪水已经开始泛滥，同样我内心深处的那份柔情也开始泛滥，一发而不可收。

"思琼，你别这样，我最受不了女人眼泪。你放心，我会好好照顾思瑶的，作为男人，我没你想得那么小气。在即将离别的时候，我还是要深深祝福你：幸福、安康、美满。"

3

一切又复归平静，没有人知道那段日子我怎么突然变得慵懒，整天无精打采，朋友们都以为我病了，劝我去看医生。我总是摇头，不再搭理他们。那群天天围着我转的铁哥儿们也跟掉了魂，瞎猫般乱窜，猜测着我变化的来源，猜来猜去最后大家都得出了同样的结论：那就是我失恋了。

结论虽是出来了，可根源终归还是没找到，哥们总有些不甘心，到处乱嗅，到处乱咬，只要哪个女同学和我多说一句话，他们就会没来由地死盯着不放，到后来只要是女性都躲得我远远的，好像我身上有刺。更让人气愤的事还在后头，我那帮哥们见我无动于衷，更来劲，整天跟群特务似的，连我上趟 WC 他们都不肯放过，好像他们越是那样我越要搞地下活动，越不能让他们知道。

我发现我突然间失去了人身自由，有时静下来仔细想想，觉得还真没什么劲，不光我没劲，我那帮哥们又何尝有劲，他们还不是没事找事，琢磨着这样下去总是不行的，以后我岂不是连个奋斗目标都找不到了吗？如果真是那样，那远在大洋彼岸的她岂不得小瞧了我，再说我又没欠谁，我干嘛非活得这样窝囊，思前想后都觉得这是自我折腾。

决心一旦下了，就必须付诸实施，这就是我的个性。我搞不清楚这个性是好是坏，反正在以后的岁月里，我因为它而成功过，也因为它而输得很惨。

　　我打算换个活法后，哥们居然还跟我提意见，"我说小柯，你这人怎么回事，怎么说变就变啊，跟个变色龙似的。你说以后哥们还怎么跟你混，咱这么做还不都是为你好，到头来怎么就成了一场空。"

　　唉，做人有时就这么无奈，这也不对那也不是，要大家都高兴可不是件易事。

　　上文正说到我还身负一项重任，那就是受思琼委托帮她照顾小妹，她这小妹也确实是个乖巧的好女孩，跟她姐很像，就是比她姐更温柔些。自打那次认识后，思瑶便常来看我，顺便给我带些吃的，然后就要我陪她打乒乓，聊聊天，逛逛校园，总之她总会在我特别无聊或是特别烦闷的时候出现，她只要一来，准能让我开心。

　　到后来我就特别盼望她来看我，哪怕是路过见个面，我也会觉得很满足，我想也许这就叫日久生情吧。再者主要是思瑶很会顾及我的面子，特别能迎合我大男子的虚荣心，好在我能控制好那个度。思瑶如此，我想或许是因为我比她年长，又或许是因为我曾是她姐的朋友，反正我越来越觉得思琼像个预言家，她离别时说的那些话，那些被认为是伤害了我的话竟成了事实，思瑶终成了我的女友。这个思琼，她永远都是我无法释怀的痛。

　　当然这肯定是需要个过程，早先思瑶来找我，我总是一副不冷不热、不温不火的态度，究其原因不是因为我讨厌她，而是我那狭隘的心灵里有个怎么也不愿解开的疙瘩，这疙瘩是她姐给我的，向来自以为立场坚定的我根本不会这么快认输。然而不久以后，我心中的那层硬生生被编织起来的隔膜却在思瑶深深的小酒窝里融化了。思瑶特别爱笑，笑起来又甜，这都归结为她有两个深深的小酒窝。按我的话说，这会让她看起来更显妩媚，使她的面部表情更显生动，此后我便喜欢叫她小酒窝。

一日，我俩各自靠在一棵树上对视，谁也没有说话，突然我特别想知道一些事。我就问："小酒窝，我以前那样对你，你会怪我吗？"思瑶认真地摇摇头，我又问："那你真的爱我？"思瑶又认真地点点头。

"嗯……那这是你自己的意思还是你姐的？"我犹豫了下，思瑶急了，"你什么意思嘛，这是我自己的事，跟我姐有什么关系，你不会还想着她吧。"

"不，我不是这个意思，我只是觉得你认识我不久，怎么会从一开始就认定我了呢？"话说得有些勉强。

"其实早在你来我家前的几个月，我就认识你。姐跟我关系一直很亲密，我挺崇拜我姐的，她身上有好多女孩子所不具备的优点，有事我总爱找她。那时她常会提起你，兴致来了还会给我模仿一段，常会把我逗乐。我就想你真是个可爱的人，就是不知道长啥样，虽然我也听姐描述过你，可终究没见过。那天你来我家，事先姐并没有告诉我，只是嘱咐我一定得回趟家，直至见到你，我的第一感觉就是，你一定是他。"

"这么说你心里早有了一个'他'。"我嘻皮笑脸地说。

"美得你，不害臊。"思瑶又留给我一个甜甜的笑。

思瑶的真，思瑶的纯，她笑起来上翘的唇都会给我一种清新的感觉，在一起的日子是快乐的。

大四下半年，忙考试，忙毕业论文，忙实习，和思瑶见面的时间日稀。一日，思瑶来找我，心事重重的样子，我说："瑶，你怎么了？"

"快毕业了，你会留下来吗？学校有可能把你分配在这里工作吗？"这是大四之后就开始困扰我的问题，可我一直都不想去面对它，我知道按规定留在 A 城的可能性几乎为零。

"瑶，这事还早，毕业生分配工作学校才刚开始，结果还得等通知，要不这样咱们来个约定。"我安慰思瑶。

"约定？什么约定。"

"这样吧，这一段我也挺忙，从现在开始我们谁也别见谁，等通知下来，如果我能留，我就去学校找你……"

"那万一要是留不下来呢，我们该怎么办？"思瑶急切打断我的话。

"要是不成，我就不来找你，你忘了我，重新开始。"我故作严肃，看得出思瑶很难受，她有些不知所措。"所以你决定让我们现在就分开，给彼此一个适应过程。好吧，我答应你，我会记住这个'美丽'约定。"

我也一样难受，分离对任何人来说都是一种不得已的痛苦选择，我酸涩地目送思瑶离去。走了几步，思瑶又折回来，"忘了把礼物送给你，闭上眼睛好吗？"我听话地闭上眼睛，一个亲吻留在了我滚烫的脸颊上。

"这是我最后一次送礼物，但愿它并不是最后的，如果是，你千万要收好。"思瑶加重了"最后"两个字的读音，一股酸涩再次涌上心头。我狠命地点了点头，背过身大踏步地向教室方向走去，我不想让思瑶看到我的软弱，一路上我就一直念叨着："但愿，但是……"

毕业后我被分回了老家。

临别前夜，我无法入眠。去还是留呢? 去，我将会待在亲人身边，安份守已地过完下半辈子，一份安定的还算不错的工作，再按部就班为父母娶回一个儿媳妇，大不了再生一个胖小子，一切都成为了顺理成章。我在思考我是否真能安于现状，这就是我的个性? 我问自己，答案是不甘心。

匆匆回了老家，见了我的亲人，他们的喜悦之情溢于言表，看到父母都还不错的身体，姐姐一家和睦的生活，我放下了心。瞒着家人，我辞去工作，不告而别，因为我怕见爸的难舍和妈的眼泪。

回到 A 城，我马上着手开我的第一家电脑公司。当时电脑公司几乎没有，不像现在遍地开花。我用相当可怜的一点资金起动并维持着这只有我一人的小公司，那份艰辛可想而知。我奔波于大街小巷，结识着形形色色的人，疲惫感整日整夜地包围着我。

在这身心俱疲的状态中，我没有再去找过思瑶，尽管我们近在咫尺。一直到现在我还是无法理解我当时的举动，即便相信我们彼此相爱，相信思瑶肯定在盼望着我的出现，然而我还是未去履行我俩的约定。

4

　　一年后，公司开始走上正轨，我的麾下已经有了好几个伙计，也有了较为固定的客户。不久后我大学时的一个铁哥们也跟着入了伙，这一来公司的实力渐趋雄厚，我已经不满足于小范围的打打闹闹，甚至不甘心再打几个擦边球，我需要拓宽我的进货和销售渠道。

　　我开始奔波于各大城市，在空中不停地飞，寻找着不同的着陆点，功夫不负有心人，我成了深圳等几个地区的电脑总经销商。在事业取得长足进展的同时，经朋友介绍，我认识了小冰，一个事业心很强，能说会道的女孩。巧的是我俩就读的竟是同一所大学同一个系，只是她比我低两届，算起来我该叫她师妹。

　　师妹在一个事业单位工作，据说还挺受领导器重，想来她定是个极有工作能力又很会做人的人。我和师妹的感情发展得相当顺利，波澜不惊，跟大多数恋人一样，我们也时常吵吵小架，闹闹别扭，但都能很快过去。

　　她一直很支持我的工作，看得出聚少离多常会使她黯然神伤，但从未对我明说过，而且她珍惜每次见面，因为待到下次再见时，她总能把上次见面的某些情节一丝不差地再现出来。在我每次出差前，她都会为我备这备那，叮嘱我要注意身体，路上要小心，享受着她的这份浓浓关怀，不禁更坚定了我的选择。

　　对我而言，我欠她的实在太多，因为我无法放弃我的事业，也就无法给予她更多的关怀与安定的生活，剩下的除了物质上的富足，我还能给她什么？然而像小冰这样自立能力很强的女孩，物质上的享受是远远不够的，她所追求的还是精神上的富足，也许这也正是我迷失的真正原因。

我们就这样相处了一年多，我依旧频繁出差，频繁爽约，频繁地忘记不该忘记的日子。

8月18号，这个充满了吉利数字的日子是小冰的生日。在这之前，小冰曾恳求我把这一天都留给她，一天对一个人来说本不是什么奢望。可就是这一天，我都没有做到，因为深圳那边正好出了点事，我急急地赶了去，连招呼都没来得及打。那天办完事我打了个长途给小冰，"小冰，很抱歉，我现在在深圳，今天是回不去了，你的生日要不我改天给你补上，生日礼物我从这边给你带来。"

"哦，算了，忙你的吧。给我过不过生日也没什么，你还是多注意点自己，再过两个月就是你的生日了，到时咱们再补上。"尽力伪装的小冰还是让我感觉到了她的失望与无奈。

转眼两个月过去了，在深圳的酒店里，一帮朋友给我过生日。那天大家都很高兴，刚做成了一笔大买卖，又遇上我的生日，哥们就说要好好庆祝。就在我们这帮人大肆海吃狂聊时，我的手机响了，耳边传来小冰的声音，"小柯，你在哪儿？今天是你的生日，我们说好要一起过的。"

"我……我在深圳……办事，我……我一定赶在明天回来，好吗？"话筒里半晌没声音，我急了："小冰，是我不对，你就再原谅我一回吧。"渐渐我听到了时断时续的哭音，"小冰，你别哭，我马上回来还不行吗？"

"不用了，小柯，认识你也许是个错误，咱们分手吧。"我傻了，当时愣没回过神来，等我回过神来，电话早就断了。我一声不吭地回到座位上，拿起外套走人，扔下了所有为我庆祝的人。哥们许是见我一脸的灰色，也没敢吱声，少了主角的戏怕是没法唱了。

随便找了家 KTV，将自己关在包厢里，不让任何人打扰。一遍遍反复唱张宇的那首《雨一直下》。这是一首旋律抒情，基调忧伤的情歌，它曾深深地打动过我，而它却是如此的贴近我的心情，此时此刻我的心不也一样在下着雨吗？

端起酒杯，我强迫自己一杯一杯地喝下去，试图麻醉我脆弱的神经，混乱的大脑。酒水夹杂着泪水，顺着面颊滑落，沾湿了我大半块衣襟。那晚我喝得烂醉，喝了吐，吐了喝，喝了再吐，包厢里酒气冲天，污秽满地，被我给糟踏得丢失了往日的颜色。电视画面在我的视线里渐显出叠影来，接着便模糊一片，我想我大约是晕过去了。

不知过了多久，觉得有人在狠命推我，"先生，先生，你快醒醒，我们要打烊了，你也该回家了。"我费力地睁开眼，摇晃着从沙发上艰难起身，"回家，回什么家，我家……我家在哪里呢？"我呓语着，不想让桌角给绊了一下，突然失去重心的我被重重地摔在了地上，服务生显然是没料到，她急切地问道："先生，你没事吧，我扶你。"我将她推开，"走开，我好着呢，我才不稀罕你们这种假惺惺的关怀。"

跌跌撞撞出了 KTV，打的回了宾馆，一进门我就迫不及待地倒在了床上，沉沉睡去。睡梦里，面前突然跳出一串人物来，我瞪大眼睛试图看清她们。

一头活泼短发，一身运动装，浑身上下散发着青春的活力，"思琼，是你吗？"我叫道，思琼快步向我走来，突然她改变了方向，朝另一个男人走去。我努力想看清他的样子，却是带着面具的一张脸。接着我又看见了一个女孩，深深地小酒窝，甜甜地微笑着，离我越来越近，就在我触手可及的地方，她突然腾空而起，像仙女般飞向天边。之后我又看见了一个人，她低着头，缓缓靠近，不用看我也能感觉到她是谁，"小冰，回到我身边来吧，你会是我今生最佳的选择。"小冰无语，她静静地站在我面前，眼睛却看向别处，我想将她揽入怀中，然而就在我要触碰到她的那一刻，她倏忽不见了，如一缕青烟，我大叫："小冰，你别走，你在哪儿？"从梦中惊醒，我的大脑开始恢复正常，甚至比任何时候都要清醒，擦擦额上的汗，我自语：原来是场梦，破碎的梦。

　　凌晨3点，我干脆不睡了，反正也睡不着，便斜靠在床上。想我以前走过的路，我有令人羡慕的事业，可此外我还有什么？什么也没有，一个个我爱的和爱我的女孩都离我远去，感情生活的失败算是够彻底的了。我不得不自嘲，尤其是小冰，那个我自以为迟早会成为我妻子的女孩。

　　我俩虽然没有海誓山盟，没有海枯石烂，更没有刻骨铭心，但我们都是以平常心来对待，因为这平常心我们的爱情才更显可贵。我甚至想过有一天我会搂着我幸福的新娘小冰踏上那圣洁的红地毯，新娘甜美地微笑着，留下我俩珍贵的合影。分手是我始料不及的，我没有任何心理准备，因而也就极易超越我的心理承受力。我变得茫然而不知所措，我不知道今后的路该怎么走，不知道该如何去处理我的感情问题，不知道……我发现其实我很傻也很无知，当我明白这一点的时候，我的自信也被无情地摧毁，痛苦涌满了我的心房。

再次醒来已是中午时分，错过今天唯一的一趟航班，我反而觉得无比的轻松。午餐随便对付过去后，我给公司挂了个电话，"阿华，我暂时不回了，有事我会打电话。"

"哥们，太阳打西边出来了，你还要上哪？这边可有一大堆烂事等你处理，客户跑了别找我。"

"你别管我去哪儿，那边你先对付着，该回来时我自会回来，别忘了公司也有你一份。"

5

深圳机场，我提着行李漫无目地地来回踱着，何去何从呢？还是把命运交给下一趟航班吧，打定主意，我飞往了一个陌生的城市——B城。

那是一个不大胆却鱼龙混杂的集散地，因为地处交通枢纽，南来北往的人很多，当然少不了藏污纳垢之所，少不了累累劣迹之人。在僻静处找了间出租房，先安顿下来，此后我便过起了我从来没想过也不敢想的生活。在灯红酒绿中，纸醉金迷中，我忘了自己是谁，忘了朋友亲人，我陷入了一种畸形的生活状态里，不能自拔。

在渐渐远离我原有生活轨道的同时，我也犯下了一个令我抱憾终身的错误，它成了我清白人生的一个永远无法抹去的污点。

昼伏夜出是我在B城的全部生活内容。酒吧、夜总会成了我挥霍生命、挥霍金钱的地方，为此我认识了很多从事皮肉生意的女人，奇怪的是我竟能和她们打得火热，以前我最不屑的就是这类女人。在我眼里她们甚至不如一条狗，因为狗还认主人呢，而她们只认钱。如今我居然堕落得成天与她们为伍，直至后来我不得不感叹人生的蜕变竟可以是如此的容易，不需要过程，也不需要原因。

在 B 城的那堆女人里，我更喜欢一个叫芳芳的女人，她年龄不大，却已是老江湖了。她的经历会令所有还有点同情心的人落泪，当然我无从知道这是她用来骗取怜悯的手段还是确有其事，反正我也并不关心这个。在 B 城我也没什么可关心的，我只知道在她身上大把大把的花着我苦心经营攒来的钱，芳芳还算听话，自从跟了我之后，应酬渐稀。她总说，你看我把他们都推了，我可都是为了你，我当然知道这多少有点做戏的成分，可笑的是我却为她坐了牢。

那天是我这辈子最倒霉的日子，我被当地法院以故意伤害罪判处有期徒刑四年零两个月。

在黑暗、冰冷的牢房里，到处都透着刺骨的寒意，我的心就像被储存在冰箱里冻裂了，鲜血汩汩往外流，怎么止也止不住，我想我大约是个快死的人了。望着从高墙铁窗透出的一丝阳光，我才真正体会到了自由的可贵。我刚进来不久，芳芳来看过我，后来就再也没来过，虽然我知道这样的女人不可信，但我还是希望她能来，毕竟我是因为她才……

在我重新回忆了事情的经过之后，我得出了"不值"的结论。这样一来，我发现我已无脸再见我的亲人朋友，我失去了活下去的理由。然而几次自杀都以失败告终，我唯一能做的就只有使自己消沉下去，永远的消沉。如今事情的经过我虽历历在目，可我却早已失去了告诉大家的勇气，不提也罢。

在死气沉沉的牢狱生活过了一年之后，我被告知有人要见我，我懒懒地坐在原地一动不动，想狱警定是弄错了，没有人知道我在这儿，也不会有人愿意关心我在哪儿。朋友亲人失去联系近三年，在这三年里，我只跟阿华通过一次电话告诉他我在B城，过得很好。只希望他能打理好公司事务，至于我在干什么，何时回去，待到阿华想问时我已收了线。所以说我在这边过着怎样的生活也就无人能知了。

狱警见我不动，"听见没有？叫你呢？快起来，别在这儿磨磨蹭蹭的。"来到见客室，我的惊讶无以言表，站在我面前的不是别人，竟是多年来我们再也没有联系过的思瑶。思瑶含着泪直直地看着我，像看一个从未谋面的生人。她走近我，那样子似曾相识，我的梦，那破碎的梦中场景在多年后的今天竟然重现眼前。我有些发痴，好像一切又回到过去。"小柯，你瘦多了，监狱生活还行吧？"

"你走吧，我没脸见你，我在这儿很好。"

"别这样小柯，我好不容易打听到你，好不容易见到你，你就让我这样回去？"思瑶的话带着颤音。

"我奇怪你怎么知道我在这儿，我好像没告诉过任何人。"

"说来话长，这事我以后再告诉你。有关你的事断断续续地也听阿华说了些，可我还是不明白，好端端的你怎么就突然离开了A城，怎么就成了今天这个样子了呢？"

"这是命，该是你的你怎么也逃不掉，不该是你的你想得也得不到。"

"不，你不该信命，它只是给你的失误找一个借口，它不仅帮不了你，还会害你。你不是一直都是个无神论者吗？这不是你的真心话对吗？"

"别说我了，这么多年你过得好吗？"

"我……"思瑶顿了顿，像是在回忆，"就在你毕业那年长长的暑期里，我一刻也没离开过家，天天都趴在窗子上等待着你的到来。我怕你来时我不在，让你失望。我多么渴望你能来，告诉我你决定留下来，只因为我，那段日子里我的字典里就只有等待这两个字。然而随着暑期的结束，我越来越焦虑，希望等成了绝望。我以为你早不在 A 城，毕业不久经人介绍认识了我现在的丈夫，他对我很好，我们的家庭生活也一直很美满，还有个可爱的儿子，这就是我的生活，很平淡，但我却很珍惜。可你，可你为什么留在了 A 城却不来找我，难道你忘了我们那个美丽的约定了吗？"

"我不知道，我不知道，我真的不知道，别逼我。"我痛苦地将手指深深插入发端，半晌我抬起头显出激动过后的平静，"思瑶，如果说我曾经后悔没有去兑现那个约定，那么现在我一点也不后悔了，因为我看到了你正幸福的生活，这是我一直都非常希望看到的。而我，一个个性太强，自以为是，骨子里充斥着不安份的男人怎么配做你的情人，你的丈夫。你走吧，以后也别再来了，我不值得你这么做，这次感谢你来看我。"我打算回我的牢房。

"等等，让我把话说完。我不会再追究过去的事，至于你，我希望你能坚强，重新振作起来，过去我欣赏的就是你不肯服输的性格，你不要以为大伙都把你忘了，他们想你、关心你，需要你，此外 A 城也还有你的事业……其他的话我也不想多说了，我知道你都懂，好好保重，有空我还会来看你，这是我的权利。"

在以后的三年时间里，思瑶几乎雷打不动地坚持每个月来看我，每次来她都会捎点东西给我。大学时她也是这样，可是同样的情景却发生在不同的时间、不同的地方，思瑶已经不再是那个听话的小女生了，而我却是个身陷牢狱的犯人，一个社会渣子，与那个校园里阳光大男孩简直不可同日而语。

这就是我吗？我常想，我怎么就成了今天这个样子了呢？思瑶的到来让我重新燃起了生的希望，我开始比任何时候都渴望自由，比任何时候都渴望回到亲人和朋友的身边。思瑶也不再劝我，只是给我讲些外面发生的新闻、趣谈，她的丈夫、孩子以及我的公司、我的哥们的近况。这样一来，思瑶就成了我与外界沟通的唯一桥梁，她让我这个没有自由却不甘寂寞的人也有了感受发展气息的可能。

可以说对思瑶，我的感情是复杂的，我实在无法用恰如其分的词来概括，我只知道我已经不由自主地背负起了我一辈子也无法偿还的情债。

6

由于表现出色，我被提前释放。

当我怀着极为复杂的心情踏上 A 城这片热土时，我心潮澎湃，眼眶里忍不住有泪珠滚动。思瑶、阿华还有我的几个老同事都在机场迎接我，看到他们，我似有满腹话要对他们说，满腹心事要对他们倾诉，满腹愧疚要对他们吐露。

阿华上前一把将我搂住，我狠狠地在他的肩上捶了几下，我那满腹想说却不知从何说起的话就通过这个动作传递给了阿华以及身边的人，"什么都不用说了，回来就好，你可把哥们给想苦了，一个人在外不好过吧，听说你要回来，公司那帮人天天都在念叨你，他们还指望你带他们走上致富之路呢。"阿华故作轻松地说。

我重重地点了点头，"辛苦了，哥们，谢谢，谢谢。"除此之外，我真不知自己还能说些什么。接着老同事都一一和我握了手。他们说，你总算回来了，总算还没有忘了我们，我们盼望公司还能像过去那样蒸蒸日上，飞黄腾达，虽然现在公司的人能走的几乎都走了，只是我们舍不得，舍不得看着好不容易办起来的公司就这么垮了。我无言以对，因为我的自私连累了所有相信我的好兄弟，说什么都已是多余的。我唯有努力地做出成绩才是对他们最好的感谢与回报。一旁的思瑶一直未语，只是微笑地看着我，我轻轻地将她揽入怀里，"小酒窝，你还是那么年轻，笑起来还是那么甜。"

"怎么可能，我已经是一个四岁男孩的母亲了。"

"在我眼里，你永远都不会变。"

在重新折回我原有的人生轨迹之后，我变得更加的繁忙，因为我承受着太大的压力，寄托着太多人的希望。加之电脑公司也如雨后春笋般往外冒，行业的竞争越演越热烈，甚至到了白热化的程度，我原来的公司也因为经营不善已经站在了风飘摇的边缘。

为了解决这些问题，我几乎拼上我所有的心血、耐心和胆略，我一刻不停地守在公司里，以公司为家，一日三餐总是将就着打发，不是随便买个盒饭吃就是泡碗方便面。思瑶心疼我，十天半月的便要叫我去她家吃饭，说是我得补补身子，她会特地去菜市场买回一堆菜，然后给我做我爱吃的。她常说，再好的身体也有出问题的时候，没有本钱你哪能革命，往往在这个时候我都会装出一副傻样，听她的数落与唠叨，因为我幸福，幸福在于总有朋友在时刻关心、爱护着你。

　　因为常去思瑶家，渐渐和她的家人混熟了。思瑶的丈夫是个极大度的人，也很好相处，我们似乎也比较投缘。照理说，和妻子的前男友在一块总会有些不舒服，多少也会觉得别扭，可是安子并不这样认为，他常对我说即便我的妻子在婚前怎么爱着那人，但她没有选择他自然有她的理由，而她最终选择了我说明我更适合她。看得出安子无论对自己还是对妻子都相当自信，也正因为他的这份自信，才使我和思瑶的相处显得坦然得多，我相信如果不是像安子这样的男人，我是不可能尝到这种不似亲情胜似亲情的滋味的。

　　和安子闲聊中，我终于解开了思瑶能在 B 城找到我的谜。

　　原来就在思瑶和安子婚后不久，她偶然碰到了阿华，当时阿华是我最铁的哥们，所以思瑶也认识他，两人不约而同地聊起了我，阿华告诉了她有关我的一些事，思瑶才知道我后来还是留在了 A 城，并且有了一家像模像样的电脑公司。

　　就在大约三个月前我突然走了，去了一个他认为陌生的城市——B 城，之后便杳无音讯。这些情况让思瑶很诧异也很担心，她搞不懂我为何不辞而别，这不像是我个性。打那以后，思瑶总闷闷不乐，将自己一个人关在屋里，好在安子是个心细的人，在他的劝慰下，思瑶告诉了实情。安子什么也没说，当时正值公司在 B 城有事要办，安子便请了缨，临走还对思瑶许诺说，一定会替她打听我的下落。

在 B 城办完事，安子本打算去户籍中心看看，却被人拉去了一家夜总会，说来也巧，安子居然碰上了芳芳。芳芳听说安子是 A 城人，对他特别客气，说是因为她有一位好友也是 A 城人，为了她还坐了牢，当时安子就多了个心眼，忙问她有关那人的情况，还拿出我的照片让她认。结果她一看照片就说认识认识，就是他，还问安子我是他什么人，安子说是朋友，一直在找他，芳芳就把我监狱的地址告诉了安子。

这一来便出现思瑶来 B 城看我的一幕，想来我还真得好好感谢安子，如果没有他的出力也不知我现在怎么样了。结果你猜安子怎么说，"臭美吧，你以为你是谁，我那可不是为你。"我只得笑言，"不管你是为了谁，怎么说我也是个间接受益者，我得报恩，你不会连我这点权利也要剥夺吧。"

"得了吧你，说得比唱得好听，你只要别把我的思瑶给报恩了去，我就谢天谢地了。"我急了，"大哥，我是那种人吗？你可别把人看扁了。"安子见我那样就只好丢下我一边乐去了。

其他的家庭成员对我也不错，思瑶妈妈像挺喜欢我，总把我当亲儿子看待。每回去了，她都不忘给我准备点东西，说我一个大男人肯定照顾不好自己。有时出趟远门，她也会很自然地叫我开车送她。还有思瑶的宝贝儿子小乖乖，叔叔叔叔地叫得可欢了，当然我是忘不了给这个家伙带玩具的。

7

在我的努力和同事们的帮助下，公司渐有起色，商业运作也开始恢复正常，这当然也是一年之后的事了。

再过几天就是年三十，我本打算回老家过年，离家已近十个年头，也不知爹妈身体可好，姐一家过得可好。一想到我这当儿子当弟弟的，家里唯一的男子汉没有尽到责任，我的心里就一阵阵发酸。

然而我终究没能回去，公司临时出了点事。由于正是货运高峰期，最后一批货在运输途中被耽搁，没法按时送达客户，公司就得赔偿违约金，信誉上还将大打折扣，损失绝对不是一笔小数目，为此我不得不马上赶往存货地点，疏通一切关节，想我能想的所有办法。经过几天的努力，货物终于按时送达，得到这个消息后我激动不已，几天的心血总算没有白费，遗憾的是我也因此失去了回家的机会。

赶回 A 城，已是傍晚时分。机场里没几个人，显得格外冷清，我漫步走出机场，踩在刚下过雪的街面上，发出咯吱咯吱的声音。街灯已经燃起，灯柱的影子淡淡地躺在雪地上，街上寥寥无几的行人匆忙地走着，好像要赶着去某个地方聚会似的，留下一串串黑黑的脚印，就默默地消失了。路过一家酒店，彩灯的光影流泻出来，洒在我的身上，嘈杂的喧闹声不绝于耳，这才想起今天是年三十，有的地方很静，而有的地方却热闹异常。

踏进家门，一股尘土的气息扑面而来，几日无人居住的屋子显得空旷而冰冷。打开窗户，我宁愿让空气中的寒冷去充满它，也比人为感知的寒冷要令我舒服得多，拉亮了全部房间的灯，我依然感觉不到温暖。"叮铃铃"电话铃声响起，我迅速抓起电话，"喂，小柯，你在啊，我还以为你回老家了呢。"

"哦，别提了，本来是要回的，可是公司正好出点事，所以就给耽搁了。"

"幸好给你打个电话，那要不这样，你来我家过年吧，年夜饭都已经备好了。"思瑶喜滋滋的。

"这……这合适吗？你们家过团圆年，我一个外人瞎掺和算是个什么事啊，我就不去了，代我向家人问声新年好。"

"来吧，这有啥呢，大家都挺熟的，刚才妈还问起你呢。喔，我的小乖乖，你也想跟小柯叔叔说两句啊，嗒，给你。"话筒里立时传来了稚嫩的童音，"叔叔，新年快乐。"

"好好好，小乖乖，叔叔也祝你新年快乐。"我呵呵笑着。

"叔叔，家里就你一个人吗？"

"是啊，就叔叔一个人。"

"那你不害怕吗？我最不喜欢一个人待在家里了，叔叔你就来吧，这儿人可多了。"思瑶接过电话，"连我儿子都开口了，你还不肯来啊，你这叔叔是怎么当的。"

无奈于我的孤独，这孤独连一个五岁的小孩都懂，我还能掩饰什么，无奈于思瑶一家的热情，我还能拒绝什么。

思瑶准备了一大桌子的菜，开了一瓶香槟酒，亲自为我们斟满，她举起酒杯，向我们在座的每一位都献上了她最真诚的祝福。我周身的血液开始涌动，幸福的细胞也跟着欢快地跳动，我也一一地向思瑶一家人敬酒。

我感激他们对我所做的一切，我能有脱胎换骨的今天，我能体会到这浓浓的亲情，都是他们给予的。饭后，大家围坐在一起看春节联欢会，评论着节目的优劣，发表着各自的观点，甚至还会为某个细节争论一番，一起笑，一起闹，自然而融洽，我俨然已经成了这个大家庭的一员。

这样的欢乐终究会结束，伴随着零点钟声的敲响，我告辞出来，独自走在回家的路上。我走走停停，抬头遥望那璀璨的夜空，璀璨是因为有满天的星星，璀璨是因为有满天的烟花，看着一朵朵在空中绽放的色彩斑斓的礼花，看着从天边划达的那一道道亮光，我想起了远方的爸爸、妈妈和姐姐。他们现在在干什么呢？他们会不会也像我一样在想着他们远方的儿子与弟弟，我想他们会的，一定会的。我仿佛在礼花中，在亮光中又看到了他们的身影，竟会是那样的清晰。

坐在阳台上，等待着天边第一道曙光的出现，因为我要许下一个愿望，今年一定回老家过年，去看望我那年迈的父母与不再年轻的姐姐。无论我有多忙，我都会回去的，因为我想他们了，特别特别地想，想爸爸已不再挺拔的脊梁，想妈妈苍老而起皱的脸颊，想姐姐一家人的生活。

8

走过了记忆中的十六七个年头，无论是在有爱还是没有爱的日子里，我都在不断地成长、成熟，然而在采摘成熟果实的过程中，我还是走了弯路，犯了傻，付出了终身都无法忘却的代价。

　　在这段岁月里，有欢乐、有激情、有忧伤、有痛苦，有爱，当然也有恨，走到今天我才发现自己竟是个无缘的人，错过了一个个好女孩。听朋友说，小冰自打那次分手之后，就去了遥远的首都，现在已经是一家跨国集团的开发部经理了，也找到了她理想的归宿。而我，却不知道哪里是我的归宿，不知道我何时才能拥有一个真正意义上的家。

2002 年 2 月 28 日

肖小的梦

　　吕倩走进肖小办公室的时候，肖小刚完成她的企划案。"肖小，我突然发现董经理好像对你有点意思。"吕倩说。

　　"别逗了，人家不是早有女朋友了。"

　　"你说的那个丑女人啊，哼，早吹了。"吕倩好像很了解的样子。肖小一直觉得董经理的女朋友挺耐看，有气质，笑起来甜甜的，说起话来柔柔的，仿佛能带出一股子清香。肖小也曾这样对吕倩说过她对上司女朋友的印象，吕倩就乐，你脑子有病吗？说话还能带出香，什么狗屁逻辑。然后吕倩就会很不屑地说，这女人，和董经理早晚没戏。吕倩是很少在话里带脏字，但只要一谈到董世旭女朋友，吕倩就不淑女了。

　　"喂，留点口德吧！你的淑女风范跑哪去了？"肖小打趣。

　　"淑女都装了这么久，可人家愣是没往眼里去，去他妈的淑女吧，本小姐无所谓。"吕倩挥挥手。

　　"嘿，原来你一直暗恋人家董经理，怪不得他什么事你都知道，我还挺纳闷。"

"不是我说你，就你一根筋，整天只知道工作，人家董世旭可是黄金单身汉，好好把握吧你！"

　　……

　　吕倩没头没脑地与肖小说完这些话，夹着文件走了，肖小的心情突然就有些暗淡。

　　深秋的天空经常是淡蓝色的，像冰一般的澄澈，云淡了，风清了，阳光也柔和了。今天是个好天气，肖小在起床的时候对着天空吐出了这样一句话，接着肖小很迅速地洗漱，很迅速地去街边买早点，很迅速地去赶地铁，在地铁里解决完早餐，然后开始一天的工作。

　　心情很明朗，就像这天气，可是吕倩的话却让肖小的心情晴转阴，就像一片浮云轻轻地飘着，飘啊飘，一不小心就遮了太阳的笑脸。把握爱情？我能把握得了？肖小在心里打着问号，回答她的只是一串自嘲的笑。

　　像董世旭这样的大众情人，肖小从来就没想过，她一直觉得像她这样的普通得不能再普通的女人，和董世旭这样的男人是绝缘的。一个没有资本的女人最好离这种男人远些，何况肖小觉得董世旭不够专情，这样的男人让肖小很没有安全感，所以董世旭是否真的对自己有意思，是否打算将她作为他的下一轮女朋友，肖小并不关心，她真正关心的是另一个男人，她的心也早给他留了位置。

　　吕倩提到了董世旭，让肖小又想起了他，那个离自己很远、不知所踪的男人。他一直都在肖小的心里，今天又被肖小像翻晒被子一样的翻出来。肖小的心情才被浮云遮了太阳。

肖小不漂亮。

董世旭很酷。

"肖小,怎么还不去开会?"一个男人突然在这个时候闯了进来,吓了肖小一跳。

"哦,董经理!"肖小反应过来,跌跌撞撞慌乱地从椅子上站起来,膝盖和腰撞在了办公桌上,撞翻了桌角的开水杯,水洒了,洒在了肖小刚准备好的企划案上。肖小惊叫,哎呀,糟了,说着便以最快的速度抽离了那份企划案,但已经来不及,企划案的半本已被水打湿。

董世旭从门背后扯下一块抹布,走到肖小桌边,他扶起水杯,开始擦桌子。肖小忙道,"董经理,我自己来。"然后就与董世旭争夺抹布,就像是一场肉搏战,是关于抹布的,样子挺滑稽。董世旭停下来,"肖小,很抱歉,让你受惊了,我来吧。企划案还能用吗?"

"哦,我再去拉一份,我有拷贝。"肖小说。

"那你快点,这儿我来收拾,会议时间已过五分钟,他们该等急了。"董世旭抬表看一眼时间,很严肃地说。

"瞧我这记性,糟透了,我马上来。"

等到肖小走进会议室,董世旭已经坐在那里。肖小扫一眼会议室的挂钟,十点十分。肖小想:整整迟到了十分钟,这回准得挨批了。肖小小心翼翼地坐到自己位置上,拿眼角瞄一下董世旭的表情,董世旭的脸上没有愤怒,但却很冷峻,出奇的冷峻,肖小的心里就像有一只小鹿,七上八下的。

"现在开始吧。"董世旭说,他并没有当场批评肖小,这让肖小很感激，她的心也慢慢平静下来。会议开得还算成功，肖小的企划案也算正式通过，但是肖小高兴不起来，因为她的迟到使整个会议的气氛显得过于沉重，每个人都变得小心翼翼，最让肖小不开心的是会后董世旭把自己留了下来。

"好的，就到这吧，其他人可以走了。肖小，你留一下。"董世旭说。

肖小刚抬起的半个身子不得不又坐回到原位。

"肖小，请给我迟到的理由。"

"我……我，董经理，对不起，我忘了。"

"拙劣的借口。"

"我是真的忘了，董经理，我保证不会有下一次。"

……

"OK，我希望这是最后一次，但得扣掉你半月月奖。好了，你可以走了。"董世旭停顿半分钟说。

肖小舒了口气，轻快地跑出会议室，的确是跑而不是走，肖小还是头一回跑出会议室，过去她一向是急步走出某个地方，从来不跑。

她稳重、干练。干练，这个词用在肖小身上非常恰当，一头黑色短发，一身淡蓝的职业装，或淡紫，纯白，纯黑，或许还有别的一些颜色或花色，但从不让人觉得鲜亮。肖小通常以这样的打扮出现在同事面前，她甚至很少化妆，除了参加一些重要聚会，见一些重要客人。多数时候或者说肖小心情好的时候，她会打上一层薄薄的粉底，再抹上口红，淡红的那种，跟嘴唇颜色非常接近。

肖小到办公室的时候，吕倩已经坐在她的位置上等她了。

"肖小，没事吧！"吕倩一见到肖小就嚷。

"没事，不过半个月的奖金泡汤了。"

"这董世旭，还真够狠。走，肖小，中饭我请客！咱们去对面新开的'豪客'，听说这家的牛排做得挺够味。"

"算了，我叫份外买就行。企划案还要修改，中午加个班，下班前就可以交差了。"肖小拒绝。

"拜托，人家扣你奖金还这么卖命，真搞不懂你。不去就算，那我先撤，拜！"吕倩朝肖小飞了一个吻，扭着腰走了。肖小朝吕倩的背影笑了一下，开始埋头工作。

肖小来这座城市快三年了，准确地说是两年十一个月零十五天，也就是说再过十五天就是整三年。

肖小从来对数字不感兴趣，尤其对日子不感兴趣，她很少能把日子记得这么清楚。在肖小的记忆里，从小到大，从一岁到二十九岁，好像很快就这么过来了。有的时候她会觉得自己不是在过三百六十五天，她总觉得三百六十五天为什么这么快就没了呢？一年又一年，在不经意间自己已经是个快奔三的人了。三十岁的女孩，怪怪的，肖小想，还是叫三十岁的女人舒服些。

肖小来这座城市的第二年开始写信，写到现在正好一百封，肖小居然也记住了一百这个数字。肖小写信并不是每天写或是隔几天写，是很没有规律的写，想写了就写，所以写到一百封的时候，肖小就在日历上将这一天画了一个圈，似乎很有意义。这一百封信里肖小一共寄走了五十封，肖小也是在这一天数的，刚好五十封，一半去了另一个遥远的地方，一半留在了自己手里。肖小想，真巧，看来这一天真的很有意义。

肖小写的这一百封信都是写给一个人的，她的恋人，一个要嫁却暂未嫁成的人。肖小想，近三年的都市生活让她改变了很多，外形时尚了，心态浮躁了，日子也过得没谱了，唯一不变的就是对柳肖杨的爱，对柳肖杨的思念。

也许只有柳肖杨才能将肖小的过去和现在连接起来，才能让肖小觉得自己是有过去的，过去肖小不想完全丢掉，现在肖小却更留恋过去，更向往过去了。然而寄出的五十封信，没有一封回信，是柳肖杨收到了信却不想回，还是柳肖杨根本就没收到过信，肖小不得而知，但肖小却又很想知道。现在肖小越来越强烈地想知道了，因为肖小在做一些决定，这些决定与柳肖杨是否收到过信还是有很大关系的。

肖小想离开了，离开城市，离开城市生活。

肖小的过去是在山村，过的是山村生活。

柳肖杨从出生到上大学都待在城市里，现在他一直待在山村里，在一个偏远山村的小学校里当他快乐的乡村教师。肖小原来也和柳肖杨一样，也是个快乐的乡村教师，但两年多前，她来到了城市，如今她是个不知道快乐是什么的都市白领。

肖小上大学的时候，是个有些自卑的人。自卑是因为肖小不漂亮，还有点土气，从山村来的女孩子土气是很自然的事，可肖小非常讨厌这种土气。不漂亮并且土气的人当然不止肖小一个，肖小之所以自卑，是因为肖小是个理想主义者。

上了大学的肖小觉得外面的世界真是精彩，可又很无奈。肖小是个追求完美的女孩子，来到城市之后，她觉得自己越来越不完美，世界也到处是不完美。就在这种不断渴望完美、追求完美又总是遇到不完美、做得不完美的相互撞击中，肖小非常的无奈。肖小累了，想妥协，但总有另一个声音在阻止她妥协，妥协与不能妥协，搅得肖小异常痛苦。肖小很忧郁，在四年大学生活里，肖小一直都很忧郁，这忧郁伴随着肖小的成长渐渐成熟，定格成一种气质。肖小浑身都透着这种气质，这气质深深地吸引了柳肖杨，见到肖小的第一眼起，柳肖杨就认定肖小应该成为他的女朋友。

柳肖杨是肖小的学哥，比肖小高了一届。柳肖杨是那种很典型的家境优越，具备所有城市男孩气质的男孩。他是肖小所在文学社的社长，他很阳光，他吃过很多肖小从没吃过的，会玩很多肖小从没玩过的，懂得很多肖小从没听说过的。他有满脑子的新思想，什么支援西部、去贫困山区教书，甚至去西西里当志愿者保护濒临灭绝的羚羊，就是属于这样的"进步"青年。柳肖杨浑身散发着太阳的气息，让肖小觉得很温暖。他的自信，他的清高，他的意气风发，他奇奇怪怪的理想，肖小很喜欢，所以肖小就爱上了柳肖杨。肖小至今还记得他们第一次见面时说过的话：

——你就叫肖小？

——你是柳肖杨？

——我们的名字里都有一个肖。你和我妈妈同姓。

——哦，怪不得。

——交个朋友吧……

自从柳肖杨进入肖小的生活以后，肖小一下子觉得充实多了。她吃了柳肖杨吃过的，会玩了柳肖杨玩过的，懂了柳肖杨听说过的，肖小的生活被柳肖杨的生活充满着，忧郁被一点点挤压，快乐和幸福被一点点地填满。肖小成了忧郁的天使。柳肖杨的思想在一点点地渗透肖小的大脑，在肖小的思想里生根发芽。柳肖杨和肖小一样，都是理想主义者。

　　柳肖杨毕业了，面临选择。学校有一部分支援西部的名额，报名的人不算多，要去的也大多是农村孩子，真正家境富裕的孩子不是家人坚决不让去，就是自己也不乐意去吃苦。

　　柳肖杨的父亲已经开始给儿子跑工作，也差不多有点眉目，毕竟柳肖杨的父亲还在位。柳肖杨的父母当然希望儿子留在身边，毕竟就他这么一个儿子，再说柳肖杨生活的这座城市很不错，不大不小，不拥挤，也不纷杂，更重要的是环境相当优美。但这么优美的地方还是没能留住柳肖杨的心，他很突兀地报了名准备去西部。

　　为什么说突兀，是因为柳肖杨没有征求任何人的意见，包括他的父母及女朋友。报完名后，柳肖杨就回了家。他把这事告诉了父亲，意思是让父亲不必为自己的工作奔忙，父亲当时很生气，狠命地抽烟，一支接一支，呛得柳肖杨拼命咳嗽；母亲急得掉了泪，劝柳肖杨别去，说西部太苦，妈不放心这类……柳肖杨没有说话，只是拼命咳嗽。母亲急了，对着父亲嚷，我说你抽完了没，抽、抽、抽！弄得屋子里乌烟瘴气，还让不让人活！父亲仍然抽他的烟，只是一个人进了书房，书房门在身外被重重地关上。

——杨杨，你听见了没？

——妈妈，我都已经报名了，学校说报了名就不能反悔。

——你要是同意，妈妈这就找学校去。

——妈妈，让我想想，好吗？

柳肖杨去找肖小。肖小正一个人躲在被窝里翻歌德写的那本《浮士德》，肖小很随意地翻着，她断断续续地看到这样一些话：

> 黑夜逼过来像越来越暗，
> 我内心却照得明光闪闪……
> 已经规划好的要立即做好，
> 让大胆的设想终于实现！
> …………
> 让我们投进时代的轰隆，
> 让我们投进事件的滚动！
> 无论是顺利还是烦恼，
> 无论是欢乐还是悲痛，
> 任随这一切变换交叉，
> 大丈夫只是不息地行动。

正看到这的时候，柳肖杨走了进来。

——肖小，我报名了，去支援西部。

——哦……肖小只是哦了一声，便没再说什么。柳肖杨很纳闷，说你好像一点也不关心。

——关心？你要我关心什么？

——那你同不同意我去。

——你不是都已经报名了，还问我干嘛。

——可是爸妈不同意。

——你认为到底有没有浮士德这个人？

——不知道，或许有吧。不过这和我有什么关系，肖
小，你到底在想什么？

肖小说，咱们去吃饭吧，我饿了。在学校附近的小餐馆里，
肖小很认真地咀嚼着，也不说话，柳肖杨就看着肖小吃，他一点
食欲都没有。

——肖小，你怎么不说话？

——我在想你。

——想我？我不就坐在你面前吗？柳肖杨很惊讶。

——我在习惯一个人吃饭。

——肖小，你到底怎么了？怪怪的。

——肖杨，你什么时候走？

——大该下个月吧。但……但如果你要求我留下来，
我……我就不走了。

肖小轻轻笑了一下，竟说了一句很哲理、很温情的话。肖
小说，肖杨，走自己想走的路，过自己想过的生活吧，我会永远

支持你，永远跟着你的。

没有和家人告别，柳肖杨只是认真地看了肖小最后一眼，说，我等你，便坐上了开往遥远西部的列车。

柳肖杨走了，也带走了肖小的心，肖小忽然觉得自己的生活空了。大四是肖小认为过得最慢的一年，偶尔她会注意一下学校食堂那口老旧的挂钟，可她觉得挂钟似乎没动，分针总停在一个位置上，但奇怪的是秒针却"滴滴嗒嗒"地走着。每每这时她就会犯迷糊，不知道是挂钟坏了，还是自己的眼睛花了。就在这漫长的等待与思念中，肖小变得很有韧性。终于等来了毕业，肖小欢快地跳上了一年后的同一趟列车。

肖小也走进了那所小学校，只有柳肖杨一个老师的小学校。

小学校异常简陋，完全超出了肖小的想象。破败的屋子，破败的桌椅，黑板是残缺的，讲台是残缺的，甚至粉笔都不是完整的。柳肖杨在信里从来不提小学校，却总是给肖小讲自己的快乐，当孩子王的快乐。柳肖杨告诉肖小，自己越来越喜欢这个地方，喜欢这里的人了。

肖小使小学校有了第二个老师。肖小和柳肖杨开始着手在靠近小学校的山脚下建造属于自己的小屋。山民们非常热情，在他们的帮助下，小木屋很快完工。完工后肖小也没和柳肖杨商量，就里里外外地将小木屋粉刷成了奶黄色，奶黄色的小木屋感觉很温馨。肖小就问柳肖杨喜欢不，柳肖杨就说你都刷完了还问我，肖小就不知道柳肖杨到底是喜欢还是不喜欢。

肖小很喜欢花花草草，在屋子周围种上了淡雅的茉莉，牵牵绊绊的牵牛花，还有些叫不出名来的小花、小草，再在边上扎上一圈篱笆，肖小的家就有了一个花团锦簇的小院子。一切就绪，肖小拉着柳肖杨的手，站在院子外看他们的家。肖小将头斜靠在柳肖杨的肩上，柔柔地说，肖杨，我们终于有家了，喜欢吗？柳肖杨点点头说喜欢。肖小又说，你看，我们的家多漂亮，像不像童话故事《白雪公主和七个小矮人》里的那个小木屋？柳肖杨就又点点头说像，还说肖小其实就是他心中的白雪公主，肖小就打趣说，那我的七个小矮人呢，他们怎么都不见了？柳肖杨忍不住大笑起来，说肖小真是个贪心的人。肖小就抬起头，拿眼睛瞪他。柳肖杨没敢再笑，摆出一副无辜相。两个人都不说话，只是静静地站着，静静地相依相偎，触摸着彼此的心跳，那一刻肖小觉得自己幸福极了。

——肖小，你觉得幸福吗？柳肖杨在静谧中突然在肖小的耳边低低地问。肖小没有回答，她只是歪着头装出一副认真思考的样子。

——肖小，你觉得幸福吗？柳肖杨忍不住再问。还是没有肖小的答案，柳肖杨莫名地紧紧抓了一下肖小的手。

——肖杨，你很紧张是吗？肖小突然说。

——没有啊，我怎么可能紧张？柳肖杨咧了咧嘴，却没有笑出来。

——你看，你的手心里全是汗。肖小把柳肖杨的手摊在了阳光下，柳肖杨看了一眼手，又看了一眼肖小，很快将手抽了回来。

——肖小，我在问你呢？为什么不回答我？

——肖杨，看到那个小山顶了吗？如果你先到，我就告诉你。肖小不等柳肖杨同意，就先向小山顶跑去，柳肖杨愣了愣神，开始追肖小，很快柳肖杨赶上了肖小，很快又把肖小甩在了后面。到肖小跑上山顶的时候，柳肖杨已经站在那儿等她了，肖小伸出手，柳肖杨就将她拥进了怀里。

——我赢了，这下你得告诉我了吧。

——哈哈，你这个大傻瓜，我现在幸福得快要晕了。柳肖杨高兴得抱着肖小在小山顶上转了好几个圈。也就是在那个小山顶上，柳肖杨许诺说，等到新学校建好的那一天，就带肖小去见自己的父母，再和肖小举行一场热热闹闹的婚礼。柳肖杨还说肖小穿上婚纱的样子一定很迷人。

白天孩子们陪伴着肖小，晚上有柳肖杨的陪伴，有轻轻柔柔的风，携来阵阵淡淡的花香；有数不清的小星星，对着肖小眨眼睛；有小动物发出的声音，似在和肖小诉说心事，这一切的一切让肖小不寂寞，肖小很快乐，也很满足。纯净的空气，质朴的民风，热情、激情包围着肖小，小情侣就在这块贫瘠的土地上过着清苦的生活。

生活本身就是一种重复，肖小天天重复这种生活。肖小熟悉了周围的一切，重复、熟悉一点点消磨着肖小的激情和热情。三年了，肖小忽然觉得这样的生活很乏味，她开始想要逃，想要过另外一种生活。这念头一旦出现，竟一天比一天强烈，肖小的心没法再平静，时不时还会泛起一些涟漪。肖小一直在犹豫，犹豫，犹豫，终于在某个秋日的黄昏里，肖小对柳肖杨提起了自己的心事。

　　——肖杨，和我一起去城市好吗？

　　——你说什么？柳肖杨不相信地看着肖小，他对肖小突然冒出的这个念头感到莫明其妙。

　　——肖杨，我们离开这里，我们去城市。好吗？肖小很急切。

　　——你已经决定了？

　　——我……我……是……陪我一起去，就算为我。

　　——这个……柳肖杨说，你知道的，我来之前就对大山许过诺言，要一辈子留下来。再说我真的很喜欢这里，孩子们也需要我……

　　——够了，我就知道会是这么一个结果，当我没说。肖小气咻咻地打断了柳肖杨的话。

　　——肖小。柳肖杨还是忍不住说，你还是留下来，你那么单纯，你呼吸的是山里纯净的空气，城市的空气有多混浊，多腐败，多纷繁复杂，多乌烟瘴气，你知道吗？你会生病的，肖小。你还会把病传染给我的，肖小。你知道吗？现在的生活才是适合你的生活。

　　柳肖杨反复用了"你知道吗"，还提到了"生活"，这些话说到了肖小的心里，说得肖小鼻子酸酸的。

　　——我……我……都懂。可我真的不甘心，不甘心将一生都埋葬在这大山里。我也有我的追求,我向往美好,向往灿烂,向往别样生活。我已经把最好的一段留在了这里,我想试,就试一试,不成我马上回来。好吗?肖小哽咽了,泪水在眼眶里打转,她在恳求,她用了恳求的口吻。

柳肖杨从来没见过肖小这样,他的心绞织着。难受!心底的声音。柳肖杨真的不希望肖小走,他实在放心不下肖小一个人,那种生活太华丽,柳肖杨害怕这华丽的外衣会迷了肖小的眼,以至迷失方向,迷失自我,再也找不回原来的那个他爱的肖小了。柳肖杨想,他这算不算是一种自私,或许他不让肖小走只是为了自己。反正柳肖杨还是用了很大的声音朝肖小吼,不,我不许你走!

肖小被吓了一跳,她大声回敬,不管你愿意还是不愿意,我走定了。泪水早已涌出来,爬满了肖小的脸,肖小独自跑出了小木屋。

那个黄昏里,这是小木屋发生的唯一的一次争吵。

肖小又来到了小山顶,坐在岩石上,呆呆地望向远方。太阳已西沉,落到了山的那头,月亮慢慢爬上来,夜色渐浓,晚风徐徐吹来,吹动了肖小美丽的长发,吹干了肖小脸上的泪痕。山里的晚风很冷,冻得肖小缩紧了身子。一件厚厚的衣服压在了肖小的肩上,柳肖杨在肖小的身边坐下来。

——肖小,对不起,我不该朝你吼。

肖小没反应，只是将视线放得更远，眼神更深邃。柳肖杨看了肖小一眼，继续说，肖小，原谅我，好吗？肖小依然什么也没说。柳肖杨站起来，再次望了肖小一眼，走了。

肖小开始整理行囊，肖小的东西很少，来的时候是这么多，走的时候还是这么多，三年了，一样东西也没有多出来。肖小就带着很少的东西，坐上了开往城市的列车。

肖小的耳边又响起了和柳肖杨曾有过的一句对白：

——肖小，你看那些山里的小鸟，多快乐，它们的歌声多动听！我要做一只这样的小鸟。

——我才不，要做我就要做一只鹰，可以在更广阔的蓝天自由飞翔。

肖小想成为鹰，而不是小鸟。

刚到城市的肖小一无所有，一度陷入困境。

住，是肖小碰到的第一个难题，没有任何亲戚朋友，也没有暂时栖身之处，肖小想，总不能睡大马路上去吧。于是肖小买了一大堆报纸，专门翻阅租赁广告栏，看到合适的就画一个圈，然后再一家家地找过去。房东们倒也客气，只是肖小都嫌房租太贵没租成。

就在肖小快要跑断腿、快泄气的时候，她发现了位于城郊结合部的一间地下室，低廉的房租吸引了肖小，肖小也没敢考虑太多，就想着先租下。房东说，要租至少租三个月，而且必须一次交清三月房租。房东以为肖小肯定会跟自己讨价还价，毕竟这也算是不平等"条约"，可是肖小居然想都没想，就将三个月的房租递到了房东的手上。房东惊讶地看肖小一眼，乐呵呵地露出一口黄牙。

地下室很窄，天顶上开了窗，几缕微弱的阳光射进来，阳光里满是跳跃着的灰尘，外面虽是阳光无限好，里面却仍显阴暗、潮湿，肖小突然觉得自己仿佛掉进了地牢里。地下室孤零零地躺着一张单人床，床边有一张方桌、一条板凳，侧边放着一只樟木箱子，进来前房东塞给肖小一把锈迹斑斑的钥匙，肖小还纳闷这钥匙拿来何用，现在她发现樟木箱子上同样有一把锈迹斑斑的锁。

肖小将背包放在床上，桌上、板凳上都积了灰，肖小想，估计这地下室有阵子没人住了。肖小向房东要了抹布、扫帚，开始打扫，很快屋子就干净多了。肖小又去小摊上买回一本明星挂历，肖小不是追星族，也不认识挂历上的明星，只是觉得看着挺顺眼就买回来了。肖小没把它挂墙上，而是一张张撕下来，又一张张地往墙上贴，撕完了，也贴满了，屋子的每个角落就都是那个肖小不认识的明星的笑脸了。彩色挂历纸微微泛着光，衬着明星雪白光洁的肌肤，再配上肖小刚换的 60 瓦灯泡，屋子一下子亮堂起来。肖小环视一周，挺满意自己的杰作，她开心地笑了。

肖小的钱已所剩不多，她很想买那种软软的，躺上去特别舒服的床垫，肖小在那上面足足躺了有五分钟，最后肖小还是没舍得买，改买了普通褥子。忙了整整一天，肖小都没顾上歇。一沾上床，肖小就睡着了，睡得很安稳，很踏实。

天刚蒙蒙亮，城市似乎还在沉睡的时候，肖小就醒了，习惯了山里的生活方式，肖小一时也改不了。醒了的肖小一眼就看到了樟木箱子上的锁不见了，肖小惊了一下，锁呢？肖小对自己说，难道我忘了锁箱子，不会的，我明明记得锁了的。肖小从床上跳下来，樟木箱子的锁找到了，就在箱子里，箱子里的钱包却不见了。肖小吓出一身冷汗，瘫在了地上，肖小好想哭，可怎么也找不见眼泪，肖小奔出了地下室。

肖小敲开了房东的门。肖小很急切地向房东诉说自己的遭遇。房东揉着惺松的眼睛，一副没睡醒的样子，他很不高兴肖小打断了他的好梦，他一时也弄不明白肖小在干什么。等房东明白过来，肖小已经说得上气不接下气了，可换来的仅是房东一声冷漠地"哦"，肖小说，大叔，我该怎么办？

房东说，这片一向治安不好，遭贼的事经常发生，你以后注意点，千万别把贵重物品放在屋子里，晚上也别一个人乱窜，保不了被人劫财劫色。

肖小更急切了，肖小说，大叔，问题是我现在该怎么办？我一分钱都没有了。

房东就摆出一副很可怜的样子说，你找我，我也没有办法，要不你去派出所报个案吧。派出所就在那个街角，从这里走，拐个弯就能到。房东朝一个方向指了指，就关了门，继续自己还没做完的梦。

肖小气得跺了跺脚，骂道：吝啬鬼，见死不救！肖小漫无目的地游荡在空旷的街道上，她不知道下一步该怎么办，但她知道报不报案，都是一个结果，钱肯定是找不回来了，也不会有人愿意帮她。在这个繁华似锦的城市里，她一个山里人，再繁华也只是别人的，感觉不到温度，唯有冰冷。此时的肖小生出悔意来，悔意连绵不绝，压迫着肖小的心脏。肖小特别怀念过去的时光，特别想念柳肖杨，怀念和想念也是绵长的，一圈又一圈地缠绕着肖小。

半年后，肖小终于找到现在的工作。一年后，肖小又换了一处靠近城市中央的公寓，租金很贵，但肖小承受得起。两年后，肖小习惯了城市生活，非常习惯，有时肖小觉得自己就是城市人，而且属于小资一类的城市人。肖小工作出色，有自己的社交圈子。下班了不想回家，没地方可去，就和像她一样的朋友、同事泡在一起。整天不是上饭馆，就是泡酒吧，喝醉了就回家睡觉，没喝醉就继续找地方疯。或是去 KTV 唱歌，或是去迪厅蹦迪，偶尔也会去看无聊透顶或是云里雾里的通宵电影，当然这样的偶尔是很少的偶尔。

来城市的最初一段日子，肖小很不适应。她害怕下班，下班就得回家，可是肖小没有家，应该说肖小没有家的感觉，即使回去了也是一个人，屋里冷冷清清，肖小会觉得特别孤独，就特别地想念柳肖杨。一个人的夜，肖小觉得漫长，之所以漫长是因为这样的夜伴随着无聊和寂寞。

后来在渐渐熟悉了城市，熟悉了身边的同事以后，肖小不再觉得孤独，因为肖小已经没有了可孤独的时间和空间，肖小的夜也不是一个人的夜，肖小的夜很丰富也很精彩。肖小和那些自诩为小资的群体也不再有隔阂，似乎和他们打成一片是很水到渠成的事。肖小学会了唱歌，是那种撕破嗓子式的唱歌；肖小学会了跳舞，是那种疯狂式的跳舞；肖小学会了喝酒，是那种随心所欲式的喝酒。夜的肖小是不同于昼的肖小的，昼的肖小是干练严谨的，夜的肖小是无拘无束的。肖小被昼的一本正经与夜的宣泄放肆主宰了、分裂了。昼的纯净天使成了夜的黑色精灵，肖小就这样在昼与夜之间交替、变幻。这一度让肖小很迷茫，不知道究竟哪一个才是真正的肖小，或者两个都不是。

现在的肖小忘了过去的肖小。过去的肖小喜欢花的香味，喜欢听鸟儿唱歌，喜欢爬山看日出，喜欢给孩子们讲故事，喜欢睡在柳肖杨的怀里，喜欢……现在的肖小喜欢闻香奈儿，喜欢听靡靡之音，喜欢在震耳欲聋的乐声里乱舞，喜欢看木子美的小说，喜欢和某个男人发生一夜情，喜欢……

肖小的夜用金钱堆积，金钱换来了不寂寞，却赶不走肖小越来越强烈的空虚感。每每在梦中醒来，肖小都不知道自己身在何处，似乎只有躯体还属于她，灵魂早已不知去向。

某一天，当她站在城市的中央，站在鳞次栉比的高楼之间，她发现自己迷失了，迷失在了城市森林里。肖小又想起了王家卫，那个总爱在脸上架一副墨镜，让人看不懂的男人，想起了这个男人拍的电影，肖小似乎突然有所领悟。

肖小决定离开。

肖小重新背起了行囊，又回到了那个贫瘠的小山村。肖小要寻找柳肖杨，或者说肖小只想找回自己。

一切还是那么熟悉，离别三年，小山村依旧贫穷，山民依旧热忱，依旧有纯净的空气和美丽的风光。一踏上这片土地，肖小就忍不住贪婪地呼吸，似乎要把身体里所有混浊的、腐败的空气都排走，换上这新鲜的、纯净的空气，让自己健康起来。

路上肖小遇到了一个女人，一个行色匆匆的女人。女人穿着朴素，手臂上挎一个盖着深蓝色碎花布的篮子。纯粹的山里女人。

肖小问女人，你知道一个叫柳肖杨的山村教师吗？肖小想，柳肖杨应该算是这大山里的名人，女人兴许听说过。

女人很诧异，也很警觉地看了肖小一眼，什么话也没说，仍然走自己的路，同时加快了脚步。肖小很奇怪，因为她分明看到了女人眼里流露出来的不友好。肖小紧追几步，拉住了女人，肖小说，你一定知道柳肖杨这个人，是吧？为什么不愿告诉我？

女人说，我认不认识，跟你没有关系。

肖小说，我是他的朋友，从遥远的地方来，这次是特地来看他的。

女人想了想，终于说，这样呀，那跟我走吧。

这样肖小就和女人一前一后地走在弯弯曲曲的山间小道上。路过肖小曾经待过的小学校时，肖小站住了，这里已是一片废墟，到处都破败得不成样子。山脚下那个童话故事里的小木屋还在，只是因为长久无人居住而摇摇欲坠；围成小院子的篱笆还在，花儿却因为无人浇灌而早已枯萎。肖小的心底有了酸酸涩涩的东西，眼睛也蒙上了一层雾。女人看着肖小，她很奇怪，觉得这个打扮时髦的城里女人的举动不可思议，但女人不敢多问，女人一样很谨慎。两个人谁也没有开口，只是继续往前走。

到了一片开阔地，肖小看见了新建的小学校，比过去的那个简直强多了。小学校里很安静，孩子们还在上课，女人也不说话，而是直接推门走进一间屋子，肖小也跟着进去了，是老师的办公室。女人将篮子放在办公桌上，坐了下来，女人指了指对面的椅子，示意肖小也坐。然后女人说，等一会儿吧，下课了，他就来了。

肖小想，这个女人会是谁呢？看样子她非常熟悉柳肖杨。女人也不理会肖小，她拿来了抹布，开始整理和打扫办公室，女人干活很麻利，也很认真。肖小茫然地看着女人忙活，"铃铃铃……"清脆的下课铃声响了，肖小看见柳肖杨从教室里出来，手里拿着一叠作业本，肖小有些激动，她站了起来。当柳肖杨跨进办公室的那一瞬间，他看到了肖小，他吃了一惊，手里的作业本差点掉在地上，他不相信似的揉了揉眼睛。

  ——肖杨，我是肖小啊！
  ——肖小，真的是你，我以为你不会回来了。
  ——肖杨，我想你！
  …………

柳肖杨没有回应，因为他发现淑贞的脸很红，是那种不正常的红。柳肖杨停顿了一下，他将作业本放在桌上，然后看着肖小。

  ——肖小，我来介绍一下。这是我老婆，王淑贞。
  ——淑贞，你过来。她叫肖小，我的学妹，也是小学校的前任老师。

两个女人当着柳肖杨的面非常尴尬地笑了笑，谁也没有开口说话。

　　就在肖小打算走的那一天，柳肖杨来送肖小。

　　　——肖小，你还回城里去吗？

　　　——不知道，也许不回了。

　　　——那你打算去哪里？

　　　——不知道。

　　　——肖小，对不起。我以为你已经忘记我了，所以我才……如果我知道你还会回来，我就不会……

　　肖小没有回答。她走了，甚至没有和柳肖杨说再见。来之前，肖小本来打算问柳肖杨一个问题的，这个问题一直放在肖小的心里。可是直到她走，她也没有再问，因为现在对肖小来说，什么都不重要了。

　　后来，没有人再见过肖小。

　　　　　　　　　　　　　　　　　　　　2005 年 2 月 1 日

突然寒冷

1

入梅以后，雨像忘记关上闸门，没完没了地浇。偶时一阵瓢泼大雨过后露半个太阳，片刻又阴沉下来，典型的抑郁症患者。气温居高不下，湿热的空气被涂上一层胶水，黏黏糊糊。

郭平就是在露半个太阳的当口出的门，他骑着电瓶车往春兰的租屋里开。回租屋的路上，顺道拐进一家超市。就在这个时候，春兰的电话又来了，接到电话的郭平急急结了账，匆匆跨上电瓶车。

郭平挟裹一股热风卷进出租屋时，屋子里已经站了两个陌生人。立式空调开得很大，发出呼呼的声音。男的中等身材，皮肤白净，身形略略发福，胳肢窝里夹着一只名牌小包。女的看不出年纪，皮肤很白，穿一条长至脚踝的淡紫色裙子，身材纤细。郭平抹一把脸上的汗水，衣服黏在身上，对着空调吹了会，感觉舒服些。然后他走进卧室放东西，出来时男人与女人已经进了另一间卧室。

春兰垂着手站在那里，看他们屋里屋外的巡视一圈。

这屋好像小了点。女人轻轻说。从她涂着薄荷味道唇膏的嘴巴里，郭平轻而易举地读出另外一些意思，就像那高档小区一样，毫无道理的优越。

郭平走到春兰身边，在他们身后呶呶嘴，低声问，想合租？

春兰点点头，他们还在看，没定下来。

转了一圈之后，男人与女人站在客厅中间。这样吧，男人说，拖着尾音。这个双休日我们就搬过来，租金、水电煤气费平摊。

好的。春兰的声音里渗了蜜，心里的石头落了地。对她来说，找一个爽快而有钱的对象合租，是件相当划算的事。

这是一套三居室，一间主卧、一间次卧、一间书房。主卧外带一个卫生间，次卧小些，摆设也不如主卧。房子是春兰先租的，作为工薪阶层，光月租金就占去家庭月收入的一大半，她迫切想找人合租分担。她原想把次卧拿出来租自己多付点租金，付多少可与合租人商量，必要时也愿意做出让步。没想到对方问都没问，商量都没商量，就决定平摊租金。春兰想：今后的合租日子值得期待。

达成协议之后，春兰热情招呼男人与女人坐。她从凉瓶里倒了两杯凉茶递到他们手里。女人摇摇头说，不喝。

春兰坚持。

女人拗不过，将茶杯拿在手里，皱了皱眉。

男人说，小宇的事终算搞定，没想到学区房那么难租。这一个多月我整天跑房产中介，腿都跑折了。你看，都着急上火成什么样。男人指着嘴角疮，顺带瞥了女人一眼。红彤彤的口角疮如一面迎风飘扬的旗帜，展示了他的不容易。

女人勉为其难地笑笑：跟人合租，这种事我是想都不敢想的，也实在是没有办法了。

郭平回道：学区房抢手，你们提前一两个月租哪儿行，我是半年前就与房东联系付定金。

男人点点头，站起身，将茶杯原封不动地放回桌上，女人重复了同样的动作。然后两人礼貌地告辞出来。

郭平将男人与女人送到楼梯口，折返回来。春兰已经关了空调，进入厨房。屋子里还残存几丝凉意，郭平坐下来。凉意退却得很快，空气潮湿而黏稠，郭平的脸上、身上渗出新一轮汗珠，黏糊糊的。他干脆把衣服脱了，赤裸着上身。

厨房的门开了，春兰端着两碗素面出来。整个人像是从水里捞出来，湿嗒嗒的。

涛涛上他爷爷家，明天回来，晚餐将就吃点。春兰的话给了郭平另一层意思：今晚别想回爸家住。

郭平接过春兰手里的面，埋头吃。电风扇也不晓得开，懒得要命！春兰埋怨道。郭平放下碗，把立式风扇搬到饭桌边，扭开电源开关，电扇左右摇摆，黏稠的空气终于有了一丝流动。

赶紧拿钱！春兰边吃面边对郭平说。

容我两天，发了工资给你。郭平抬起头。

谁信！今天都几号了，你们老板这么好，一个月发你两次工资。

郭平低下头，不再说话。他用力搅动碗里的面，夹起一筷子吸溜进嘴里，故意发出很大的声响。

春兰白了郭平一眼，顾自吃面。天色渐渐暗下来，两个人隐没在窗外投射进来的月影里，看不清彼此的情绪。

吃完面，他们安静地坐着，没人动，也没人说话。除了电扇转动时发出的轻微咔咔声，他们能听到彼此的呼吸。春兰站起身，有些突兀，静谧时光在这一刻被她分割成了两段。一段是她的，还有一段是郭平的。她打亮电灯，将碗筷放入厨房的水池里，等她折返回来郭平已经走了。

春兰站在那里。半晌，她长长地吐出一口气。

2

同许多这个年龄的夫妻情况相似，人到中年的白梅和夏炜也走到了这样的地步，彼此在对方那里若有若无，婚姻形同虚设。

是什么时候、什么问题造成这样的局面，谁都没有答案。好像过着过着，就过成了这样。只是，都已经不重要了。现在最重要的是他们的儿子夏小宇考上了越兴高中，本市的一所重点高中。这个消息就像一枚重磅炸弹，把白梅和夏炜完全砸晕。尤其白梅，有那么一刻她觉得很不真实。他们从不敢奢望夏小宇能考上市重点，他们了解儿子，他们认为夏小宇最多能混进一所普通高中。

白梅和夏炜还沉浸在这样的喜悦中，夏小宇已经迫不及待地扔出第二枚重磅炸弹：高中三年他要住在学校附近。

这给了夏炜一个措手不及。

白梅原本也没把精力全放在夏小宇身上。她曾经跟很多母亲一样，一心扑在儿子身上，过度宠溺，全面监管，企图以个人意愿打造儿子的人生。导致的直接后果是：对老公的忽视换来夏炜的不满，对儿子的掌控造成夏小宇的叛逆。白梅为此一度有了挫败感。痛定思痛之后，她决定放手，以开放的态度去对待夏小宇，儿子反而比过去听话多了。然而，夏炜却不如夏小宇好糊弄，两人倒有些渐行渐远的感觉。

　　白梅暗暗做起离婚的准备还不到半年。准备什么呢？无非是给自己的后路铺得宽一点，这包括物质与精神两个方面。家里的经济账目一定要清楚，老公的钱一定要管牢。至于精神需要，则可遇而不可求。白梅不主动出击，也不刻意寻找。目前，白梅正在跟一个饭桌上认识的单身男人若即若离地交往着，距离的远近全在白梅的掌握之中。这些毫无道理、不露痕迹的准备只能说明，一旦婚姻告急，白梅随时可以全身而退，轻松走人。

　　这一情况的发生，若要追溯起因，大约是在一年前白梅获知夏炜有外遇的那一天：这是白梅针对婚姻危机所采取措施的有力借口，永远正当。

　　白梅始终压抑自己的情感。她对自身的要求，严苛到不近情理，她用她的家庭出身和受教育程度来衡量一切，她必须淡定、冷静，不到万不得已绝不出手。她凭借她丰富的社会阅历与近乎完美的表现，蒙蔽了夏炜的眼睛，使他依然陶醉在这样的生活里而不自知——男人有时候很容易高估自己。

　　当白梅听说夏小宇的中考分数线上了越兴高中，那一刻的喜悦、兴奋，或者还掺杂了一些别的情绪，白梅至今都无法完整表述，她立即把所有准备都抛在了脑后。

夏炜也是一样。

他们热切讨论了有关儿子未来三年的高中生活。夏小宇的非正常表现，非正常地拉近了白梅与夏炜的关系。讨论的结果，他们一致认为夏小宇的提议很好，租一套学区房一碗水的距离将给儿子带来巨大便利，主要是能节省时间。

夏炜开始积极投身到寻租事件中，他几乎跑遍所有房产中介均颗粒无收。儿子开学的日子渐近，面对白梅与夏小宇排山倒海的压力，夏炜快支撑不住。当接到房产中介电话，问是否有意愿合租时，他就像抓到最后一根救命稻草，想都没想就答应了。

回家路上，夏炜一直在考虑如何跟白梅与夏小宇开口。

夏炜停好车，像往常一样上楼、开锁。钥匙还没插入锁孔，门突然开了。夏炜正走神，被吓了一跳。

你今天回来得真早。门里传来白梅温柔的声音。她接过包，把拖鞋放到夏炜脚边，等夏炜进门，轻轻将门带上。如此高规格的礼遇，一般只会出现在情人丁方圆的家里。白梅举止生疏，夏炜依然很受用。

学区房租到没？白梅问。顿了顿，她掩饰道，小宇问过我好几回，我都不知道该如何回答他。

我正想跟你们商量这事。夏炜回。

此时，正在房里打游戏的夏小宇冲出来，嚷嚷着要去看新租的房子。这阵子夏小宇也没闲着，主要是他的耳朵没闲着，任何租房消息都逃不过他的耳朵。

全跑遍了，一套没剩。夏炜用了这样的开场白。

白梅脸色有些难看。不过，夏炜接着说，有人愿意跟我们合租，我想这是唯一可行的办法。

不行，与陌生人拼居，多不方便！白梅脱口而出。

夏炜安慰白梅：能有套学区房落脚，已是万幸。现在这种情况，箭在弦上，不能不发了。

夏小宇插嘴：妈，先与人合住，等明年学生高考完，咱再找房子搬。

父子俩攻守同盟，他们在租房一事上达成共识。长这么大，夏小宇很少跟夏炜一个鼻孔出气。白梅即便有一万个不愿意，也只能举双手赞成。

看房、定协议。夏小宇开学前一周，夏炜与白梅顺利搬入学区房，和春兰做起了合租邻居。

3

白梅没想到：人到中年居然租房住，还是与人合租。

搬家那天，白梅把君子兰一同搬过来。君子兰是她的心头之爱，养了有六年，一直放在书房的窗台上。她不得不把它安置在卧室时，忍不住跟夏炜调侃：这下我们又回到解放前。夏炜打趣：只要儿子出息，苦上三年又如何？

白梅笑笑，表示认同。

白梅和夏炜搬进来前，房子就做好了分配。春兰主卧，白梅和夏炜次卧。书房支了高低铺，归郭涛和夏小宇。因为都是同龄人，两孩子一见面，跟老相识似的，没什么过渡就玩在了一起。

这之后，白梅与夏炜不约而同地恢复如常。

忙夏小宇的事，夏炜有阵子没去丁方圆那里。白梅猜得没错，下班前果然接到夏炜电话，说有应酬不回家吃饭。白梅也懒得做饭，公用厨房乱糟糟、脏兮兮，加剧影响了白梅做饭的心情。她开车直接去学校等夏小宇，吃完饭再送儿子回学校自习。

　　送完儿子，白梅不想回去，那地方不是她的家。待在小房间里让她倍感孤独，她也不想面对那个叫春兰的女人。她总是喋喋不休，诉说老公的不是以及一家人生活的艰难。白梅是个心软的女人，她同情春兰，并不代表喜欢她。

　　白梅漫无目的地一直往前开。经过一个小区门口，她拐进去。她开始在一栋居民楼下散步。她已经散了两个小时的步，确切说她是在徘徊，权衡去敲开那扇门的利弊。那里住着夏炜的情人，一个从贵州来的女子。这是让白梅心里最无法释怀的疑问：无论给那个女人安上怎么夸张的赞美，她都无法跟白梅比较。

　　白梅不知道夏炜如何认识她，只知道他帮她开了一间私人棋牌室，时常会介绍一些生意伙伴、朋友去那里。她负责给他们倒茶、做饭，并收取一定的费用。

　　她曾远远近近地观察过那个女人：看她站在街边等公交，去超市买生活用品，去路边服装店挑回一些劣质的衣服。她是那样普通，丢到人堆里谁也发现不了。她长得也不好看，甚至有些粗糙。除了年轻、漂亮、气质、品位这些元素统统和她不沾边。然而夏炜竟然看上了她，世上的事不是都有道理可讲的。

　　这栋居民楼，白梅来过几次，但她从未上去过。她不是没有过敲开那扇门的冲动。她就住在二楼，她一抬头就能看到她家新漆的蓝色防盗门，以及倒贴在门上的烫金福字。在白梅眼里，这是一扇俗气的门，就像它的主人。她想看看夏炜见到她的刹那会是怎样的表情……白梅不知道这样做会不会有报复的快感。

白梅到家的时候，书房还亮着灯。郭涛写作业，夏小宇打游戏，各司其职。春兰躲在房里看电视，夏炜自然没回来。白梅有些生气，夏小宇不笨，他的智商高于一般人，夏炜很早就带他测试过，之后常常以拥有一个高智商儿子而感觉良好。可夏小宇玩兴大，鬼点子多，他总把过剩的精力用在不该用的地方，白梅拿他没办法。这次能考取市重点，不等于三年后就能考上好大学。人生的选择本就不多，白梅实在有些担忧。

你作业写完了? 白梅问。

夏小宇"嗯"了一声，头也不抬，继续闯关。

明天的课都复习了? 白梅忍着脾气。

妈，你真吵。夜自习上都弄好了。都是你，闯关又失败了。夏小宇抬起头，朝白梅大声嚷嚷。

那就赶紧睡觉。

不行，我今天必须把这关打通。

不睡觉也行，iPad 没收。白梅瞥一眼郭涛，他仍然埋着头，对白梅母子的争吵充耳不闻。

夏小宇终于败下阵来，iPad 是他的心肝宝贝。他不情愿地爬上床，装睡。

郭涛，做完作业也早点睡。白梅走出书房之前叮咛道。

主卧的灯亮着，白梅洗漱完进房间。打开电视，胡乱地换台，她的脑子很乱，杂草丛生，右脚踝开始隐隐作痛。她从床上下来，去柜子里找云南白药膏。没找到，才想起医药箱被遗忘在家里。

她爬上床，痛感还在加剧。她走出房间，右脚踩在地上，生疼。她敲开春兰的房间，房里就春兰一个人。她不想多问，拿了药便回了房间。

白梅到底还是上去了，她在门外站了很久，然后将耳朵贴在那扇俗气的门上，里面很安静，听不到一丝响动。她犹豫着，把手放在福字上。片刻，她轻轻敲了敲那扇门，没有半点反应。她等了几分钟，然后下楼。老式的水泥楼阶梯有些高，白梅一时没踩稳，崴了脚。

上完药膏，白梅感觉没那么痛了。她斜依在床上，等夏炜回来，夏炜直到子夜时分才到家。

这么晚？白梅问。

这句废话。他们的生活中多的是这样的废话，可以没有回答。当然，问的人也不需要回答，她心里什么都明白。

还不睡？夏炜关心道。以后不必等我，应酬没有时间点。

没事，反正也睡不着。白梅躺下来，看着夏炜。

去洗洗吧！白梅说。

4

这是他们的做爱信号。其实白梅不想做，她知道夏炜也不想。她是故意的，故意让夏炜为难，也为难自己。爱做得很潦草，谁都没有投入。白梅原以为夏炜会找借口拒绝，可夏炜没有，白梅倒像给自己下了套。

周末，夏炜去了公司，中午不知所踪。春兰一大早去菜场买回一堆菜，待在厨房里大动干戈。白梅以为春兰要招呼客人，主动把厨房腾出来。她跟夏小宇商量：去外面吃或是叫外卖。夏小宇抓起电话，叫外卖吧。白梅知道他喜欢吃"缘聚德"的外卖，那家店刚开不久，他还没有吃厌。春兰端着菜从厨房出来，喊白梅和夏小宇一起吃。

不用了，小宇叫外卖呢。白梅拒绝。

外卖不干净，今天做这桌菜就是想请你们，可惜老夏没在。春兰说。

你太客气了。白梅笑笑。

这水电煤气费，老夏总多缴，我们也不好意思。

春兰早跟我说想请你们吃个饭，这是她的心意。郭平在一边帮腔。

白梅不好再拒绝。

吃完，夏小宇写作业。白梅打夏炜电话，对方显然不在公司，听筒里除了他，还有其他细微的杂声：车开动在路上的声音，收音机情意绵绵的音乐，丁方圆若有若无的呼吸。白梅确认她能听到丁方圆的呼吸，就在副驾驶的位置上。

她在电话里告诉夏炜，她约了闺蜜，要夏炜赶紧回来管儿子。挂了电话，白梅回房换衣服，驱车出来。她们四个女人约好去亚丁湾茶苑喝茶，白梅突然想去丁方圆的棋牌室看看。征求闺蜜意见，她们表示同意，一车人杀进了丁方圆的棋牌室。

棋牌室在一个居民小区的一楼，位置不好不坏，房间布置还算雅致、干净。白梅去的时候，包间正好空着。显然，丁方圆面对这四张陌生面孔，有些诧异。

白梅察觉她的异样：不欢迎？那我们换地方。

怎么会？丁方圆赶紧上前，挽住白梅。我带你们去包间。第一次和丁方圆靠那么近，劣质香水散发出来的浓烈香味扑了白梅一脸，白梅抽了抽鼻子，有些厌恶，本能地避开。丁方圆感受到白梅的抗拒，她放手，脸上堆了笑。亲，你们第一次来，包间打八折，以后多来照顾生意哦……语气像淘宝店主，管你是谁，都把你叫成亲人。

落座、上茶。

白梅，你怎么寻了这么个地方？

是呀！白梅，你以前对麻将可不感兴趣。

白梅，你是不是受刺激了？

她？谁受刺激也轮不到她。

……

女人们叽叽喳喳，白梅的心思全不在她们身上。丁方圆每半小时进来续一次水，白梅的眼光就像胶带纸缠在丁方圆的身上，随着她进进出出。

几圈下来，白梅技术烂，运气超好，居然赢了钱。付钱出来，白梅请吃饭，到家已是八九点的样子。夏炜躲在房间上网，书房里就夏小宇一个人。白梅切了一盘哈密瓜蹑手蹑脚地进到书房里，夏小宇正在画素描，神情专注。

白梅站在夏小宇身后看他画画。站了很久夏小宇也没发现，当他注意到身后有一个人的时候，差点吓一跳。妈，鬼似的，拜托下次出现给个响动。

画得不错，赞一个！白梅拍拍夏小宇的肩，用牙签戳了一块哈密瓜放到夏小宇的嘴里。然后问：你爸几时回的？

查岗呢？给咨询费。夏小宇摊开一只手，边咀嚼边打趣。夏小宇从小跟白梅打闹惯了。白梅顺势打开：胡闹！

这么凶。夏小宇吐了吐舌头。你家老夏两点到家，两点半送我去老师那画画，五点准时接我，之后我们去了麦当劳。报告完毕！夏小宇活脱脱白梅的语气。

至于两点半至五点之间，他干了什么，我不得而知。顿了顿，夏小宇补充道。

你这孩子！白梅嗔怪道，竟瞎扯。

今天表现不错，允许使用 iPad 半小时。白梅说，完了早点睡。从书房出来，白梅进卧室，夏炜已经关了电脑。

下午去哪了？

夏炜问，他不看白梅。他们很久都不再看对方的脸说话了。

陪艳她们搓了几圈，完了请她们吃了个饭。白梅将摊在床上刚洗过的衣服叠好放进柜子里。

嘿，真稀罕！你不是不喜欢这项全民娱乐活动？夏炜好奇。

偶尔玩玩，艳她们三缺一。

输了多少？

赢了，要不还请吃饭？

就你这么烂的技术……啧啧！夏炜咂了咂嘴。

嘭……一声巨响，把夏炜和白梅吓了一大跳。声音是从春兰屋里传出来，他们不约而同地冲出卧室，夏小宇已经站在客厅。小宇，没你事，赶紧回去睡觉。白梅将夏小宇推进书房，关上门。他们敲开春兰的房门，郭平也在。在白梅印象里，郭平很少待在春兰屋里。她曾经跟夏炜提过，觉得春兰两夫妻的行为有些古怪，夏炜让她别管闲事。

春兰站在房门口，顶着一头鸟巢似的短发，脸红通通的，眼睛浮肿，像刚哭过。郭平的脸呈青灰色，脖子上有一条青紫色抓痕，T恤右边的袖子脱了线，挂在手臂上。两个人的样子很狼狈。地上一堆碎玻璃，不晓得是什么东西，巨响应该就是由这个物件的碎裂而发出的。

发生什么事了？夏炜问。

没事，两口子吵架。春兰挤出一丝笑。

你们俩真没事？夏炜又问了一遍。

春兰用力摇了摇头，郭平也跟着咧了咧嘴。一旁的白梅插话：孩子们的学习环境很重要，你们刚刚吓到小宇了。

对不起。春兰有些尴尬。

他们不好再说什么，退出来。关门之前，春兰说，我们保证再也不吵架了。

5

春兰实在没办法，她不想跟郭平吵，也懒得吵。他们早在两年前就离了婚，郭涛是郭家的宝贝疙瘩，怕儿子接受不了，春兰一直没敢告诉他。两人约定在儿子面前假扮夫妻，郭平离婚不离家。

郭家三代单传，郭平被父亲宠坏了，书没读多少，祸闯了不少。父亲不得不四处托人找关系，给郭平安排工作。跟春兰结婚，儿子郭涛出生后，郭平安稳下来，有了好好过日子的样子。没曾想，儿子打小体弱，春兰一门心思扑在儿子身上，郭平嫌儿子吵，不爱待在家里。

慢慢地，春兰发现家里的存款少了，郭平的身体越来越差。问郭平怎么回事，他说外面应酬多，钱自然不够用；春兰让他少出去，他说这年头没朋友怎么过日子，反正一堆理由。要工作、管儿子，春兰没那么多精力。郭平的事她管不了，也懒得管。原想日子就这么凑合过，春兰算是认了命。

事情发生变化是在前年。春兰上着班，天突然就阴沉下来。家里晒着几床被子，春兰不放心，请假回来收被子。到家时已经开始飘雨，春兰急匆匆奔进卧室，撞见了不该撞见的一幕：郭平躺在床上吞云吐雾，那神情跟春兰在电视上看到的一模一样。这事把春兰给惊了。春兰的突然出现，也吓了郭平一跳，他慌里慌张收拾东西，把它们塞进了床角旯儿。最后，春兰什么话也没说，收了被子就走了。后来她把整个房间都翻了一遍，再没发现郭平的那些东西。

再后来，春兰提出离婚。春兰说郭平不是东西，再过下去会害了儿子。郭平也觉得自己不是东西，答应跟春兰离婚。

春兰和郭平吵架的起因还是因为钱。

郭平找春兰要钱，春兰不给。这个月涛涛的抚养费你都没给，还好意思找我要钱。春兰说。

算我跟你借的，还不行？郭平哀求。

没钱，咋借？春兰冷冷道。

郭平开始翻箱倒柜，翻到春兰放钱的那个抽屉时，春兰上前阻止。两个人相互推搡，还说没钱，这不是？郭平说，顺手去拿。

春兰抓住郭平的手。你敢拿，我跟你拼命。春兰大叫。

郭平用另一只手扯春兰的头发，因为痛，春兰用力打郭平，指甲滑过郭平的脖子，留下一条青紫色划痕。春兰抓到郭平的袖子，用全力将他推开。郭平没站稳，撞在梳妆台上，一只漂亮的水晶花瓶摇晃了几下，滚落下来，轰然碎裂。

如果不是夏炜和白梅的闯入，春兰不知道还会发生什么事。

郭平默然地站在那里，春兰从抽屉里抽出几张钱塞到郭平手里。你走吧！春兰压低声音。

太少了，再给点。郭平嘟囔着。

你想让涛涛饿肚子就尽管拿。春兰生气。

早这么爽快，还吵什么架。多好的花瓶，可惜了。郭平说。

滚！春兰压着火，从嘴里迸出一个字来。

隔天午休，白梅从单位直接开车去了丁方圆的棋牌室。棋牌室就她一个人，趴在柜台上打盹。白梅推门进来，丁方圆抬起头，她对白梅一个人这个时候的光顾感到诧异。

看到我的金手链没？白梅问。

金手链？丁方圆更为惊诧。

来你们棋牌室还在的，后来回家就不见了。

你们走了以后我打扫过，没见到什么金手链。丁方圆回道。

白梅"哦"了一声，盯着丁方圆看，然后转身离开。

晚上，白梅问夏小宇有没有看见她的手链？夏小宇很茫然，说我哪有时间管你的手链，一堆作业呢。

次日，白梅再一次去了丁方圆的棋牌室。她告诉丁方圆，她确定手链在她那里，手链是老公送的生日礼物，她要不给她就去派出所。

白梅走了以后，丁方圆匆匆去夏炜公司。她违反约定的行为惹怒了夏炜。他语气生硬，要求丁方圆赶紧离开。丁方圆怯怯地看了夏炜一眼，走了。那一眼突然令夏炜心疼。

这个女人，对夏炜来说就像隐形人，他要的时候现身，不要的时候就隐在暗处，见不得阳光。丁方圆对夏炜也没有任何要求，她一个外地女子，不漂亮，没学历，除了年轻，没有任何资本。认识夏炜纯属偶然，她不敢想夏炜会看上她。跟夏炜在一起的日子，她不过问他的行程、他对未来的打算，甚至不敢探究他的老婆。丁方圆只会委屈自己，夏炜对她好一点，她会开心半天，知足得要命。她确实是一个简单的女人。

晚十点左右，夏炜去丁方圆的棋牌室接她。丁方圆很惊讶，夏炜解释说白梅晚上约了人谈事还没回来，儿子已经睡了。丁方圆说，那去我家。

两个人去了丁方圆家。

夏炜问，出什么事了？他想不是遇到急事，丁方圆不可能违约。丁方圆放下包就进了厨房，饿了吧，我下碗面给你吃。丁方圆没有急于回答夏炜。

夏炜跟进厨房。

今天有个女人来找我，硬说我拿了她的金手链。我真没拿，你知道我不是那种人，她说要去派出所告我。丁方圆越说越委屈，眼眶也红了。

你没拿，就是上派出所也没事，别担心。夏炜劝道。实在不行你就照单赔偿，钱我给你。

6

入秋以后，夜晚的空气有了些微凉意。一轮残月挂在半空，星星散乱地分布在四周，灼灼生辉。

夏炜跟丁方圆在一起的时候，白梅正被一个男人送回来。这个在饭桌上主动跟白梅搭讪的男人请白梅喝咖啡。吃饭那晚，坐在白梅边上的是一个火辣的年轻女子，她是整场饭局的焦点，白梅静静地坐在那里，淡淡地看着他们，不争也不抢。此时那个男人竟然越过辣妹坐到了白梅身边。他对白梅说，你的气质真好，淡雅如兰。

于是，那个男人就成了她的备胎。他的约白梅一般会去，只是小心拿捏着分寸。咖啡馆离白梅租的地方不远，白梅没有开车。

经过一条长长的小路，路灯昏暗处站立着一对男女，远看像一株低矮的热带植物，月光将他们的影子拉得很长。白梅和男人走近，发现女人裸着白花花的背，双臂钩着男人的脖子，衣服被撩得很高，男人搂紧女人，头埋在女人怀里。女人发出轻微的呻吟声，悠远而绵长，像风在呻吟。边上是一排柳树，柳叶被风儿轻轻抚摸，触动心底最柔软的战栗，这般勾魂。这真是一个由浓稠的体液浸泡着的夜，这对男女作了最恰到好处的诠释。

白梅相信，这声音他肯定也听到了。在这个静谧的夜晚，那么清晰、突兀。她甚至感受到他正在努力捕捉这声音，如同捕捉某种隐秘的快乐。声音由近及远，直到消失，两个人都没有再开口说话。

到家时，夏炜不在。白梅准备洗洗睡了，手机里跳出一条短信：宝贝，我想你了！

那对男女在白梅脑子里闪了闪，然后她回道：早点休息，晚安！并迅速删除了短信。

这一天是夏炜与丁方圆认识的周年庆。丁方圆早早关了棋牌室，回家等夏炜。他们约好去假日酒店庆祝，这家酒店位于郊区，风景宜人。夏炜选在这里，自然是为了避人耳目。丁方圆接到夏炜电话时，正在梳妆打扮。夏炜解释说因为有客户过来，只能取消约会。

丁方圆"哦"了一声。夏炜感觉到丁方圆的失落，他补充道：那边一结束我就过来找你。丁方圆再次"哦"了一声，挂了电话。

送客户回酒店已经很晚。夏炜掏出手机给丁方圆电话，想告诉她，他不过来了。打开手机，发现有一条未读信息：炜，我出来了。夏炜把电话拨过去：这么晚了，你在哪里？

一个人逛，逛到你家楼下。

租房？

不，你们原来的家。

我马上过来。夏炜挂了电话，到的时候丁方圆已经等在楼下。

你怎么来这里？夏炜有些惊讶。

不请我上去坐坐？丁方圆说。

夏炜不太情愿，他瞟丁方圆一眼，发现她的眼神很坚定。走吧！他说。

这个家，除了白梅偶尔回来打扫，夏炜很久没来过。他打开门，进来吧。他说，然后强调：不用换鞋。丁方圆瞟了一眼鞋架上那双漂亮的软底女式拖鞋，真不用换？丁方圆问。夏炜点点头，她不喜欢别人碰她的东西。

丁方圆没再说话，她走进门，将包放在沙发上。她不急于坐下来，四处张望着。

能进房间看看吗？丁方圆请求。这请求不容拒绝。

稍等。夏炜从柜子里拿出一双鞋套。丁方圆接了套在脚上，然后走进房间。她一眼看到用一张女人的巨幅照片做成的装饰墙，墙上的女人笑得灿烂，非常美。不知道是女人生得漂亮，还是 PS 的水准到位，丁方圆忍不住多看了几眼。

从房间出来，夏炜看着她，丁方圆也没说话。

怎么突然想来这里？夏炜问。

丁方圆摇摇头，然后笑了：这地方不错，很温馨，我梦里的家就是这样。夏炜躲闪着丁方圆的目光。彼时，他们也相爱过，这是夏炜的一段中年恋情，它给夏炜沉闷的生活注射了一剂强心针，唤起了夏炜对青春、对爱的无限想象。浓情蜜意时，夏炜也给过丁方圆一些承诺，她手上戴的那枚红玛瑙戒指就是最好的物证。

对了，那件事后来怎么样了？夏炜迅速转移话题。

哦，说来倒也奇怪，那个女人再没出现过。夏炜看了眼墙上的挂钟，站起身。很晚了，我送你回家。他说，拿起沙发上丁方圆的坤包。

临走，丁方圆狡黠地看夏炜一眼，眼神再一次掠过屋子的边边角角，然后她听话地随夏炜离开。

某日，吃饭的时候，夏小宇突然问白梅：你的手链找到了？

白梅看了眼腕上的链子，点点头。

在哪找到的？小孩子天生有好奇心。

床底下。白梅随口一说。

你把手链弄丢了？夏炜问。什么时候的事，怎么也不告诉我一声？

又不是什么大事，你那么忙，还是少给你添乱。白梅回，也不看夏炜，顾自吃饭。夏炜突然觉得身边这两个女人，最近的举动有些古怪。他越来越看不懂、猜不透她们。或许女人这种动物，夏炜这辈子都不可能搞清楚。最后他想，也许是该跟丁方圆分手了。

7

夏小宇高一快念完了，白梅一直担心他的英语成绩。夏小宇不喜欢背诵英文单词，他认为这种行为幼稚可笑。小孩子就是这样，总会找理由来说明他们行为的正确性。白梅专门请了家教老师，但收效甚微。

白梅没办法，她决定跟夏小宇讲条件，要是期末考试英语成绩进前二十五名，她就带夏小宇去台湾。不谈政治、历史因素，台湾是吃货夏小宇梦寐以求的地方。白梅的许诺，让夏小宇着实兴奋了好几天。

公布成绩那会，夏小宇手心里捏了一把汗。不过这孩子运气好，他的英语成绩位列第二十四名，是他有史以来考得最好的一次。白梅二话不说，办妥一切手续，带夏小宇跟团飞台湾。

白梅和夏小宇去台湾的事，春兰知道。郭涛说起这事时一脸羡慕，可春兰没钱，郭涛哪也去不了。

于是，她跟夏炜商量：她们娘俩不在，晚饭没着落时就知会一声。

夏炜表示同意。

按理白梅不在，夏炜随时可以去丁方圆那里。然而，自打决定跟丁方圆分手，他就减少了联系，她家再没去过。她也不主动要求他去，就像突然间达成一致意见。丁方圆越这样，夏炜越放心不下。偶尔他会上她的棋牌室看看，待上一会儿；他也仍然会当她的面给那些人打电话，让他们多照顾她的生意。丁方圆总说，你忙就不用管我了。

没有应酬的夜，夏炜就回来跟春兰他们吃。春兰的菜做得非常地道，相比外面的那些油腻，夏炜更喜欢吃春兰做的饭。这天，郭涛上爷爷家，郭平不知所踪。饭桌上就剩春兰跟夏炜，两个人的晚餐显得有些冷清。夏炜没话找话，寻了饭局上流行的一些段子说给春兰听，春兰没凑过饭局，头一回听觉得新鲜、有趣。说到好笑处，春兰笑得前仰后合。

郭平进来时，两个人正说得热乎。

郭平不高兴，他顾自坐到沙发上抽烟，烟灰四散。

两家人租房时，白梅讲究，提出了约法三章。春兰和郭平也默认了，其中一条就是不准在家里抽烟，白梅和孩子们闻不得烟味。

郭平的行径此时也落在春兰的眼里。回来了，吃过没？她问。

郭平没有反应。

夏炜有些尴尬，他放下碗，站起身，朝春兰笑笑。我吃饱了，先回房。转身进了自己房间。

春兰白了郭平一眼。

又发神经。春兰边收拾碗筷边喃喃道。郭平掐灭烟，站起来。跟人家老公吃饭很爽，是吧？郭平冷嘲热讽。

当然。春兰故意说。跟你有半毛钱关系？春兰反问。

哼，我还不是怕你上当受骗。郭平嚷嚷。

笑话，我春兰这辈子除了上你郭平的当，还能上谁的当？春兰把碗筷收起来，放进水池里，懒得理他。

我还没吃呢。郭平说。

上外面吃去，这没你的饭。春兰边涮碗边说。

给我钱，我就去。郭平跟进厨房，站在春兰身后，腆着脸说。春兰不理他，顾自忙乎。半响，郭平觉得无趣，自己找吃的。他从厨柜里翻出一盒方便面，又从冰箱里拿了两根火腿肠和一瓶啤酒，美滋滋地吃起来。

春兰收拾好，从厨房出来。火腿肠和啤酒是人家白梅的东西，你怎么拿了就吃？春兰呵斥道。

郭平看春兰一眼，继续吃。春兰无奈，进了自己房间。

次日下班，春兰特地去了趟超市，准备把郭平吃的东西给白梅补回去。虽不值几个钱，春兰也不想让白梅以为自己爱占人便宜。刚走到超市门口，有人叫住了她。

春兰有些懵，觉得眼前这个人似曾相识，实在又想不起是谁。

男人打扮得体，一看就是有钱人。春兰基本上跟这一类人绝缘，她的朋友少得可怜，生活也很简单，上班和照顾孩子。

春兰，你是春兰吧！对方再次问道。

我是，你是谁？春兰对一个陌生男人亲切地喊她春兰，感到不快。

忘了？我是大伟，你小学同学，咱还坐过一学期的同桌。对方在这里与春兰不期而遇，显然很兴奋。

屠大伟！真的是你？这么巧，春兰惊呼。

这么多年没见，还是小时候那漂亮模样，我一眼就认出来了。屠大伟打趣。

老成什么样了，还说。春兰有些不好意思，早知道会遇上儿时同学，出门前真得好好捯饬捯饬。

这么一想，春兰有些局促。屠大伟说得没错，念小学那会春兰不是班花，也能排班花第二，屠大伟还往她的书桌里塞过情书。春兰装作不知道，后来两人上的不是同一所初中，这事也就不了了知了。

春兰混得不好，同学会她要嘛不参加，要嘛没人记得叫她。跟同学的联系陆续断了，屠大伟她也再没见过。突然的碰面令春兰恍惚，以为自己穿越了。

8

两个人正聊着。一个中学生模样的女孩从超市出来，向屠大伟喊爸。屠大伟朝女孩招招手，示意她过来。

这是你春兰阿姨，爸的小学同学。

我女儿。

屠大伟分别作了介绍。

春兰笑笑。长这么大了，小姑娘真漂亮，像她妈吧？春兰问，顺势摸了摸女孩一头柔顺的短发。女孩下意识地往后躲，一脸的不高兴。

嗯。怎么不叫人？屠大伟对女儿说。

爸，我还一堆作业没做呢，你先送我回家。女儿对屠大伟命令道。

这孩子真没礼貌。屠大伟训斥。

你还是赶紧送孩子回去！我得上超市买点东西。春兰打着圆场。屠大伟点点头，问春兰要了手机号。

有空叙叙旧。屠大伟作了个电联的手势。

春兰笑笑，站在那里，看着屠大伟开车离去。

往事碎片般涌向春兰，漫天飞舞。她站在那里发了一阵呆，心情突然变得有些糟。春兰没去超市，直接回了家。

客厅里放着一箱车厘子。

见春兰回来，夏炜说，这箱车厘子给你，让郭涛尝尝鲜。

春兰不好意思，摆摆手。不用，涛涛要吃我会给他买。

送客户的多一箱出来，你看白梅娘俩也不在，放久了要烂的。夏炜故意说。

你留着自己吃。春兰坚持。

正推搡，郭平回来。他跟夏炜打了招呼，笑嘻嘻对春兰说，这是人家老夏的心意。转头对夏炜说，我替春兰谢谢你，然后将车厘子搬进春兰的房间。春兰有些尴尬，她羞赧地看了夏炜一眼，跟着郭平进了房间。

出手真大方，外面卖六十元一斤呢，儿子有口福了，啧啧。郭平咂了咂嘴。

你好意思要人家东西？春兰埋怨。

人家有钱，不要白不要！再说你不还做饭给他吃。郭平哼了一声。

一两顿饭要几个钱，亏你说得出，不知道谁老在这白吃白喝。春兰冷笑。

我又不是没给钱。郭平回道。再说，你陪人家吃饭，怎么也得表示表示。郭平嘿嘿笑着。

你……会不会说人话。春兰有些恼火，作势要打郭平。郭平躲开，看把你急的，心里没鬼急啥？

人家老夏是好人，这种话以后不许再说。春兰严肃道。

他？郭平很是不屑。他外面有人。郭平凑到春兰耳边，神秘兮兮。

你少在这瞎说，他们夫妻感情好，我都看在眼里。春兰不信。

幼稚。郭平笑道。你们女人就是好骗。

春兰睁大眼睛，真有这事？春兰问。

嗯，巧了，正好被我瞅见。郭平嘻皮笑脸：想知道？亲一口就告诉你。

没个正形，爱说不说！春兰低声呵斥。

郭平告诉春兰这么一件事：有天下夜班，郭平觉得肚子饿，晃进了阿毛夜排档，看到夏炜跟一个女人在一起，一边吃还一边说说笑笑。当时郭平想，这种事要是被她老婆知道了，一定以为是他告的密。多一事不如少一事，郭平趁他们没发现，溜了……

春兰听得仔细，兴奋地晃动着身子。唉，平时看他们夫妻挺恩爱，真想不到。春兰叹道，心下喜悦。她那么羡慕白梅，她的穿着、用度，她说话的语气，甚至她的一颦一笑、举手投足。她看上去优雅、自信，完全符合春兰心目中好女人的形象。在白梅面前，她始终觉得自己没底气，矮人一截。现在，她忽然感觉良好起来。

那女人长什么样？春兰八卦道。

没敢细看，反正除了年轻，跟他老婆没法比。

那是，她老婆漂亮，有文化，工作也好。唉呀，春兰站起来，准备去厨房做饭。现在的男人真看不懂！最后，春兰用这句话结束了与郭平的对话。

饭桌上，夏炜夸春兰的厨艺好。说白梅有她一半，他就有福享了。春兰笑夏炜不知足，像白梅这样放在家里安心，拿出去有面子的女人很稀缺。男人要能摊上这种女人那是祖坟上冒青烟，上辈子修来的福……正说笑，郭平突然插进来打断了春兰的话。

老夏，不好意思……有个事想请你帮忙。他说。

春兰不晓得他要说什么，定定地看着他。

前阵子老爸摔断了腿要做手术，手术费不够，老爸现在还躺在病床上。停顿了下，他问，能先借我点钱吗？

春兰终于明白了郭平的意图，她在桌子底下用力扯郭平的衣角，示意他不要再说下去。郭平不听，他甩开春兰的手，可怜巴巴地看着夏炜。

要多少？老人的病不能耽搁。夏炜从裤兜里取出钱包，摊开，厚厚的一沓。郭平下意识地扫了一眼。三千块，他说。

夏炜数了数，将钱递到郭平手里。

吃完饭，春兰把郭平叫到房间说话。要他借了钱赶紧还回去，还有就是不许把老夏的事告诉白梅。

9

丁方圆终于决定约白梅见面。

她们约在丁方圆的家里。那个地方，白梅去过很多次，新漆的蓝色防盗门，倒贴在门上的烫金福字，一切都很熟悉，像老朋友的家。白梅坐下来，她们也像老朋友那样聊了会天气。

然后，丁方圆说我看到你家的那面装饰墙了。你在上面笑，很抓人，我都忍不住多看了几眼。

你喜欢的话也可以在这里做上一面。白梅说。

可我没你漂亮。丁方圆笑了。

找我什么事？白梅问，肚子里有了？

你怎么知道？丁方圆好奇。白梅说，我能闻出味来。也不知道怎么了，现在我对身边所有的事都能了如指掌，像女巫。你觉得可怕吗？有时我都觉得自己很可怕。

丁方圆咯咯笑起来，笑得腰都弯了。看来，我想干什么，你都晓得。

白梅说，这很正常。

笑过之后，丁方圆说，我想知道他心里还有没有我？

那你试试，现在就发短信告诉他你有了。白梅说。

其实……我知道结果。半晌，丁方圆说。她的眼神迅速暗淡下来，垂下长长的睫毛，双手用力地绞动着衣襟。

此刻，两个人都没有再说话。

空气无比沉闷，白梅有些压抑，她站起来，走到门口，突然又转回身。如果我是你，就把账号给他！白梅恨恨道。

丁方圆迟疑地抬头看着白梅，然后轻轻点了点头。

白梅无法解释自己的行为，她就像一个蹩脚的搞错了角色的演员，明明是自己的戏，上演的却是别人的戏码。此时，手机里发出"嘀"的一声：宝贝，我病了，来看看我好吗？

病总会好。白梅回完信息，将男人拉入了黑名单。

夏炜收到丁方圆的信息之后，隔天就将钱全部打到她的账户上。事情比想象中顺利得多，夏炜如释重负。

怅然若失……之后很长一段时间，夏炜都被这种感觉包围，像被人施了魔法、下了咒语，怎么也缓不过劲。他劝慰自己，只能把这伤痛交给时间了。

这天晚上，白梅与夏炜回家。车上，白梅跟夏炜打趣说自己不在家的日子，夏炜过得很可怜。

夏炜笑：你有千里眼还是顺风耳，我过得好不好你咋知道。

白梅说，你是不吃方便面、火腿肠的，咱家的面和肠都没了，你说你的日子能好？

我没吃。夏炜道。

哦，那敢情是春兰拿了，她这人爱占小便宜。白梅说。

不至于吧，可能肚子饿了，一时没找到吃的。夏炜替春兰辩解。

我又没说她什么，你倒急。白梅故意调侃。不说她了，不知道儿子假期作业完成得怎么样，去了趟台湾玩野了。

回头我检查检查。夏炜回。

两人没再说话。

到家时，屋子里一片漆黑，白梅恍惚间看到沙发上坐着一个人。在打亮电灯的刹那，她看到春兰坐在那里，一动不动，像一尊雕塑。白梅被吓了一跳。

春兰，你怎么不开灯，一个人坐这？白梅问。

没有反应。春兰面无表情，脸色苍白，灯光映照下显得尤为惨淡。她眼神呆滞，定定地盯着一个点，似看非看。

白梅有些害怕，她在春兰身边坐下。发生什么事了？白梅问。

还是没有反应。郭平呢？白梅追问。春兰就像一株从沙发上长出来的植物，因为缺水而奄奄一息，白梅忍不住摇晃春兰的身子。老夏，赶紧给郭平打电话。白梅抬起头，看着夏炜。

电话一直无人接听。夏炜挂了电话，要不送春兰去医院？

医生给春兰打了镇静剂，对白梅说，观察下再说吧。夏炜差点没把郭平的手机打爆。打通了，郭平说马上来医院，等半天也没见着人影。

白梅看春兰可怜，跟夏炜说晚上由她陪床算了。夏炜表示同意，都是女人，白梅留下来方便些。然后他说，我去弄点饭。

不多久，夏炜回来了。他打开保温盒，和白梅在病房坐下来，边吃边聊。春兰没事吧？夏炜问。

白梅点点头。这个郭平，知道老婆在医院都不现身，什么人！夏炜埋怨道。

他们夫妻关系不太好。白梅说。

我总感觉郭平这人怪怪的，春兰摊上他，唉，命苦！夏炜叹了口气。

次日，春兰醒了，她很惊讶自己躺在医院的病床上。她坐起身，四下张望。春兰，你醒了。白梅从外面进来，手里提着早点。刚买的，饿了吧？

我怎么会在这里？春兰问。

你不记得？昨晚我跟老夏送你来的医院。停顿了下，白梅说，你老公他……有点事，先走了！

你不用安慰我，我明白的。春兰轻声说。

那个……感觉好点没？白梅迅速转移话题。对了，你昨晚的样子很吓人，出什么事了？白梅表示关切。

春兰笑笑，摇了摇头。然后她说，我想出院。

白梅去找医生，夏炜也来了病房。夏炜让白梅回去睡觉，他照顾春兰。白梅说不用了，看春兰的情况应该可以出院。夏炜没再说话，站在一边看医生给春兰检查。白梅跟夏炜使了眼色，郭平呢？她压低声音。你让他过来办出院手续。

夏炜面露难色，打了一早电话，一个没打通，不知死哪里去了。

什么人嘛，那你去办！白梅脸色有些难看。未了，她说，总不能不管。

10

春兰不敢相信郭平居然偷了她的东西。

一对翡翠手镯，是母亲留给她的唯一念想。这对手镯听母亲说是外婆留给她的，春兰算起来也传了有三代。手镯细润、洁净、水头足，地子与翠色协调一致，互相照应，衬托出翠色的富丽。它的抛光度、光洁度都不错，摸上去有一种非常温润的滑腻感。

那天，春兰打扫屋子，发现抽屉的锁好像被人动过。她打开抽屉，装手镯的盒子还在，盒子里空空如也。春兰额头上立时冒出一层细密的汗珠，她的第一反应是家里进贼了。她迅速从床头柜上拿起手机，准备报警。

突然一个念头在她脑子里闪过，她迟疑了下，将手机放回去。

春兰又仔细检查了一遍房间，其他东西都还在，唯独不见了手镯。家里不像有小偷光顾，知道这对翡翠手镯的除了她，还有郭平父子。她把郭涛叫到房间，问他是否动过那对翡翠手镯。

郭涛一脸茫然地看着春兰，反问：我动那东西干嘛？

春兰问，那你爸呢？

我怎么知道，他是你老公，还问我！郭涛有些不高兴。还有许多英语单词没背呢，饶了我吧。

春兰挥挥手，郭涛走到门口，突然想起什么。他说，对了，爸昨有问过我知不知道抽屉的钥匙放哪了。

你怎么说的？春兰问。

我说在你包里。

春兰明白过来，她再次抓起床头柜上的手机。郭平，你马上给我死回来！春兰对着手机大叫。

不到一刻钟，郭平站在春兰面前，面如死灰。春兰，对不起！郭平首先开了口，他低着头，踮起右脚尖，在地板上来回搓。

手镯果然是你偷的。春兰冷笑道：你这个小偷！我要去告你！

郭平突然跪下来。春兰，求你了。我要坐了牢，涛涛怎么办？

涛涛不用你管，你不给我添乱就算烧高香。春兰回。

你让涛涛有个坐牢的爹，以后咋办？

这句话击中了春兰的要害，她的身子不由颤抖起来。半晌，她说，好，不告你，你把手镯还我。

手镯，我……我已经托人卖了。郭平复又低下头，他不敢看春兰的眼睛。

什么？春兰差点跳起来。你混蛋！春兰抓起床上的枕头朝郭平扔过去。我看你还是把我卖了！

郭平躲闪开。发什么神经，不就一对手镯。郭平边说边走出房间，春兰追出来，你去把它给我要回来！

等我有钱了还你！郭平说完，摔门而去。

春兰一阵眩晕，软在了沙发上。

幸亏白梅与夏炜，春兰内心感激。这样的丑事，她怎么说得出口。尤其在白梅面前，她刚刚从郭平那里找到一点平衡。她不想打破这种局面，即便她知道这完全属于自欺欺人。

郭平告诉她夏炜有外遇的事后，春兰心里就藏了秘密。每次看白梅与夏炜和睦的样子，春兰就替白梅不值。要郭平在，她会在房里跟他叨叨。面对白梅，很多次她欲言又止。她不想白梅一直被蒙在鼓里，又觉得这种事还是不知道的好。也因为这个，春兰反而不觉得自己命苦了。

春兰的细微变化，白梅不是没有察觉。依白梅的性格，你不想说，她也不会问。她们不过是萍水相逢，迟早也会成为路人。

她们彼此心里有了猜度，面上倒比过去热络。

春兰事件之后，白梅对郭涛忽然好起来。

她给夏小宇的东西，也给郭涛留一份。夏小宇不乐意，说白梅把他们整成了双胞胎。

白梅说，春兰家条件不好，你就当我献爱心。

夏小宇就笑，你要献，还得看人要不要。

白梅有些疑惑，问夏小宇说这话的意思。夏小宇说，你给他买的东西，他全收进柜子里，一次也没用。

白梅没再说话，下次还是一人一份。

春兰很不好意思，拒绝了几次，后来也就收下。她知道郭涛学习成绩比夏小宇好，就时常当着白梅的面，让郭涛在学习上帮助夏小宇。

白梅发现，两家人住着住着，忽然就处出感情来。白梅想：习惯这东西真可怕。夏小宇升高二了，他们原本打算上完高一就重新租房单住。对白梅来说，钱不是问题。现在无论夏炜还是夏小宇，都不提重租的事，他们好像也习惯了。

白梅对自己说：那就先住着。至少对夏小宇来说，郭涛是个好榜样。

郭平就像忘记了曾跟夏炜借过钱，看到夏炜也从不提还钱的事。夏炜想，算了，就当是白给他了。他也没敢告诉白梅，怕白梅不高兴。

在夏炜看来，除了郭平不太靠谱，春兰母子还不错。看白梅和春兰处得可以，夏小宇跟郭涛也算和谐。白梅不提，夏小宇不提，夏炜曾有过的搬离另租的想法也渐淡化。

11

这晚，春兰正在追韩剧，为女主人公的不幸遭遇抹眼泪。手机突然响了，一个陌生号码，春兰以为打错了，本不想接。

电话响得很持久，仿佛知道对方的心思。

春兰接了，一个男人的声音：春兰，我是大伟。

哦，春兰应着，有事吗？她问。

出来吧！几个老同学想聚聚。春兰推辞，她不想去，一来心思都在韩剧里，二来也不喜欢这种闹腾腾、除了攀比还是攀比的聚会。屠大伟说他待会就来接她，并说定好的事，不去没法交待。春兰拗不过，把地址告诉了屠大伟。二十分钟后，屠大伟开着他的奥迪 A6 停在了春兰楼下。

春兰撂下电话，赶紧梳妆打扮。她把衣柜里平素没舍得穿的衣服拿出来，对着镜子一件件试，不是觉得这件过了时，就是那件颜色深了些。春兰有些气馁，她真后悔耳根子软，答应了屠大伟。

此时，手机再次蜂鸣。春兰知道屠大伟到了，她不好意思让人等，匆匆拿上包就下了楼。

时值深秋，天气还未完全转冷。春兰穿的是一件蓝格子大衣，显得有些突兀。

呵，天还没那么冷吧！屠大伟从车里探出头，脱口而出。

春兰的脸刹时红了。此时，春兰也觉得自己穿错了，背上一层细密的汗珠渗出来。不光如此，已经有人朝她看过来。

春兰下意识地想把大衣脱了，才记起忘了换里面的衣服。春兰里面穿的是一件前年织的淡黄色羊绒衫，原先还亮眼，穿久了有些褪色。右边的袖口开裂了，春兰随手缝了几针，现在有几根线头散出来。春兰想，她实在没有勇气在老同学们面前穿这样一件破烂衣服，太丢脸了。

想到这，春兰彻底放弃脱掉大衣的念头。她羞涩地笑笑，钻进屠大伟的车里。车窗一直密闭着，车里的温度高出外面好几度。不到十分钟，春兰已是汗流浃背。她把车窗往下摇，清冷的夜风扑面而来，春兰感觉好受些。

热了? 屠大伟轻声问。把大衣脱了呗。

还好。春兰笑笑，将目光移向窗外。

城市的灯光星星点点，屠大伟的车穿梭在繁华的街道上，路两旁是高大的梧桐树，泛黄的树叶铺了一地，车轮碾压时发出轻微的咯吱声。

到烟雨茶楼时，包厢里一个人都没有。春兰问：他们人呢?

不来了。屠大伟说。

为什么? 你不是说，我不去没法交待，他们倒不来了。春兰有些不高兴。

不这么说，怎么请得动你。屠大伟笑。

你……怎么知道? 春兰惊讶，她的眉毛竖起来。片刻功夫，目光就柔软了。

屠大伟笑着，来都来了，坐下来喝点，老同学多久没见了。

春兰坐下来。包厢很暖和，春兰感觉热，燥燥的。把大衣脱了吧，这没外人。屠大伟很贴心。

春兰有些局促，犹豫着还是脱了。

屠大伟看春兰一眼，轻声说：以前听老同学说你过得不太好，看来是真的？春兰脸颊发烫，她低下头，将袖上的线头紧紧拽在手里，搜出一手心的汗。半晌，她抬起头，笑笑，我就这命。

气氛有些压抑，屠大伟一时不知该说什么。顿了顿，春兰继续道：没事，我还有个好儿子，他是我全部希望。

嗯，以后可以享儿子的福。屠大伟点点头。

你呢？看你这么光鲜，日子过得很滋润吧？春兰问。

光鲜是做给别人看的，自己的生活自己知道。屠大伟叹口气。

春兰睁大眼睛，疑惑地看着屠大伟。老婆跟我闹离婚，烦得要命。停顿片刻，屠大伟继续说，是我做了错事，怪不得她，说真的我不想离……

春兰没有再问，她迅速转移了话题。

他们开始聊些陈年旧事、旧人。说到好笑处，春兰竟有些手舞足蹈，袖上散出的线头随春兰的手势跳动，翻飞在屠大伟的眼前，像一只美丽的风筝。有那么一刻，他们都恍若回到了年少时。

到住处时，夜已经有些深了。

春兰很兴奋，她把蓝格子大衣重新挂回衣柜里。然后在梳妆台前坐下来，呆呆地看着镜中人，全然没有一丝睡意。

春兰已经很久没说过这么多话，也没有这么快乐过。

她多想找回年少时生动、俊俏的模样，然而镜中的那张脸木刻一般。肤色腊黄暗淡，眼角细密的鱼尾纹，脸颊不知何时冒出一些褐色斑点，嘴唇不复饱满红润……脸上任何一个部位都清晰地刻下了岁月的痕迹。春兰突然哭起来，泪水顺着脸颊往下流，她伸出手将她的眼泪抹到整张脸上，好像要让脸上的每一寸肌肤都感到悲伤一样，一点一点抹匀。

现在的生活，对春兰来说，简直有些糟糕。贪上这样的前老公，春兰认了命。儿子争气，自己有份工作，即便没什么钱，她也能把生活过得云淡风清。然而孤独就像鬼魅，总在不经意间招惹春兰。白天还好，一堆事，春兰闲不下来。一到晚上，特别是夜阑人静时，春兰倍感孤独。夜漫长得像没有底的洞，来自身体与心灵深处的躁动像只章鱼，把触角伸向她的每一根神经末梢。她想抓住点什么，周围除了黑暗，还是黑暗。她常常失眠，失眠真是种焦熬，总能令春兰莫名生出些许绝望来。

春兰很讨厌这样的夜。

比如今夜。

12

日子如常。

这天，夏炜加班回来晚了，顺路拐进阿毛夜排档。他要了一瓶啤酒，点了几个小菜。正吃着，郭平来了。

老夏，这么巧，一个人？郭平打着招呼。

嗯。夏炜点点头。郭平在夏炜身边坐下来，又跟老板要了几个炒菜，两瓶啤酒，很是随意。夏炜不喜欢郭平这样，出于礼貌，他不好拒绝。

一个人喝多没意思。郭平说。

夏炜咧嘴笑笑，郭平给自己满上，也给夏炜倒上。然后他说，来，走一个！

两个人边喝边聊。

夏炜跟郭平其实没什么共同语言。郭平想要讨好夏炜，他觉得都是男人，聊女人是最保险的话题。

哥，听春兰说嫂子比她还大两岁，保养得真好。郭平改了称呼，夏炜很不习惯。

还行吧。夏炜敷衍。

哥，你真福气，嫂子漂亮又有气质，知识女性。

你家春兰也不错，贤惠、持家，能做一手好菜。夏炜不好意思再敷衍。

郭平把头摇成了拨浪鼓。哪能跟嫂子比。

哥，帮个忙行不？郭平喝了一口酒，突然说。

夏炜没反应，郭平顾自说下去，哥，借我点钱呗，我想给涛涛报个补习班。郭平的话惹恼了夏炜：没钱，报什么班。上回借那钱算我白给！夏炜脸色难看，站起来准备离开。

郭平忙扯住夏炜，哥，消消气。等我有钱了，一并还你。

你？夏炜不屑地看郭平一眼。你就不像男人。

嘿嘿，那是，哪有哥过得滋润。郭平笑得无耻，我知道哥外面有女人。夏炜吃惊地看着郭平。

你跟那女人在这里吃宵夜，正好被我撞见。郭平扫一眼夏炜，住了口。

那又怎样？夏炜问。

哥，你那么有钱，表示表示，我就当没看见。郭平笑。

威胁我？夏炜愤怒。

不敢，咱们各取所需，你过你的滋润日子，让我也好过点。郭平止了笑。

哈哈……夏炜突然笑起来。半晌，他说，想都别想。然后结账走人。夏炜的奇怪举动，令郭平茫然。他开始有些举棋不定，决定看看再说。

巧遇屠大伟之后，春兰偶尔会收到他的问候电话。

这天，郭平吃过晚饭正要走，春兰叫住了他。

想男人了？郭平笑。

谁会想你？春兰白郭平一眼，找你有事。

啥事？郭平说。

你问人家老夏借的钱还了没？春兰问。

还没，这阵子手头紧。怎么他找你要了？郭平回。

春兰摇摇头。哪像你，他才不会。停顿片刻，春兰继续说，正好朋友的朋友手里有个活，你去接了，赚点钱。

郭平不相信地看着春兰，你的朋友我还不知道？没那揽活的本事。

爱信不信，干不干吧？给句准话。春兰有些不耐烦。

郭平想了想，应承下来，他太需要钱了。

郭平说得没错，春兰没那本事。活是屠大伟给揽的，他看春兰可怜，想帮帮她。怕郭平误会，屠大伟让春兰别告诉郭平。

郭平到底还是去了。拿到钱，郭平一点也不开心。跟春兰离婚，他是离婚不离家，心里还一直把春兰当老婆。他给春兰打电话，说要谢谢她朋友的朋友。春兰说不用了，别糟蹋钱就行。

春兰的话，郭平听了心里难受。

挂了电话，郭平顺道拐进一家枕河而居的小酒馆。还没到饭点，酒馆里人不多。郭平选在靠窗位置坐下来，点了两个小菜，要了一瓶酒。

黄昏来临,一轮血色的夕阳硕大宁静地在城市的高楼间慢慢沉下去、沉下去。两杯酒下肚,郭平身体外面的那层最生硬的壳慢慢蜕去,心柔软下来。他想好好回忆春兰最近的表现,或者说是细微变化,才发现什么也想不起。他已若干年没有关注过这个女人,他始终认为在乎与否,她都在那里,根本不必担心有一天她会离他而去,即使他们离婚。

多年来,郭平在春兰面前一直很任性,他想什么做什么,从来不会顾及春兰的感受,春兰也由着他的性子。他们已经习惯了这样的相处模式,他好像蓄意要无限制地被纵容,让春兰宠他,把他当成一个很小很小的孩子。现在,他突然意识到春兰也会被人宠爱。说得难听点,也会有男人打她的主意。此时,郭平想要站起来,摇摇晃晃间又颓然跌坐在了椅子上。

天渐渐暗下来,酒瓶已经见底。郭平红着眼睛眺望窗外,远处的灯光照在水面上,环城河岸边的柳树影子黑漆漆的落在水里,像水底浮出来的水妖。

13

入夏以后,气温迅速攀升。今夏不知怎么了,不光来得早,且热得异乎寻常。温度高得已不单是能用皮肤感觉到,甚至就在眼前漂浮。尤其午后阳光,仿佛溅着火星子,路面都被灼焦了。

高考的日子所剩无几,孩子忙碌,父母跟着忙乱。白梅的神经每天都绷得很紧,现在的她脑子里除了夏小宇,已经装不下任何人。她跟夏炜说话，也全是有关夏小宇的各种问题。

这天，白梅一早就钻进厨房，给夏小宇准备吃的。进入高考战备状态后，白梅全面掌管了夏小宇的饮食。她特地从网上下了一份学生补脑食谱，根据夏小宇的喜好每天挑选几道菜做给他吃。

此时，白梅正专心剥核桃，她知道核桃补脑，总会多剥一些做菜用。郭平进来，她没注意。嫂子，郭平叫。第一次听人这么称呼，白梅有些愣怔，她抬头看郭平一眼。有事？白梅笑笑。

我帮你剥。郭平说。

不用。白梅拒绝。

你对夏小宇真好，把心思都用在儿子身上，不过老公也要管的。郭平试探道。

白梅不解地看着郭平。他不用我管。

郭平闪进厨房，正好被夏炜看到。他知道郭平想干什么，便贴在门上听他跟白梅说话。

此时，夏炜推门进来。他对郭平说，走，我找你有点事！

夏炜把郭平拉进房间。别费劲了。夏炜冷冷道。

哼，那你还怕我说。

实话告你，我早跟她分了，这事白梅知道。你呢，也甭打什么歪主意。

哈，真没看出来，嫂子心真大。不过，我的心眼小。郭平冷笑。

夏炜不解地看着郭平。

你跟春兰眉来眼去，别以为我不知道？郭平说。

神经病！夏炜忍不住想骂人。往自个老婆身上泼污水，真有你的。

我不信你俩没事。郭平有些激动。

你凭什么说我们有事？夏炜反问。

我又不是空气，当我没长眼睛，没脑子？郭平回。

算了，懒得理你。我只想对你说一句话：无耻真是一种强大。夏炜愤怒中夹杂着嘲讽，他侧着脸眼神锋利地逼视着郭平的眼睛。

这句话，这眼神突然就让郭平没有了还手之力。

郭平走后，白梅问夏炜，郭平怎么怪怪的。夏炜说，这人脑子有病，并让白梅别再理他。

白梅也没心思管郭平。离高考只剩一个多星期，夏小宇越来越不在状态，书看不了多久就犯困。白梅看着心焦，却束手无策。为帮夏小宇提神，白梅每天泡一杯加了伴侣的咖啡给他喝。

咖啡是夏炜买的，就放在厨房的柜子里。没事时，夏炜喜欢泡上一杯，然后加少许伴侣，浓香四溢，边喝边上网看电影，算作消遣。夏小宇不爱喝咖啡，嫌咖啡味苦。现在，他竟然赖上了，每天都吵着要喝。

高考的日子到了，白梅请假全程陪护。

夏小宇一早起来就觉得恶心，白梅做的丰盛早餐，他一口都不想吃。白梅看他脸色不好，以为是考前紧张。

也不能不吃啊，考试怎么支撑得了。白梅说。夏小宇看白梅担心，往嘴里灌了几口牛奶，总算没有吐出来。白梅送夏小宇进考场前，再次检查了他的考试用品，满意后她叮嘱夏小宇不要紧张，仔细看题。

夏小宇走进属于他的那个考场，阳光斜斜地刺进来，将屋子戳出无数个贼亮的洞。墙上高考计时牌还在，反射出一道凌厉的光。他找好位置坐下来，时间还早。他斜眼瞟向窗外，远远看见白梅还站在校门口张望，迟迟不肯离开。夏小宇的心底泛上来一丝酸楚，急急把目光收回。考试开始了，夏小宇埋头答题。此刻，考场的空气中飘荡的只有笔尖游走在纸上的沙沙声，有种窒息的感觉。

夏小宇渐渐有些体力不支，白梅站在校门口的身影在他眼前晃动。他对自己说：夏小宇，你是好样的，坚持住！

送完夏小宇，白梅匆匆去了菜市场。买了些夏小宇爱吃的时令蔬菜，回家做饭。她决定做好饭就去学校等夏小宇，接他回来，顺便问问考得如何。

14

夏小宇的事，白梅不让插手。夏炜也乐得清闲，照常上班。

去公司的路上要经过五个红绿灯。夏炜每天都走这条路，路况非常熟悉。途经第三个红绿灯口，夏炜不知怎么就走了神。红灯亮了，夏炜才突然发现，一个紧急刹车险些吻上前面那辆车。夏炜伸长脖子，透过前挡风玻璃，发现两车之间距离很近。车内空调开得很足，夏炜还是惊出一身冷汗。

到公司时，秘书还没来，夏炜有些恼火。

他从冰箱里拿出一盒特制西湖龙井，这茶叶是朋友送的，茶质上乘，色泽翠绿，泡上满屋飘香，且香味浓郁。夏炜舍不得喝，一般只有客户过来，他会泡上几杯。

现在，夏炜打算给自己泡上，顺手扔进几颗枸杞，很有些莫明其妙。他窝在老板椅里，什么也不想干，看着玻璃茶杯出神。翠绿的茶叶、红黄的枸杞，散乱漂浮在水中，把玻璃茶杯装点得犹如一幅写意山水。

六月的天像孩子的脸，阴晴不定。时而万里无云朝阳如血，时而倾盆大雨一泻而下，好比命运的莫测。夏炜进公司时还阳光灿烂，此时突然阴沉下来，天上堆满了乌云，一道闪电把雷声由远及近地送过来，雨点降临，先是一颗一颗的，好像能数得过来，然后就变成一张大网，将夏炜所看到的一切都罩在其中。

桌上的电话铃声突然响起，猝不及防地打破了这静谧的局面。电话是派出所打来的，说一个叫郭平的人涉嫌吸毒，希望夏炜到派出所一趟。

放下电话，夏炜的脑子一片空白。

郭平？春兰的老公？这跟他有什么关系？带着一连串疑问，夏炜出现在王警官的办公室里。电话是王警官打来的，郭平的案子由他负责。

夏炜到的时候，王警官正跟人谈话。他不便打扰，等在一边。

送走那人，王警官朝夏炜走过来。你是夏炜吧？有个事要跟你交待下。

夏炜点点头，我是。他说，你们是不是搞错了，郭平只是我的合租邻居，我跟他没有任何交集，我不知道他吸毒，他老婆春兰也从未提过。

不必紧张。王警官笑笑，情况我们都了解。然后他简单讲述了事情经过。

郭平是在近期的一次缉毒行动中被抓获的。在对他的审讯中，郭平交待他曾对合租邻居夏炜产生过报复心理，往他常喝的咖啡伴侣里掺了毒品，白色粉末混在一起，根本发现不了……

我们怀疑你染上了毒瘾。王警官最后说。

夏炜吃惊不已。可我没有任何症状。夏炜说。

还是去验个血，走下程序，这也是对你负责。王警官说。

抽完血，夏炜坐在医院的塑料椅子上等待化验结果。这样的等待令夏炜心焦，幸好有王警官陪在身边。他问夏炜：你最近有没喝那罐咖啡？

最近几乎没喝，以前喝得多些，就是不知道他何时下的药。夏炜回。

一个月前，这是郭平说的，但我们不能肯定。

夏炜低下头，不再说话。

化验结果马上出来，别担心。王警官安慰道。

此时，夏炜的手机突然响了，是白梅打来的。这个时候白梅怎么可能给他打电话，一种不祥的预感在夏炜心底升腾。

他按下接听键，电话里传来白梅断断续续的哭泣声。白梅，发生什么事了？夏炜问。

快……快来，小宇……小宇，他……听筒里的声音异常杂乱。有说话声、奔跑声、汽车喇叭声……他怎么了？夏炜的额头渗出细密的汗珠。

他晕过去了。白梅终于把话说全。

夏炜有些站立不稳。

我儿子出事了！他对王警官说，情绪激动，边说边朝外跑。

雨不知何时停了，空气里有了潮湿的味道。夏炜在医院门口好不容易拦下一辆的士，到学校时晚了几分钟。他看见一辆救护车从身边呼啸而过，车里隐约晃动着白梅的身影。

病房里，夏小宇安静地躺在那里，看上去毫无生气。他明显比过去瘦了很多，肤色发黑，眼眶深陷进去，睫毛湿漉漉的像沾上了清晨的露珠。白梅斜靠在椅子上睡着了，她实在太累了。她面色苍白，刘海散乱地搭在额头上，眼角分明有了几条鱼尾纹，脸颊上还残留着未干的泪痕。

此时，夏炜的手里拿着两张化验单，一张是他的，一张是夏小宇的。他的手抖得厉害，他不想让白梅看到，他将化验单塞进裤兜里。他走到白梅身边，将一条薄毯盖在她的身上。白梅醒了，她看了夏炜一眼，转而看向夏小宇。

他还没醒？白梅问。

他难受，医生给他注射了镇静剂。夏炜回。

到底发生了什么？半晌，白梅突然抓起夏炜的手，眼泪汩汩而下，泪水像一把把锐利的刀片划在夏炜的心上，碎了一地。

2014 年 8 月 8 日